钝悟

汪洁洋 著

中国出版集团
中国民主法制出版社

全国百佳图书
出版单位

图书在版编目（CIP）数据

钝悟 / 汪洁洋著 . —北京 : 中国民主法制出版社，
2018.7

ISBN 978-7-5162-1867-9

Ⅰ . ①钝⋯　Ⅱ . ①汪⋯　Ⅲ . ①长篇小说—中国—当代
Ⅳ . ① I247.5

中国版本图书馆 CIP 数据核字（2018）第 165953 号

图书出品人 / 刘海涛
出版统筹 / 乔先彪
责任编辑 / 梁　惠　庞贺鑫
特约编辑 / 王玉怀

书名 / 钝悟
作者 / 汪洁洋　著

出版·发行 / 中国民主法制出版社
地址 / 北京市丰台区右安门外玉林里 7 号（100069）
电话 /（010）63292534　63057714（营销中心）　63055259（总编室）
传真 /（010）63055259
Http: //www.npcpub.com
E-mail: mzfz@npcpub.com
经销 / 新华书店
开本 / 16 开　710 毫米 ×1000 毫米
印张 / 17
字数 / 196 千字
版本 / 2023 年 3 月第 2 次印刷
印刷 / 涿州市荣升新创印刷有限公司

书号 / ISBN 978-7-5162-1867-9
定价 / 49.80 元

因为不够聪明，只好慢慢领悟。

——汪洁洋

谨以此书

献给我遇见、爱过的每一位你。

目录
CONTENTS

第一章　东菊的别离

东菊的花语是淡然别离，隐者正是手捻这枝小菊，目送暮色渐浓的远山。

却来观世间，犹如梦中事；水珠不沾荷，执着不见智。

1

晨起，暴雨便吃紧。

这场雨已下了月把光景，时紧时疏，却就是不歇气。

天边，云层流转，掠过山脉，虽背负厚重的水滴，却婀娜飘逸。

风，从海面兴起，骤然变幻出玄妙的舞步，进入大陆便恣意起舞。

木质钟楼屹立百年，白蚁啃得本就朽了，这般风雨，身子一歪便倒了下来。檐下鸟儿饥肠辘辘，忍不住唧唧哀叹。香客也不肯冒雨上山，往日烟火鼎盛的禅寺略显寂寥。

雨虽恼人，空气却分外清甜，庭院中几丛毛竹翠绿得热闹，簇拥着那三株杏树，甚是繁茂。

汀澜山云顶禅寺住持释介大师的早课，被慌张闯进的净尘打断：

"不好了！又流泪了！"

净尘扑跪在蒲团上，面色惨白。释介闻言赶快睁开双眼，抚念珠的手指微微颤抖，顷刻间冷汗就出来了。

屈指算来，距汀澜山云顶禅寺正殿的佛祖真身首次流下血泪，已有 20 载。

20 年前的那夜释介记得真切，好一场狂风大作，大雨倾盆，天与地混沌不分，遍地鬼哭狼嚎！清晨，当值小僧打开大殿之门，直惊得跌坐在地上。

一夜间，高达 11.99 米，重 100 多吨，本是坐北朝南的佛像竟然反转了 180 度，成了坐南朝北！

这真是旷世奇闻！

更匪夷所思的是，佛像的双眼竟然流出两条血泪！

天象异动，佛像反转，真身泣血，必有大灾降临！

释介的心揪了起来，佛门清净，劫数必出于俗世。

汀澜地处南海之滨，多台风海啸，百姓世代渔鱼为生，故遍尊定海诸佛以佑平安。如今天雨成灾，佛祖掩面泣血，民以何依呢？

上次幸得神明点化，未酿大祸，不知此次能否逢凶化吉？

所幸这次佛像并未反转，不过，业孽一日未尽，终不能圆满。

释介命人紧闭寺门，率一众僧侣沐浴焚香，诵读《大悲咒》和《地藏菩萨本愿经》。只见汉白玉的佛祖真身面朝南海，法相端庄，然而目光郁柔，一条浅浅的血泪痕，似有似无挂在颊上。

大悲无泪，大悟无言，大笑无声。

释介叩拜，祈求明示……

2

雨季结束，城市焕然一新。

摩天大楼的霓虹煽情地跳跃，炫耀着大都市的繁华。

和别处一样，地球上称作人类的物种，占据了大气层最底层的空间，用混凝土和钢铁铸成可以住的格子和会跑的盒子，终日游荡在纵横的街道、密集的立交桥上，彼此并不熟悉，却共享"菲城"这个别致的名字。

　　菲城，是个有故事的城市——

　　经济特区，隶属澄洲省，比邻港澳，远眺宝岛。古往今来，航运便利，物产丰饶，使得菲城欣欣向荣，成为著名的贸易中心和旅游城市。

　　这片海域在大陆的最南端，温和的海水孕育出四大名产，分别是青蟹、大蚝、对虾和石斑鱼，个大饱满，滋味鲜甜，是大自然最珍贵的馈赠。

　　菲城市区居于汀澜山脚，绿荫如盖，环抱一方海湾，天水相接，更披扯一条绵延无尽、细腻松软的白色沙滩，历史上曾以"水晶海浪"美名于世。

　　菲城的街道也很有特色，东西向以树命名，南北向以花命名，街道两边栽种与路名相同的花木，使得整个城市极富诗意，雅致如南海仙女。

　　上天继续眷顾菲城湾，这里还是赏潮的绝佳地点，每年六七月份，可尽情领略"后潮推前潮，大潮叠旧潮"的"潮中潮"美景，那真是气势磅礴，令人啧啧称奇。

　　虔诚的信徒更视菲城为圣地，汀澜山上的云顶禅寺历经千年，香火仍旧十分旺盛。

　　然而，还是和别处一样，城市的快速发展，人口的爆炸增长，不可避免地破坏了自然环境。

　　由大脑控制眼耳口鼻、躯干四肢的地球人，虽然穿衣戴帽，读书识字，远离了蒙昧洪荒和刀耕火种，不断用科技力量加深文明进化，但在狩猎和捕捞方面却更加野蛮。

水晶海浪早不见鬼影儿，大海即将被掏空，丰厚的资源不久将要枯竭。

所以，仔细嗅一嗅，富足、祥和的背后也飘散着奇怪的气味。

这是妩媚的热带花蕊、风情的香奈儿五号和放肆的尼古丁、汽车尾气、地沟油，再加上腐败的鱼虾贝壳混杂后被烈日炙烤的气味——香、臭、焦、腥，不一而足。这种气味顽固地渗进土壤，浮在空中，在高楼大厦、公园小区里游荡，甚至渗进人的身体，雨一停就翻腾出来。

因为浮躁和肮脏是没法被雨水洗净的，在黑暗的掩盖下，不时露出容易察觉的端倪。

3

黎明前的最后一小时，就是故事的开始。

二十出头的阿年在东菊路的夜店里耗尽了最后一丝力气，踉跄地和朋友道别，迎着夜风打了一个响亮的喷嚏。

家只有几个路口，绕过夜店前守客的一排的士，阿年熟门熟路地钻进狭窄的后巷，小几步就隐身于一片漆黑。

最是一天之中寒冷的时刻，年轻的阿年身上贴着汗渍渍的短袖，不时散发出烟酒和汗水混合的酸味。虽夏至，一股阴风袭来，也禁不住打了个冷战，鼻腔不知被什么刺激，又是一个大喷嚏，酒劲有点醒了，恶心反而泛滥，便蹲在路边呕吐起来。

胃早已经清空，阿年痛苦地干呕，只吐出一些水样的泡沫。可恶心还是盘旋不散，只好把手指头伸进喉咙里硬抠了几下，又"哗啦"一下喷出苦苦黏黏的呕吐物。

头昏眼花好半天，阿年才回过劲来，用手掌揩了揩嘴巴，在牛仔裤上蹭了蹭，才捂着肚子老态龙钟地站了起来，只感觉天旋地转，赶紧又蹲下。

"再也不能这样喝了，真吃亏！"阿年暗自怪自己，"每次都这么不长记性！"

"有人吗？……"

哪里飘来的声音？阿年愣了一下，四周黑漆漆的，他晃晃脑袋，真是喝多了！

"救救我……"

这次阿年听得真切，赶快直起身子四下张望，可是没人啊！

正头皮发麻，阿年惊觉自己已身处小巷深处，这里平时就人烟稀少，左右是高耸的围墙，狡猾的树枝伸出墙头，不怀好意地探头探脑。再抬头看天空，一片漆黑，一颗星星都没有。

"不是碰到鬼了吧！"阿年想撒腿就跑，但感觉腿蹲麻了，一步也迈不动。

"求你救救我……"

声音又出现，这次阿年听出是一个男人，竟然稍微放下心来，摸索着打开手机，借着屏幕微弱的亮光，还是没看到人影。

"你在哪里？是人是鬼！"阿年壮着胆子呵斥。

"是人。"那个声音极其虚弱，"我在你脚下……"

阿年一蹿高跳起来，看到脚下正踩着一块下水井盖，声音就是从这里传出来的，蹲下来凑近细看，那个声音已经开始哀求：

"快救救我吧，我撑不住了……"

4

傍晚时分，一艘白色快艇从菲城港下水，避开渔船，迫不及待地驶向深海。

海风瞬间扯散头发，露出女人的脸庞。

一望无际的海水有些浑浊，不时掀起半米高的海浪，快艇迎头撞击，剧烈颠簸，如同正面遭遇铜墙铁壁，马上就要解体，但女人毫不减速。不知不觉陆地渐远，最后彻底消失，快艇这才停了下来，关掉引擎，随着波涛在海面上摇摆。

女人环视四周，好像在找什么，可此时放眼望去，除了蓝天和海水什么都没有。

焦急爬上眉梢，女人开始大声呼喊。

可是，还是什么都没有……

女人把手拢成喇叭形放在嘴边，不停地叫啊，叫啊，慢慢地竟哭了起来，先还是流泪哽咽，后来竟然变成了歇斯底里。她尖叫着，拼命拍打船舷，摇晃船身，快艇马上就要翻了！

忽然，一条巨大的黑影出现在艇底，女人立刻转悲为喜，她俯下身子，把双手深深地埋入海水里。

黑影不见了，与此同时，另一个黑影跃出水面，如芭蕾舞者般做了个旋转，重新钻进海里。

女人破涕为笑，她把大半个手臂都浸入海水，用力地划着水花。

又有几个黑影出现，这一次同时跃出水面！

啊！是海豚！

海豚好像听见了女人的召唤，从四面八方汇聚过来，越来越多。这些"七彩海豚"大大小小，有黑色的、白色的、灰色的、粉色的，甚至还有墨绿色和海蓝色的。它们三三两两围着小艇，争先恐后地跃出海面，有一只粉色的小海豚甚至还用嘴唇轻轻触碰女人的指尖。

女人脱掉鞋子，扯掉衣服，径直跳入海中。

她闭上眼睛，舒展着身体，脸上是幸福满足的笑意，就像一只白色的海豚。

正在下沉之际，一只蓝色成年海豚轻托起她的背，把她稳稳地举出海面。与此同时，上百只海上精灵同时跃起，翻转，入水，动作整齐划一。

这场面太不可思议了！

在金色夕阳的映衬下，很像天堂。

5

出差刚下飞机的陈军来不及回家，直奔案发现场。

床上，一具宽大的肉体仰面躺着，一丝不挂，两条小细腿耷拉在床边。法医和法证已经检查过，一张面巾纸盖在死者的私处。

眼前的情景，勾起尘封多年的往事，陈军竟然呆住了。

"您没事吧？"

林域果在师傅眼前摆手，陈军才回过神来。

"死亡时间大约在1小时前，初步估计是反射性心搏骤停，详细报告还要等尸检。"女法医对高挑的陈军一笑，"从体型就能看出死者平时的生活习惯很糟糕，腹部脂肪堆积，啤酒肚和整个身体完全不成比例，死亡之前他喝了很多酒……"

市公安局副局长一边听法医汇报，一边翻看床头死者的护照和个人用品，不由皱起眉头。

证件里夹着名片，其中有几张是死者自己的，上面赫然写着：蔡氏生物集团董事，海外事务部总监，松村健。

"吸毒了没？"陈军丢下名片。

"没有。"法医回答，"死者应该是在剧烈运动中，颈动脉窦受压而导致的猝死。"

"那女的在哪儿？"陈军回头问徒弟——区刑侦大队队长林域果。林域果一挥手，一个穿着低胸装，画着夸张眼线的女孩儿被带了进来。

"你是卖淫的？"林域果问。

"怎么说话呢？你才卖淫的呢，你们全家都是卖淫的！"

林域果没防备，被对方牙尖嘴利地呛声，当场弄了个大红脸。陈军瞅了他一眼，柔声问女孩儿："事情是怎么回事，你说说看！"

唉！女孩儿噘起涂得通红的小嘴，把已经录好的口供又重复了一遍——

我叫王欣美，今天下午和几个朋友在这个酒店的大堂喝咖啡，用手机"摇一摇"认识这个男的。他就住这儿，我们正无聊，就约他到大堂来玩。他立马就下来了，和我们聊得很热乎，还主动买了我们的单——朋友都能作证！

他约我开房，我看这个酒店是五星级的，他派头蛮足，应该挺有钱，就答应了。进来也没多说什么，我就先洗澡……

"这不是卖淫是什么？卖菜呀，你还理直气壮的！"林域果咬牙切齿，赶快报上刚才的一箭之仇。

"你知道他的名字，做什么工作吗？"陈军不理徒弟，继续询问。

"不知道，大家都是出来玩的，这种事情问了也白问，哪个会讲真话嘛！"

"那洗完澡呢？"

女孩儿摸摸鼻子，然后，他说给我 1000 块钱，我们就开始了……他太胖了，也就是几秒钟的事儿，我正偷着乐呢，他突然满脸通红晕了过去！我吓坏了，躲进厕所给朋友打电话，等我出来看他真的不行了，只好报警。

"他怎么忽然满脸通红呢？"

"还不是怪他自己嘛，要我拿丝袜勒住他……"女孩儿越说越小声，冒出难得的害羞表情，"我是不同意的，这不是变态吗！有的小姐妹肯这样，我是一直拒绝的！可他就求我，赖着我，非要加钱，加5000，这么多钱怎么拒绝啊，谁知道他怎么就……"

"谁的丝袜？"

"他自己准备的丝袜，你们看看，是不是很变态！"

"你为什么不立刻叫救护车呢？也许人还有救。"

"警察叔叔，我说了我害怕嘛。"王欣美撒起娇来，"这种事情女孩子家好怕怕的，我连我是谁生的都不记得了。"

"那你就没想到要跑吗？"

"我还没那么傻吧！房间里这么多指纹，酒店又有监控，手机聊天记录，我往哪里跑？而且，又不是我杀的他，这是意外，我又不用负法律责任……"

林域果警官冷笑插话，人是你勒死的，负不负责任可不是你说了算！

"丝袜是他自己挂上去的，他要我勒他，我是不肯的。警察叔叔，你们能救我吗？帮我证明他真是意外死的！"女孩儿换上娇弱的表情，又哀求陈军，"我知道错了，我真的只是想弄点钱花，我不想杀人，更不想坐牢呀！"

女嫌疑人被带走之后，酒店总经理、前台服务员、女嫌疑人的朋友逐一接受了警方问话。

经查证，这个房间登记的客人名字和护照相同，松村健，东瀛人。他是酒店的常客，近几年，经常在此一住几个月。他有召妓的习惯，这在酒店也是公开的秘密……

6

菲城公安局副局长陈军，正孤零零地缩在酒店大堂的沙发里发呆，此时林域果靠了过来。

"师傅，累了还是有心事？"

陈军摇头，不累。

"唉！今天的案子让您想起她了吧？您每次喝酒就叨叨这事儿……"

陈军长叹，是呀！

这是自己一生的心结！

那是警官学院毕业的第一年，自己被分配到了派出所，第一次出警就是区卫生局局长王荣生横死在宾馆里。

二十年了，自己还清晰记得那天的情景——

王荣生是窒息而死，凌乱的大床上，中年男子裸露着令人厌恶的身体，正值盛夏，才咽气几个小时，苍蝇已经开始在他的黏膜上寻找机会产卵。

床边，坐着一个穿紫色裙子的小女孩儿，时不时帮死者的尸体赶着苍蝇。

就是她报的警，一个人守着尸体过了大半夜。

警车上，陈军偷看女孩儿，瘦弱普通的模样，说不上很漂亮，却有种无法言表的气质。

她的脖子特别细，让人忍不住怜惜，但又有折断的冲动。

谁家的女儿，这么小就出来做这样的事，父母知道该多痛心呀！

陈军清楚王荣生的死因，实在不愿把女孩儿的纯洁和肮脏龌龊的情景联想在一起，暗自叹息之余，把眼睛移向别处。

车子颠簸，一只粉色蝴蝶结发夹落在脚边，陈军拾起，女孩儿接过来，别在凌乱的长发上。

她面无表情，一声没吭。

局长这种死法实在不光彩，有关领导打招呼要低调处理。涉事女孩儿还没成年，她的信息也没有公开。女孩儿最后被一个胖男人带走，说是她叔叔，那男人和派出所长特别熟，陈军看到所长不停地拍胖男人的肩膀。

趁胖男人和所长耳语，那女孩儿竟一把抓住了陈军的胳膊——

"救救我！"她唇语。

陈军愣住了。

"救救我！"她哀求。

见年轻男警官一副错愕的表情，女孩儿松开了手。目光最后一次交汇时，她露出浅浅一笑。

就是这一笑，折磨了陈军 20 年——

无数次陈军拷问自己，这微笑里究竟包含了什么？自己又错过了什么？！

他掐着自己的胳膊，当年女孩儿就是抓住这里，那种感觉自己刻骨难忘，她的手如同尸体一样冰冷。

当他终于参悟那笑容背后的绝望，无尽的悔恨啃噬着年轻的警察，让他永远不能解脱。

"果子，你说是她回来了吗？她在怪我当年没有救她吗？"

林域果心疼地看着平日雷厉风行的师傅，此刻一副脆弱无助的模样，只好安慰道："怎么可能呢，再说那件事过去那么久了，今天只是碰巧又发生一桩。"

不！

陈军紧锁眉头，我有一种强烈的感觉，她回来了！

她回来了！

我很快就能再见到她……

7

　　暮鼓时分，释介唤净尘、净世和净凡三位弟子进入内室。

　　内室只有几席见方，一榻一几一书架。墙角立香炉，还未燃尽，几上一壶白水，一只素碗，碗底寥寥残汤。

　　推窗望外，海景却豁然开阔，云顶禅寺原就建在悬崖边上。雨停之后，海上正兴起大潮，一浪高过一浪的白色潮水从海天之间奔涌而来，转瞬间扑打在岸边悬崖，这景象正如万马奔腾。

　　佛像流泪三日，住持粒米未进，只见他此刻神色凝重。

　　"爱别离，怨憎会，撒手西归，全无是类。不过是满眼空花，一片虚幻。"大师长叹一口气。

　　"看来您已参透禅机？"净尘微喜。

　　释介点头。

　　菩提本无树，明镜亦非台，可惜世人行尸游走不明禅意，放不下，舍不得，求不到，正陷于"八苦"。

　　净字辈的三位大师回想往事，又忧心忡忡，胸口浊气郁结，皆不语。

　　释介褪去禅袍，换上备在榻旁云游的行裳，这竟是一身俗家衣物。

　　"大师所为何？"

　　年纪最轻的净凡不解，师兄净尘赶忙用眼色制止。

　　"去去来来，寻寻觅觅。"

　　释介语罢，净凡窥见他竟暗自微笑。

第二章　鸢尾的回忆

鸢尾的花语是执着回忆的信仰。平凡如我却不顾影自怜，吐露高贵的姿态。

处世间，如虚空，如莲华，不着水。

1

沈亦如坚信色彩有气味，蓝色的海和绿色的山不同。声音也有气味，鸟儿的婉转和火车的轰鸣不同。夏天和冬天，南方和北方，老人和小孩，统统都不同。

气息，紧连着过去，在每个踟蹰的迷宫，指引着还能分辨的前路。

当蔡高峰站在机场高高低低的人群中，远远地向出港的妻子挥手时，混杂的色彩、嘈杂的声音演化成复杂的气味，令亦如眩晕，关于一个女孩儿的记忆莫名地涌了上来——

那就从气味开始吧！

初春融雪的山坡是沁人的泥土芬芳，鼻腔还在品味新绿生长的焦急，晴朗的天空下，便慢慢展现出一座深埋在山峦中的北方小城。

这是一个只有候鸟定期到访的角落，侵略者修建的运煤铁路是与外界相连的唯一通道，静静的河流绵延百里注入边境的大江。

这里本该山清水秀，却承载了一种贪婪的原罪，人类对煤炭和木材无穷无尽的掠夺让她千疮百孔，污染严重。

这里的水土被污染、树木被砍伐之后，生在这里的女孩儿也不能幸免——从西伯利亚横冲直撞而来的大风把头发吹得乱七八糟，皮肤又黑又干，常年浮着一层煤灰。

此刻，她正站在这片长满荒草的山坡，目送父母渐行渐远的背影。

又一次离别的伤感包裹着小小的女孩儿，孤独又寒冷，还好头顶一轮春日暖阳，成为二十年后亦如记忆里最柔软的部分——

亦如的父母都在煤矿上班，母亲就是矿工的女儿，没有选择地嫁给了也是矿工的父亲，父亲的父亲也是矿工。

听说母亲年轻时曾被文工团选中做舞蹈演员，选中她的人也中意她做儿媳妇。那人的儿子每天守在姥姥家门外，18 岁的母亲头扎花手帕，穿上有米粒状小碎花的确良连衣裙，飘着雪花膏的清香，一把推开破栅栏，便飞一样地奔过去……

两个年轻人常肩并肩坐在荒草坡上，男孩儿拿出口琴吹出一个接一个的音符，母亲的眼睛就水水地凝望着他。

挖了一辈子煤的姥爷到底知道了，死活不同意母亲去文工团，更不准她和这个来路不明的小子"鬼混"。

在矿上摔断了腿的姥爷拄着拐杖满院子追打母亲，大骂她是"臭不要脸，下贱淫荡的戏子，想攀高枝的癞蛤蟆"！

没跑几步，尘肺病就让姥爷喘不上气了，他扶着一块烂木头摇摇晃晃地站着，母亲上来搀扶，姥爷立马揪住她的脖领子，抓起墙角的土坯尿罐子就砸在她的头上，半壶夜尿流进母亲的眼睛和嘴里，顺着脖子经过肚子从脚趾缝儿渗进泥地，也浇熄了所有美好憧憬。

"俺家前世造孽了，出了个唱戏的！"

姥姥隔着木桩子做的矮墙和隔壁三儿媳妇聊天，三儿媳妇放下手中正在翻腾的地瓜梗，歪起嘴巴凑了过来："这就不能随她，女孩儿家家的，在别人面前扭屁腚多寒碜！"

"可不是嘛！"姥姥哀叹，"咱正经人家的孩子当工人多好！"

"就是说呢！做啥有比当工人好？不行就赶快找个人嫁了，让她绝了念想，俺家叔伯弟弟也在矿上……"

"也是工人？"姥姥急急地求问。

"正经儿工人！"三儿媳妇得意洋洋。

"那就拜托你给撺掇撺掇，行不？"姥姥低三下四地赔着笑脸，心里暗骂自家这个不争气的玩意儿，生怕人家三儿媳妇变了卦。

2

不久母亲就嫁了，额头的伤疤用一片刘海勉强遮住，不过风大的时候就遮不住了。其实父亲家也在这个山坡上，结婚前母亲却只见过他的半个侧脸。

相亲那天，母亲躲在后窗抹眼泪，依稀听到未来婆婆埋怨三儿媳妇："找个长得这么好看的，你安的什么心！这种人能安分过日子吗，听说……"

母亲嫁过去的那天就下定决心安分过日子。

文工团的那个人和儿子不久回了首都，他的儿子据说读了博士，慢慢成了大官。大官给母亲写信，总是托一个骑自行车的男人送来。"自行车"站在山坡旁的三棵杏树下，有时候要等上几天。母亲每次看完信，一两天都不说一句话。

亦如隐约记得，母亲出殡的那天，看到过"自行车"和一个男人，那男人坐在黑色的小车里，目光对视时，他竟要朝自己冲过来，车里却有人死死按住他，"呼啦"一声拉上了白色的窗帘，亦如终于听见了那男人的哭声。

"这就是命吧。"

亦如随母亲走在残雪初融的路上。

母亲驼着背，扛着半人高的蛇皮袋，里面装着做手工活用的布头，纤细脖子上的青筋随着脚步有规律地凸张。她走得很快，大靴子在泥里踩出"噗噗"的声音。

亦如紧紧跟着，不时仰头看她，只见她不停地用皲裂的手背抹眼角，母亲说，那是自己迎风流泪的老毛病。

亦如最大的遗憾就是和父母相处得太少，如今只剩一张照片。

照片里的母亲很沉静，就是她平时的模样，不声不响，无悲无喜。亦如看过赵四小姐与张学良先生年轻时的照片，赵四小姐眉目竟与母亲那般神似——可能是自己的感觉，总之让人心生怜惜。

父亲倒是在微笑，他黑瘦黑瘦的，长着一张不管看多少眼都记不住长相的脸，两人都穿着矿里的制服，怀抱着也咧着牙床傻笑的亦如。

亦如记得自己从小爱笑，梦里常常笑醒，也记得自己有个"傻大丫儿"的外号。因为笑起来是咯咯的，父亲也叫她"小母鸡"。

在父女两人又捡到了个笑料，笑得前仰后合的时候，母亲是不笑的，双手只是揉搓面团，捏出一个又一个浑圆饱满的馒头来。亦如钻到她的怀里咯吱她，她才勉强微笑，露出一对小梨涡后，把手上的面粉抹在亦如的小鼻子上。

多年后，父母的模样在脑海里渐渐模糊，亦如想在梦里死死抓住，却只看见空中飞舞着惨白的碎片……

3

亦如的家在小城城郊的一座山坡上，在那里她生活了 13 年。

这里是真正的"贫民窟"，矿区的几排家属房就盖在坡上，留守家属、无业人员和城市贫民杂居于此。不过这里却是拾荒者的乐园，因为山坡其实就是一个巨大的垃圾堆。

住在这儿很不方便，除了一个能买到蜡烛、咸盐、皱纹卫生纸和罐头的小卖店，洗澡和买菜都要到山下很远的地方。

坡上只有一条没有路灯的土路，虽然不长，两边的灌木却很深。

灌木丛里隐藏着一条深沟，来路不明的水汩汩的，经年不断，沿小路再走几步，就是后山的火葬场。

亦如全家五口人就挤在这不足 20 平方米的家属房里，一铺炕占了屋子的一半，炕梢有一个"炕琴"，黄蜡蜡的不知道有多少年头，挂历做的帘子呼啦啦的，木头框框上画了一些不知道品种的鸟和竹子，全家人的被褥衣物都摞在里面。

地上叠着两口大木箱子，箱子也是黑亮亮的，上面堆着暖壶和杂物。墙上挂着两个相框，相框里夹着老照片，全是黑白的，照片的四角用银纸固定。角落里是母亲的缝纫机，有个小木凳子，也是亦如的书桌。

姥爷此时基本瘫痪了，没有系统治疗的尘肺病更加严重，夜里咳得死去活来。虽然彼此几乎不说话，母亲还是把他接了过来，无声地伺候。他的药罐子、尿壶和高大的身体占据了整铺炕的三分之一。

夜里，亦如常听到姥爷摸索着撒尿的声音，那声音有时候会断断续续地响上一夜。亦如看到月光下他那明亮的眼睛正死死地盯着大家，赶快屏住呼吸，把脸藏进被窝里，过了许久才听到他放下尿壶，缓缓地躺了下来。

那两口大箱子也着实吓人，姥姥总是念叨，等她和姥爷死了之后就用这两口大箱子装吧，还省钱！

母亲置若罔闻，不理不睬，父亲倒是吃吃地乐了起来。中风之后不能讲话的姥爷恶狠狠地瞪着女婿，父亲吐吐舌头赶快把脸埋在碗里，肩膀却还在抖动。

父亲就是爱笑的。

这是父亲留给亦如的唯一记忆——包饺子的时候他在笑，喝冷水的时候也在笑。他常一把举起亦如，让她骑在自己的脖梗子上，绕着院子飞快地跑了起来，亦如又咯咯地笑得像只小母鸡。

其实亦如家的日子虽然差，但还不至于缺衣少食。20 世纪 80 年代初周围人家的生活水平都差不多，没有攀比人们怡然自得，日子也过得有滋有味。有个爱笑的父亲，守着堆满垃圾的山坡，有一群野孩子做玩伴，亦如的童年还是充满欢乐的。

每天唱着歌放学，一把推开木门，亦如就会大叫：我回来了！

抓起水瓢灌满一肚子凉水，从炉坑里摸出两个还没烤熟的地瓜就跑出去玩了。丢沙包、捉迷藏、踢盒子，好玩的游戏多了去了，每天都能变化出新花样。每次姥姥都会在后面喊："别太野了，早点回来啊！"

不过，无忧无虑的日子总要走到尽头，直到有一天，山坡出事了，亦如的童年也就在那天结束。

一个女孩儿在回家的路上，被人拖到灌木丛的深沟里，先奸后杀。

4

不知谁在大门外喊了一声："沟里死人啦！"就像清晨的集结号，

姥姥趿着鞋，拉着亦如就往外跑。亦如一边跑一边扣扣子，才发现自己还光着脚丫子。

天可真冷啊！

数九的天气真不含糊，呼出的白雾立刻凝在眼睛上，鼻毛也随着呼吸粘在一起。亦如缩在姥姥身后，扯着她的后衣襟，和她一样既好奇又兴奋。

尸体是早起捡破烂的人发现的。

看热闹的人越来越多，派出所的人却还没来。大多数人脸还没洗呢，有人辣椒渣还粘在牙齿上，讲了几句话才咽回肚儿里去，有人穿件毛衣就跑了出来，一小会儿就冻得龇牙咧嘴。

沟里已经被踩得湿滑，却还不断有人在后面推搡，亦如站不稳了，拼命抓紧姥姥的衣襟。她想往回缩，可后面的人却往前推。就这样，手一松，她竟然站在了最前面。

她看见了！

火红的棉衣，和她的脸。

亦如看见死人的脸了！

就像拿起锤子猛钉钉子，马上闭眼也来不及了，亦如听见凄厉的尖叫从自己的嗓子眼里出来，围观的人也被吓了一跳。大家呼啦啦地后退，亦如重心不稳，身后没有支撑，便向前滑倒了。

她扑在了尸体上面。

忘记是怎么回的家，后面断片儿了。小姑娘在冬天里发着高烧，成了炭火盆，怎么也叫不醒。父母从矿上赶回来时，矿区陈大夫来看过之后已经摇头——准备后事儿吧！母亲一下子就瘫倒了。

"还是请大仙吧！"

姥姥坐在炕沿上叭叭地抽着旱烟，她后悔不该带孩子凑热闹，更自责没有看好她。姥爷静静地躺在炕头听众人说话，突然把眼皮睁开，马上又紧紧闭上。

"只能这么办了……"亦如父亲蹲在地上，双手抱着头。

天黑之前，亲戚陆续来了。女眷安慰亦如母亲，父亲和男人置备做"事儿"用的器具。屋里太小没处站人，仓房里也摆了几张板凳，舅舅在里面点了个煤油炉子给大家取暖。

冬夜深沉了以后，便开始烧纸钱。

一阵风来，火焰夹杂着灰烬竟然卷起一米高。院子周围点上了白色的蜡烛，怕吹灭了，父亲借来了几个灯笼。

法事开始后，"大仙"显灵了。

从鸭园镇请来的老太太穿着血红的大棉袄，围着女孩儿不停地念念有词。"大仙"的助手，也就是她的老伴，在亦如的脸上贴了一张黄纸钱，往上面不停地喷水……

"是用嘴喷的吗？"

父亲手舞足蹈孩子般讲得正欢，被亦如打断，他想了想，肯定地点头。

正在吃饭的亦如做出呕吐状，父亲笑着用筷子敲敲她的小脑袋："你还别吐，你的小命就是这么捡回来的呢！"

第二天夜里，母亲惊醒，看到披头散发的亦如站在碗柜前往嘴里塞冰冷的剩饭，她就这样醒了——

虽然醒了，死去女孩儿的脸却刻在了亦如的心里。

那是张惨白的脸，半张着嘴，死不瞑目。

亦如后来又产生了幻觉，怕见红衣女人，怕照镜子，因为镜中的自己也会飘飘忽忽地变成她的样子。亦如怕听到她的名字，直到今天，依然不敢写、不敢想。因为全世界的鬼故事和恐怖电影都不及她带给亦如的身心折磨这么强烈和真实。

母亲说女孩儿原来是住得不远的邻居，出嫁之后回娘家遇害的。她特别喜欢亦如，生前经常串门来抱她，还会亲她。

天啊！

亦如不能想象那双惨白无力的手如何托起自己，那冰凉的嘴唇如何在自己温热的小脸上留下爱的印记。也许就是因为喜欢亦如，才叫她一辈子不能忘记自己。

亦如常梦见自己在漆黑的小路上摸索向前，脚下磕磕绊绊的，那条路的尽头就是火葬场。红衣女孩儿站在路边，笑吟吟地给她指路："往那儿走，对了，往那儿走！"

亦如拼命地想往回跑，红衣女孩儿又在身后深情呼唤："别走，别走，让我亲亲你吧……"

想到这里，亦如的汗毛已经立了起来，不由自主地回头张望，还好她没有站在身后。

她叫——小翠。

5

9 岁那年，父母决定在家属房前的空地盖房子。

因为身体原因，母亲从矿上回来只能在家接点缝纫活，夜里常就着月光给别人织毛衣。父亲下井的时间更长了，常常一两个月不回家。

为了省钱，母亲带着亦如到山下拆迁工地捡废砖头。为了捡完整的好砖，常常工人把建筑垃圾刚推出来她们就扑上去，把砖头从灰浆里抠下来装进土篮，两个人再抬着上山。回家以后蹲在院子里用铲子铲掉砖头上的灰泥，最后用来砌墙。

这是一项完全没有任何乐趣的体力活，枯燥乏味令人绝望。一天下来，母亲累得话都讲不出，亦如的小手也是水疱叠水疱，肩膀又红又肿。

不过说来也怪，身体虽然疼痛，亦如却很想唱歌。

其实母亲还不知道呢，自己已被学校合唱团选中，画个大红脸蛋儿手拿塑料假花站在最中间。音乐老师还叫她学芭蕾，因为只用了一节课，亦如就学会了芭蕾舞蹈中 Sissnne fermee 的基本动作。法语单词亦如是万万不会读的，但她知道怎么把腿踢得又高又稳，老师特意把她乱蓬蓬的头发挽成一个光滑的髻，露出细长的脖子和刚刚长出来的锁骨。

可是亦如每次抬眼看母亲时，总觉得她眉头紧锁——

"也许她不想听我唱吧。"

亦如只好心里默默点数着脚步的节拍，尾巴一样跟在母亲身后。

此时她还不知道，她犯下了人生最大的错误，将用一生的时间去悔恨。多年后，住在某处的人们偶尔会被隐约的歌声吸引，但那歌声里面的悲伤却让人快要窒息。

直到那天，母亲背着砖头走在前面，突然一下子就倒了。

亦如扔下土篮扑到她的身上，看到母亲已紧闭双眼，脸就像小翠那张脸似的，这才知道她已经病得很重了。

接下来亦如必须承担更多的家务，她学会做家常饭菜，打扫卫生，帮着姥姥照顾瘫痪的姥爷，放学了她再也不去和小伙伴玩游戏。

亦如还要养鸡，因为奶奶爱吃鸡。奶奶说她自己是属黄鼠狼的，每次来串门都要吃一只。亦如坚决不吃自己养的鸡，父母也说这些鸡肉是酸的，还是卖掉给别人家好些，但亦如就是很好奇，奶奶为什么每次都吃得满嘴流油呢？

亦如家的鸡都长了翅膀，一跃就出了矮墙，天天在山坡上吃虫子，亦如每次都要花 1 个小时才能把这十几只鸡抓回来，逐渐练成了一辈子受用的好身材。

6

邻居家的大雷经常帮忙抓鸡，还教亦如唱儿歌。只记得他摇头晃脑走在没小腿深的雪里，一边拔腿一边念：

"一九八三年，我学会开汽车，上坡下坡压死二百多，警察来抓我，我跑进女厕所，女厕所没有灯，我掉进粑粑坑，我和粑粑作斗争，差点没牺牲！"

"脚踏黄河两岸，手拿机密文件，前面机枪扫射，后面定时炸弹。"

"太阳当空照，花儿对我笑，小鸟说早早早，你为什么背上炸药包。我去炸学校，校长不知道，一拉线快逃跑，轰隆一声学校炸没了！"

亦如很喜欢听大雷唱这些"儿歌"，女孩儿跳皮筋虽然唱"马兰花，二百八"，可就是不如男孩儿说得有趣。

矿区最多的就是煤场。

下午放学后，亦如常和大雷拎着破铁桶一起到山下的煤场捡煤块和锅炉房烧过的煤核。煤场有一堵破旧的矮墙，不知是谁把墙头掏出一个豁口，孩子们踩着墙脚堆着的烂木树桩，手扯着院里垂下的柳树枝正好可以跳进去。

看门的瘸腿老头每次都会追打他们，追不上就拣煤块砸。大雷的脑袋就狠狠地中过一块，出了血还留了一个疤，只能把头发梳歪了盖起来，亦如的屁股也被打得生疼。

不过说来也怪，这老头的手就像抹了蜜，他捡的煤块总是上等的大块无烟煤，特别好烧，孩子们于是常故意气他。

大雷一边飞快地捡起地上的煤块一边喊："臭老头，你的头像地球，有山有水有河流；臭老头，你的腰像镰刀，你妈的屁股像面包！"

老头气坏了，操起一大块煤狠狠地砸了过来，大雷像条小鱼轻松躲闪，弯腰捡起来丢进亦如的铁桶。看门老头毕竟是瘸的，除了追着大骂却也无能为力。

直到有一天，亦如和大雷再也不能去这个煤场了，因为老头养了条狗。

半人高的大狼狗照着亦如的小腿就是一口，还好隔了厚厚的棉裤，只听老头在后面哈哈大笑：小兔崽子，看你们再敢来偷煤！

7

煤场不能去了，大雷又带着亦如去捡垃圾。山坡本来就是垃圾堆，眼力好的话一天收获不小。黑瘦的大雷也是矿工的孩子，他还有个姐姐长得极其漂亮，15 岁就出落得亭亭玉立，到沿海城市当了模特。

"我姐每天都洗裤衩！"

大雷拿着棍子，在垃圾堆里娴熟地翻弄着。他的鼻涕就挂在嘴上，形成了两条黑道。每次鼻涕快流到嘴里时，他就用力一吸到鼻子里，然后用锅底一样油亮的袖子一抹，在脸颊留下一条黑色的痂。

"那她多久洗一次澡啊？"

"三天吧。"

"哎呀！"亦如惊呼道，"你姐姐真爱干净啊！"

"可不是，我上次洗澡都是两个月以前的事了，那次我姥姥过生日。"大雷发现一个鱼罐头盒，但是下面有水冻住了，他踢了几下，蹲下用手指抠着。

亦如想想自己是多久前洗的澡呢，不记得了。隐约中有天夜里，妈妈烧了点热水，给自己擦了擦身子，那好像还是刚入冬的事。大雷把罐头盒递给亦如，亦如确定里面没有鱼了，才放进土篮里。

今天"收成"不好。

"我昨天身上刺挠，到处乱抓，以为是得病了呢！结果怎么了，你猜？"大雷又发现一块废铁，他用脚踩住，好像怕它逃走，一只手伸进衣服里挠了挠。

"是生虱子了吧！"亦如咯咯地笑着。

"是呀！我把衣服扒开一看，缝里都是小虮子，还有大虱子！爬得到处都是，难怪这么刺挠呢！"

亦如很想笑他，突然发觉自己的头皮也开始痒起来。她在脑后抓了抓，摸到了一个小点点，顺着发丝慢慢拿出来，是个刚喝饱了血的大虱子。她熟练地把虱子移到指甲中间挤死，发出"噗"的一声，把血在棉袄上蹭了蹭，低头又翻垃圾。

"我妈说，小孩就没有不生虱子的，因为我们的肉香。生虱子是正常，表示我们没病，不生才不正常呢！"大雷看到亦如捏死个虱子，安慰道。

亦如想起妈妈也是这样说，忙点头。

两个孩子在垃圾堆里翻了大半天，一共卖了3毛5分钱。大雷拿走了1毛钱，剩下的给了亦如。路过小卖店，大雷走进去，出来时拿着几块牛皮软糖，自己留了两块剩下的都给了亦如。女孩儿不要，大雷学着爸爸对妈妈的样子把眼睛一瞪——老娘们就要听老爷们的！给你就拿着嘛！说完硬塞进她手里。

牛皮软糖外还包着一层芝麻，大雷剥开就往嘴里一丢，甩着膀子腆着肚子，嚼得"吧唧"作响，跟在他后面的亦如忍不住也剥了一颗放进嘴里。

真香啊！

细小的芝麻和唾液融合立刻焕发了无限的味蕾体验，从进入嘴里的那一刻起，就散发出浓烈的香味。太好吃了！不过剩下的糖要留给妈妈，自己绝对不能都吃了。亦如把馋虫按回肚子，把软糖放进棉袄最深的口袋里。

"以后等咱俩长大了，就互相抓虱子，现在都是我妈给我抓。"

大雷把第二颗糖也吃了，一边嚼一边说。亦如"嗯"了一声，觉得这个主意不错。因为她的虱子也是妈妈给抓的，可妈妈身体不好，眼睛有点看不清。

"我爸说，你爸同意你给我做媳妇儿了。"大雷摇头晃脑地表示高兴，"我爸还说，我以后要对你好呢！"

"你对我很好了，还要怎么好呢？"

看着亦如疑惑的眼睛，大雷抠了抠鼻孔，想了想认真答道："就是给你家盖房子，赚钱给你花，也给你爸妈花，天天逗你笑呗！"

他光顾说话没留神脚下的积冰，一个趔趄，亦如赶快拉住他。

你别说，给大雷做媳妇儿真是不错！他会唱儿歌，会捡垃圾赚钱，对自己也好，而且两个人互相抓虱子以后就不痒了。想到这里，亦如也高兴起来。

"那就这样说定了吧！"8岁的亦如看着7岁的大雷，伸出小指头。

8

承诺还没有兑现，大雷就在一场肺炎后死了。

她姐姐回来了，穿着一身皮衣，蹬着高跟鞋，戴着蛤蟆镜，身后跟着一个金发碧眼的外国人。听说这个金毛是俄罗斯人，专门做军火生意，这次开着飞机过来的，把飞机停到了火车站前面。

父亲特意骑自行车去看，回来说火车站前面没停飞机。

趁老婆没留神，父亲抱着女儿溜到后院正在办丧事的大雷家，亦如是第二次看死人。小城的风俗是夭折的孩子不办丧礼，只停放家里一夜让父母道别。

大雷家和亦如家一样，都是一间小平房。他家没有特别布置，只在门口搭了个小棚子。大雷就躺在木架子上，头顶亮着一盏油灯，身上盖着一床白棉被，那神态就像玩累了睡着了。

亦如一把扯开被子，推了推和衣躺着的大雷，又在耳边喊了他两声，可是大雷一动也不动。他怎么这么困呢？亦如挠挠他的手，冰凉冰凉的。

父亲不准亦如再碰大雷，大雷的妈妈看到亦如来，一把将女孩儿搂进怀里，她努力在孩子面前压抑悲伤，眼泪却断了线地往下流。有一滴正好跌在亦如唇边，滑进她的嘴里。

"咸的。"亦如舔了舔。

小女孩儿不知道怎么安慰大人，就乖乖地让她抱着。

坐了一会儿，亦如听到父亲和大雷的伯伯在商量什么。几个男人围了上来，边听边点头，伯伯也点头称是。又过了一会儿，院子里架起一口大锅开始烧水。

"你先回家吧，爸还有事。"父亲抱过女儿，给她穿上鞋。

"什么事呢？"

"我们要给大雷洗澡……"

夜里，亦如听见父母耳语，母亲叹息："可惜一个孩子了，不知道他为什么那么做？怎么问也不肯说。"

"就是啊……那不是白送命吗？"

"听说临死之前说胡话，只喊咱女儿的名字……"

"以后记住他的忌日，要女儿每年都拜。"

沉默了很久，父亲轻声说："其实大雷一点也不黑。"

9

这么多年来，亦如一直在思考"命运"这个难题，这沉重而无解的谜题令她身心疲惫。她想不通，命运究竟从哪一天开始折磨自己。

也许就是那场矿难吧。

煤矿因为瓦斯爆炸塌方，亦如失去了父亲。那个生活中唯一爱笑的亲人就这样走了，几乎什么也没有留下。

因为没有尸体，父亲没有葬礼，一家人凑到一起哭了几场，便烧光了他的衣服，少得可怜的一点补偿款，奶奶全拿走了。本来这个世上属于他的东西就不多，就像被风吹散了一样，除了曾经单纯的笑声，再没有他来过的印记。

背着书包的亦如独自走在堆满残雪的山路上，透过松树层叠的枝丫向远处眺望，只见惨淡的城市苍茫一片，只有巨大的烟囱汩汩地冒着热气。

她的眼泪滴在被雪水浸透的粗布棉鞋上，转眼便不见了，只有鼻腔残留一丝苦味。

后来，亦如发现关于父亲之死的这段记忆越来越模糊，人的记忆有一种本能，不敢触碰的东西就记不清了，然而 12 岁时母亲离开的情景却历历在目……

那年冬天很冷，刚盖好的新房就像个冰窖，墙壁上是半指头厚的霜。

亦如蹲在地上趴在小板凳上写作业，手指冻僵了，身体也冻僵了，不停地哈着气。这一天，卧床很久的母亲起来了。她亲手做了晚饭，又烧了一点热水放在女儿的身边，给她用热气取取暖。

晚饭后，她把柜子里的一个包裹打开，这里有她从小收集的小人书，当年跳舞时用的银色小铃铛，发黄的邮票和几张粮票，还有一个放在小木盒被手帕层层包好的玉镯子，那是"大官"送的，这些都是她的宝贝。

母亲一件件端详着，再一样样交给亦如。亦如也一件件看过后，母亲重新包好放进柜子里。

母亲终于讲起"大官"的事情，写给亦如一个名字，叫亦如牢牢记住之后，把写了名字的那张纸撕得粉碎，和一大堆写满密密麻麻文字的信纸丢进火里。

今天做的事情太多了，母亲撑不住了，汗水在脸上凝结成豆大的水滴，喘息着只能歪下身子。亦如依然记得她的最后一个动作，斜靠着墙壁，朝女儿轻轻地挥挥手，脸上是凄惨的微笑。

一滴眼泪，从满是歉意又不舍的眼睛里溢出。只是一颗，如流星一样转瞬即逝，但却深深刺穿亦如的心灵，以至于今天想起依然痛彻骨髓。

亦如知道她在说："永别了，我的女儿……"

10

亦如读书的学校是城北的育才学校。这是个由小学部和初中部组成的学校。

北方的冬天来得特别早，下午三四点钟就擦黑了。等上完下午四节课后，天就黑透了。人们陆续回家，一盏盏橘黄的小灯点亮，不知哪个粗心人把饭煮糊了，空气中有浓烈的米香。

城郊的路灯总是不亮，行人也很稀少，偶尔有一两条野狗夹着尾巴一路小跑。

夜色中独自行走在无人的小路是亦如每天都要面对的折磨。恐惧像空气一样包裹着她，亦如想飞，就可以一下子从黑暗中逃离，可她没有翅膀。亦如想尖叫，可是又怕吵醒睡在这里的小翠。

就像有一只无形的手卡住了脖子，根本不能出声。亦如只能拼命向前跑，每天到家时都是浑身冷汗，接着就是一身热汗。

父母在世时会尽量来接她，可是走这条路母亲也会害怕，因为几年前就在这里，有个尾随她的男人卡住她的脖子，把她拖进草丛里……

为了保护女儿，母亲怀揣一把菜刀，站在三棵杏树旁的路灯下翘望。

亦如记得母亲说过她的愿望，那天母亲接到亦如之后，一起走在湿滑的小路上，松柏的针叶在北风里发出沙沙的摩擦声，半人高的枯草丛中时不时发出奇怪的响声。

"我希望能带着你搬到一个没有晚上的地方，那里 24 小时都是白天。那个地方是平的，没有山，没有冬天，阳光整天暖洋洋地晒着大地。"

"是南极吗？"

"不是，南极太冷了。"

"那是海边吗？"

"也许是吧，可是我没见过海……"

"我想那是天堂！"小女孩儿肯定地告诉妈妈。

母亲摸摸女儿的小脑袋，望着稚嫩的小脸，她的心不停地下坠，痛得几乎想用手掏出来捏碎。她真的不忍心告诉女儿，也许只有天堂才会那么美……

家里出现变故以后，父母很少来接亦如放学了，每一次对亦如来说都很奢侈。每当远远看到他们，身体拖着长长的影子，虽然也是孤零零的，但亦如悬着的心就会放下。

路灯、菜刀、荒草、冷汗……

以至多年后，这些事物交织在她的脑海里，挥之不去。女孩儿多希望能出现一位童话里的白马王子，不用骑马，骑着自行车或走路都行，每天能陪自己走过这条漆黑漫长的路……

秦楠就是那个王子。

总来吃鸡的奶奶在儿媳妇的葬礼后给孙女买了一台旧自行车，她说了，自己是一个寡妇，儿子也死了，儿媳妇也死了，这是她最后一点能力，以后孙女的死活再与她无关。

她甚至提议干脆给亦如改姓算了，"反正也不是我家的孩子"，讲这话的时候奶奶还盘腿坐在亦如家的炕上啃鸡腿，这是最后一只鸡了，鸡骨头就堆在满脸赔笑的姥姥眼前。

蹲在地上的亦如舅舅再也忍不住，操起砖头砸在老太太的头上……

11

转眼间，亦如也读初一了，还在育才学校。

不知从何时起，每天放学，班上新转来的秦楠总会先一步等在校门口。开始只是跟着，慢慢地笑笑，便肩并肩地骑着。亦如赶忙加紧蹬车，不一会儿便把他甩在身后。

秦楠的成绩不错却很调皮，和别人的嬉皮笑脸不一样，他是潇洒地调皮。用他的话说，捉妖儿都要有格调。秦楠才不屑于在课堂上接老师话把儿，搞点小动作，一言不合他站起来就走。他更不屑于小男生玩的那些毛毛虫子，弹弓玻璃球，他的书包里有"真家伙"。

细皮嫩肉的秦楠在一众拖着大鼻涕、眼屎也没洗净的半大小子中鹤立鸡群，他的眉眼之间写着一副无所谓，叼着香烟，仰着脖子，穿着黑色的大衣和军勾皮鞋，眼神冷傲无物。

可是这么酷的男孩儿却做了一件让人大跌眼镜的事情，不久全校就传开了，有人看到秦楠竟然抓蛆——用一双吃饭的筷子，蹲在厕所抓蛆！

北方学校的厕所都在室外，挖一个几米深的大坑，上面搭个棚子建起厕所，男生左边女生右边，大家蹲成一排拉。这样的厕所冬天冻屁股，到了夏天，最多的就是蛆了。

蛆是苍蝇的"姐姐"，白白的一条，分不清头还是尾，大摇大摆地爬过蹲厕人的脚，有的还爬上了墙，冷不防就从上面掉下来。等蛆泛滥成灾时，学校就会洒一些石灰。秦楠不知道怎么捡了这么多蛆，放在讲台的粉笔盒里，女老师抓起来时当场呕了一地。

班主任在班会上总结出秦楠的六大罪状：逃学、打架、抽烟、玩游戏机、课堂捣乱、骚扰女生。这些罪行加在一个初中生身上真是罪大恶极，可学校怎么不开除呢？

听说他是校长的侄子才会屈尊到这里，父母是当官的，谁敢开除呢？

难怪秦楠的家境那么好，吃穿用度都是富家公子的派头。再加上帅气的外形，扮酷的个性，在这样的贫民学校非常扎眼，所以相当受女生欢迎。

到底有多受欢迎呢？

秦楠就像宇宙中唯一一颗行星，女生围绕着他，用各种旋转的姿态吸引他的青睐。同班女生争风吃醋已经不是秘密了，听说他小学就处对象了，那时就有人为了他大打出手。

亦如好几次撞见他和女生在楼梯拐角，女生要么帮他剪指甲，要么给他按摩肩膀，不时偷摸一下他的脸。有一次还看到他和几个小混混在校门口的游戏厅抽烟，一个女孩儿跨坐在他的腿上。这女孩儿的白纱上衣完全透明，里面露出醒目的黑色胸罩，故意摆在他的嘴边。

同班女生私下议论秦楠早就不是处男了，有人曾经看到他一边提裤子一边从学校后面的河滩上走出来，不久就有衣冠不整的女孩子红着脸跟出来。

"这些骚货都是自愿的，秦楠会收她们钱！"

王晓霞吃午饭时对着亦如恶狠狠地讲："真是便宜她们了，有钱就可以糟蹋秦楠吗？可惜我没钱……"

"他家里不是很有钱吗？干吗还做这种事？"亦如不敢相信中学生会这么做。

"谁知道呢！还不是那些女的主动勾引呗！"晓霞不停地拨弄饭盒里的土豆丝和白菜叶，看它们能否相爱，生出一片肉来。

看来这种人和自己南辕北辙，亦如暗自发誓要井水不犯河水，绝对不去招惹他。

12

新学期的某个下午，班主任凶神恶煞般吩咐身为班长的亦如去校门口的游戏厅请"秦公子"回来上自习。

亦如放下笔，只好从命。

游戏厅虽近在咫尺，亦如却第一次进来，因为这里完全是另外一个世界。

发出各种声音的游戏机前围满了叽叽喳喳的男孩儿，兴奋地盯着变幻的画面，时不时欢呼或惋惜。也有一些成年人安静地坐在一边玩麻将机或老虎机，不时听见游戏币哗啦啦掉下来的声音。

亦如躲过众人的目光，找到正在玩麻将机的秦楠，他在抽烟。

"你来干吗？"秦楠看到平时不爱讲话的女班长站在身后，吓了一跳。

"老师要我找你……回去。"女孩儿怯怯地说。

"老师让你来的？那你走吧，我现在不回去。"男孩儿继续玩，他胡了，游戏里的美女开始脱衣服，只剩黑色胸罩。

"你不回去，他会找我麻烦……"亦如知道班主任那脾气，听说他更年期来了，有时候也扇女生耳光。

秦楠装作没听见接着玩，这把他输了，机器吞了他两个币，他回头瞪了女孩儿一眼——那你告诉我一件事，我就跟你回去！

"什么？"

"你为什么总不理我呢？还躲着我呢？"

秦楠凑到亦如身边用鼻子闻了闻，亦如不自在地后退了一步。秦楠呵呵笑道，我还以为你有狐臭才躲着我呢，也没有啊，好像还有肉香！

"我没有……你别胡说八道了！"

男孩儿又挤挤眼睛："那你说说，你整天躲着我是不是因为喜欢我？"

女孩儿说不出话来，男孩儿以为说穿了她的心思，好不得意。他挥挥手，打发女孩儿赶快走，今天一定要玩到美女全脱光为止。

"小小年纪就学会处对象了，你是不是要流氓啊！"亦如看着男孩儿又点了开始键，机器开始发牌，壮着胆子大声地说。

"我要流氓，你是正人君子，犯不上为我浪费时间，你快走吧！"

男孩儿打出个二饼，机器开杠，他瞟了亦如一眼。亦如受了欺负，眼泪流了下来，也不知道哪里来的勇气，她忽然抓住男孩儿的手，把他从椅子上拽了下来。

"你这是干吗呀？"

"回去！今天必须带你走！"

"快放手，你扯得我疼死了！"

两人拉扯之际，看热闹的男孩儿们围了上来。一个矮子对秦楠喊："嗨，哥们！没电了吧，让女的给直溜了！"另一个男孩儿边吐烟圈边损他："平时这臭小子装大发了，原来女的都不如！"男孩儿堆里发出哄笑，"四分之一千"之类的嘲笑声不绝于耳，秦楠的脸变得通红。

"好！你让我回去也行，你把这瓶酒喝了！"

手边正好有一瓶白酒，还剩大半瓶，秦楠抓起来递给女班长。

亦如犹豫了一秒，一咬牙嘴对嘴开始猛灌，这架势把众人都给镇住了。二锅头也太辣了，亦如的鼻涕和眼泪都涌了出来。

秦楠见她一口气就要喝到底，赶快抢了下来。

"你有毛病啊，还真喝！"接着也嘴对嘴把剩下的酒灌进肚里……

那天直到晚自习，两个人还在教室门口罚站呢，班主任气得浑身发抖——也不知道这两个小祖宗喝了多少酒，歪歪斜斜互相搀着就回来了，女孩儿吐了一身，教室里全是酒味……

秦楠瞅瞅迷迷糊糊的亦如，对视时，她抿着嘴竟笑了。

"还笑呢！你怎么那么缺心眼，要你喝你就喝呀？"他小声嗔怪。

"不喝你不回来……"

男孩儿哀叹，我一世英名彻底毁了，天不怕地不怕的孙猴子让你给降了！那我再问你，我主动和你打了那么多次招呼，你为什么不理我？男孩儿瘪着小嘴可怜巴巴的。

"因为你连蛆都玩……"

秦楠差点跳起脚来："你知道我为什么捉弄陈老师吗？"

亦如赶紧示意他压低声音："为什么？"

"你还记得她在课堂上说缺爹少娘的孩子教养就是差吗？"

"记得，不过她不是在说我……"

"可你的确没有父母，这不是连你一起骂了吗？一个当老师的，怎么能这样说学生呢，谁愿意缺爹少娘，一点同情心都没有，我看她才没有教养呢！"

"原来你是为了我？！"亦如望着面色绯红的男孩儿，不知道他是喝多了，还是说得激动。

"当然是为了你啊！"

沉默了一小会儿，男孩儿轻轻挪到女孩儿身边——

"真傻啊你……以后可不准你喝酒了……我会保护你的。"

也许有学校的那天就有校园暴力，只是表现程度不同。

总有一些学生专心学习，一些学生是被家长逼迫来混日子的。总有一些学生受不良思想影响或比较早熟，相反的，也有一些学生还是胆小怕事的孩子，专门供前者欺负和敲诈。

学校就是社会的小小缩影，不过假如放任学校沦为弱肉强食的丛林，孩子在其中学会了残忍的生存法则，这个社会也不再有希望。

育才学校也不例外。

围墙周边聚集着一群早早辍学的半大孩子，学校里面还有一群不安分的孩子接应，随时准备加入他们的队伍。看谁不顺眼就揍谁，看谁有钱就堵谁，哪个女孩儿漂亮就骚扰，谁没交保护费就砍他！有的孩子竟然吓得不敢来上学，有的孩子只能偷父母的钱来交。

暴力也分软硬。

软暴力以恐吓威胁为主，硬暴力就是叮当一顿暴揍，不过也分程度的，对男女施暴手段也不同。对男孩儿毫无疑问就是打，对女孩儿却要分层级，打嘴巴子、踹肚子是有"深仇大恨"的，带点调戏性质的就会掀裙子、拍屁股、捏胸口，或者起一些侮辱人格的外号，一群半大小子一起当众叫，而且越叫越来劲。

校园暴力也不全为了钱，也有找乐子的成分——

比如女孩儿最怕的冬天，就会出现群体"施暴"现象。

因为学校的厕所都在室外，从教学楼到厕所这段路真是险象环生。不管认识不认识，同班不同班的，只要有女生经过，男生就会一哄而上，二话不说将女生按进雪堆，把雪从脖领子灌进去。

男生管这个游戏叫作"灌包"，他们玩得不亦乐乎。

"灌包"还有一个残酷升级版叫"堆雪人"，就是活活把女孩儿用雪埋起来，只露个头。

这是个无女生能幸免的游戏，任你哭喊也没用，不玩够了男孩儿不会放手，而且女生越受欢迎越难逃脱。清秀的王晓霞一个冬天怎么也要被堆个十来次，亦如还惨一些，被玩过终极版本——"滚雪球"。

男生还有一个乐子是拔气门芯儿，你拔我的我拔你的，有的男生一下课就跑到车棚去拔，回来分给同学。

各班后来不得不派人"值日"轮流去拔，因为下手晚了，车棚里的自行车上面一个气门芯也不剩了。每个班级都出班费买了几个打气筒，放学时轮流用。

亦如放在学校车棚里的自行车已不知道被拔掉多少次，今天又是！教室已经锁门了，无可奈何之下，只好拿出自己提前准备好的气门芯儿，到传达室刘大爷那里借打气筒。

"又被拔啦？"

亦如笑笑，蹲了下来。刘大爷满脸殷勤，主动帮她打完气。亦如骑车出了校门，秦楠还没来。正在犹豫要不要等他，只见几个化着浓妆的女孩儿走了过来，看年纪比亦如大两三岁。

一个胖女孩儿一把抓住亦如的车把手，用力一扭车子就歪了。另一个女孩儿上来就揪辫子，领头的女孩儿照着亦如的前胸就推了一把。

"你得罪人了，知道不？"

"我得罪谁了呢？"亦如挣脱开，大声地问。

领头大姐哼笑，拳头照着亦如的头狠狠砸了一下："装蒜是不是？秦楠你认识不？"

胖女孩儿插嘴："大姐，咱不和她废话，揍她一顿。"

"你傻啊，道上的规矩你还没弄清楚吗？打要打得清清楚楚，回头让人家明明白白，不然不是白打了？"领头大姐吼了胖女孩儿，胖女孩儿不敢再出声。

"你看看那边！"

领头大姐扯着亦如的领子，让她朝游戏厅门口看过去，只见一个也穿着校服的女孩儿蹲在门口抽烟，正看着她们。亦如想起来了，是"黑乳罩"！

"你现在知道了吧？谁的男朋友不抢，抢我老妹的！她是我罩着的，知道不？"说话间飞起一脚就踹在亦如小腹上。

钻心的疼让亦如说不出话来，只能松开自行车捂着肚子蹲下。胖女孩儿见状拽起亦如的头发，另一只手啪啪就是几个大耳光。她打得咬牙切齿，左右开弓，直扇到自己手麻才住手，在一边喊手疼。

血，从亦如鼻孔里流了出来，脸颊已经肿了，眼前直冒金星。

这时"黑乳罩"走了过来，领头大姐往旁边一让，她也蹲下来："我的男人你也敢抢，今天知道厉害了吧！"

亦如有生以来第一次闻到香水的味道，但却那么刺鼻，那么令人作呕。

"我从来没抢过……"

"你和他亲过嘴没？"

"没有！"

"你和他上过床没？"

"你简直胡说八道！"亦如羞恼至极。

"还敢嘴硬！"胖女孩儿今天特别积极，又照着亦如的脸踢了一脚，正中亦如的额头，亦如仰面倒地。

"你们下手有点轻重，别弄出人命啦！"一个围观的男生拉住胖女孩儿。

"好！以前的事情算过去了，以后你知道该怎样做了吧！""黑乳罩"照着亦如的胸口狠踹了一脚，一伙人骂骂咧咧地离去。

14

亦如推着自行车在路上走着，车把摔歪了不能骑，不时磕绊。浑身上下到处都疼，寒风吹着红肿的脸火辣辣的，里面有无数颗小心脏在跳动。

"这副样子给舅妈看到会怎么样呢？"

听到有人在后面喊自己，亦如知道是秦楠。她心里有气，脚步赶紧加快。秦楠满头大汗，拼命地蹬着自行车。

"对不起！对不起！放学我拉肚子，到了厕所才发现没带纸，你看我这个狼狈呀，只能脱了裤子拿裤衩擦……"

秦楠笑嘻嘻上气不接下气地解释，忽然发现亦如不对劲。丢下自行车，扳过她的身子，就着路灯细看她的脸——

"谁打你了？！"

"没有人打我，我骑车摔倒了……"亦如甩开他。

"摔成这个样子？你再摔一下我看看！你还骗得了我？"

亦如实在不想纠缠，吼道："以后……我们还是不要说话了！"

"为什么，为什么不说话！"秦楠急了，"快告诉我谁打你了！"

"不是因为这个，是因为……"

"因为什么啊，求你快说啊！"秦楠声音都变了。

"你和学校里那么多女生乱搞，在你的心里我和她们一样吧？听说你还收人家的钱……我都说不出口，你为什么要做这样的事呢，你家不是很有钱吗？你太脏了，让我恶心死了！厕所没纸你可以问别人要，为什么要脱裤衩呢！老师不好你就抓蛆，因为你本身就是个令人恶心的家伙吧！"

……

这些话一股脑从嘴里蹦出，亦如心如刀绞，不争气的眼泪已流满脸。

秦楠五雷轰顶，他不知道发生了什么，但亦如的话深深地伤害了他。

"在你心里，我就是这样的吗？"

"就是这样的！你很讨厌！不要再缠着我，可以了吧？"

亦如抢过自行车，用袖子抹了一下眼泪，推着车子就走。

秦楠呆呆地站在路中央目送亦如远去，一直到她的影子被黑暗完全淹没……

15

接下来的日子，又是一个人走这段夜路。

荒地里的杂草已经枯死，歪斜地堆积着石头和建筑垃圾，冬天的寒冷使行人更加稀少，北风呼呼地抖着冻在地上的塑料布，卷起的垃圾和纸屑在空中盘旋。

亦如常感觉到有人在后面跟踪自己，她不敢回头去看，怕是小翠，更怕是当初强奸妈妈的坏人，或者是姥姥经常念叨的、后山火葬场夜深人静便会出来游荡的鬼魂，只能拼命地快骑，赶快回家。

同在一个班级，亦如还是躲着秦楠，不管他闹出什么动静，自己就是不往那个方向瞧，下课时故意绕道走另一侧楼梯。有秦楠参加的篮球比赛她也不去看，一个人留在教室里看书。

时间溜得很快，两个星期过去了，亦如开始习惯没有秦楠的日子，只是这些日子是灰色的……

午休时她趴在桌子上，想睡一小会儿，王晓霞坐到亦如身边，推了推她。

"给你，你的信！"

亦如坐起来，看到晓霞手里有一个信封，没有贴邮票。

"哪来的呢？"

"看看就知道了呗！"晓霞抿嘴，暗示操场方向。

信封里是一张从习题本上扯下来的纸，边缘有小刀修整的痕迹，字是秦楠的，歪歪扭扭的像蚯蚓。亦如记得秦楠说这叫正宗"鸡爬子体"，是他练了"鸡爪子"功后自创的。

"难看！"亦如想笑。

信上只有几行字："已经狠狠教训了欺负你的人，给她们一百个胆子也不敢再骚扰你。连累了你很抱歉，可以骂我，打死我也行，但不要不理我，求求你！我没有和任何女生好过，事情不是你想的那样，相信我，好吗？"

这封信就像刺破黑暗的曙光，亦如的心情立刻被点亮。她才发现，自己其实一直在等这封信。

"还不原谅人家啊？"

晓霞趴在旁边也跟着看完了信："他在操场的杏树下面等你呢，快去吧！"

亦如笑了笑，把信纸合上，站了起来。

16

亦如确定自己喜欢上秦楠是在不久的一个午后。

冬天就这么黏腻地赖在北半球不走，明明是四月初，一场大雪却把刚刚发出的鹅黄色小芽全冻死了。班上不少同学都逃课了，稀稀拉拉几个学生坐在教室里。数学老师叹了一口气，还是开始上课。

这是个贫民学校，学生的家长都来自社会底层，他们的子女从小就被打上平庸的烙印，来这里就是"享受"九年制义务教育福利的，把孩子丢在这个"大幼儿园"，父母对孩子没指望也没要求，只要不杀人放火就行了，身为老师还能要求什么呢？

亦如正专心听课，教室的后门突然被踹开了，几个小混混大摇大摆地走了进来。数学老师大声呵斥他们，两个半大小子冲上讲台，一左一右控制住老师。大涛哥径直朝亦如走来，一屁股就坐在她的书桌上。

大涛哥是远近闻名的混混，人高马大心狠手辣，他曾经直接掰断一个学生的手指，制造了无数起校园暴力事件。听说成人帮派都要忌他三分，进出各所学校更是如入无人之境。

"你们要干什么！"数学老师挣脱两个小混混，马上又被拖住。

"这个老师，你讲你的课，我办我的事，咱们井水不犯河水，好吗？"

大涛头也不回，只把话撂下，抢过亦如的笔，轻轻地放进铅笔盒里，柔声细气地问，"我昨天写的信你收到了吧？"

"收到了！"亦如冷冷回答，打开笔盒重新拿出笔。

大涛举起拳头刚想发作，还是放了下来："你想好了没？同意不？"

"不同意！"

"你是敬酒不吃吃罚酒啊，我看中你了，要和你处对象，你就是我的人了，再不同意，信不信我在这里扒光你！"大涛恼羞成怒，卡住了亦如的脖子，一只手便摸进她的上衣。

"你敢啊，你这个混蛋，大庭广众你不怕进监狱啊！"数学老师呵斥小流氓，冲下了讲台。大涛回手一推正中老师的胸口窝，亦如用力挣脱，但被大涛死死制服。

"听说你前一阵还被打了，如果不是我一直罩着你，你不知道被打多少次了！"大涛把嘴凑在亦如的脸上，喷着气，亦如开始尖叫。

"住手！大涛哥！"

挣扎中亦如听到秦楠的声音，这个家伙刚才去上厕所了，他现在几乎不逃课了。

"是你啊，财神爷！"大涛的手紧紧钳住亦如的手腕，不准她跑掉，亦如开始踢他。

"大涛哥，你不是答应我了吗？钱我给你，你答应不再找她了吗？"

"钱花完了，人我又想要了！"

"大涛哥，钱我一直孝敬你啊。你说还要多少，我一定想办法。"

"你过来说吧。"

大涛比划了一下，有个小混混走过来，叉着腰努努嘴。秦楠走了上来，大涛一记老拳正中他的眼眶，秦楠捂着眼睛蹲在地上。

"小瘪犊子，老子早知道你看中我的女人了，不然你干吗为她拿钱出来，就冲这一点，我今天也要揍死你！"

大涛和几个打手的拳脚雨点一样砸来，秦楠被打得结结实实。事情就发生在一两分钟内，闻讯而来的训导主任拎着大棒子跑了过来，有人去校长室找了秦校长，大涛见势不妙带着兄弟们夺门而出。

训导主任驱散了看热闹的学生，秦校长看到侄子趴在地上真是又心疼又生气，她示意数学老师继续上课，一边拉起秦楠回校长室。秦楠的嘴角都是血，眼睛已经肿了起来。

"你没事吧？等下也到办公室来！"秦校长恶狠狠地对亦如说。

亦如点头，呆立原地。秦楠回身，用唇语示意："晚上我等你。"

此刻，盯着他俊美的嘴唇，女孩儿心动。

17

接下来的日子美好得就像山野的微风吹开冰冻的山峦，和所有校园小说一样，情窦初开的少年让暧昧的初恋慢慢生长。

听说秦楠的父母给了大涛严重警告，他不敢再骚扰。亦如一下子开朗起来，秦楠也开始用功读书。因为两人约定要考取同一所重点高中，同一所大学，最后一起工作。

梦想是这么美好，可秦楠调皮的个性难改，还是隔三差五被班主任拎到教室外面。亦如下课时看到他头顶一本英语书蹲马步，便趁四下无人帮他捶腿捏肩。

一晃秋天又到了，学校开始放一周的"冬储假"。

北方的土地一年只收一季，冬天又特别漫长，这时候大棚种植还不普及，家家户户必须在下雪之前挖好地窖，储备好整个冬天所需要的煤、木材、白菜、土豆、萝卜和大葱等。家境好的还会买苹果和山楂，把梨和柿子冻起来，到了过年再吃。

再懒惰的人也要行动起来，这可是关系到民生的大事，谁都不敢懈怠。这些食物要狠狠够吃 5 个月才行，有的人家植树节之前就断了炊，只好高价去市场上买，勉强熬到春暖花开。

男人负责到地里采购，大多数单位也会组织工会团购，再分到每个人。这时单位福利的高低、工会同志的办事能力就比出来了——有的单位选的菜就是水灵，有的就发蔫。有的单位带鱼螃蟹都有，有的就只有土豆辣椒。

马路上异常热闹，就像过节一样，到处都是推板车和骑三轮车的，一趟趟运个不停。女人和孩子就等在家里，车一来就负责搬运和摆放。全家老少齐上阵，也很有乐趣。

不过这时候家里孩子多的也要注意，一不小心就会把孩子和土豆一起锁在地窖里，好在地窖并不冷，亦如就被关进去过，忙了一天的爸爸晚上要拿大葱时才想起女儿还在地窖里摆白菜呢！

储运白菜是有学问的——
地里挖出的白菜要留下根茎，这样既便于搬运也防止水分流失。

大人可以一次拎 8 棵，孩子也可以拎 4 棵。地窖的温度恒定在零上几度，白菜要靠墙整齐地平码，菜上面绝对不能喷水，吃的时候小心地从上面挨着拿，这样白菜存放几个月也不会烂。

北方人吃白菜的方法也很多。剥掉老叶，把菜心细细切丝，放上调料和辣椒油凉拌着吃，是冬天的爽口小菜。切成片加上粉条和五花肉煮在一起就是有名的"余白肉"或叫"猪肉炖粉条"。

但是大部分的白菜还是被洗净腌在大水缸里，盖上一块河滩里捡回洗净的大石头。等到腌透成了"酸菜"的时候，吃一棵捞一棵。酸菜可以包饺子，也可以和粉条炒着、炖着吃，又成了一道美味，叫作"汲菜粉"。

北方人喜欢吃生冷、蘸酱和炖煮的食物。

读大学时亦如听人取笑生吃大葱、生菜和辣椒是"野人"的行为，其实一方水土养一方人，每一种文化和习俗都应该受到尊重，特别是饮食。

这地方的人觉得不能接受的却正是那地方的人魂牵梦绕的味道，这其中包含了对家乡、亲人和童年的珍贵情感，舌尖上的思念，什么都不能替代。

18

父母去世后，亦如和姥姥、姥爷还是被舅舅接了回去，他家也住在山坡上的矿区家属房，和亦如家的房子隔得不远。

舅妈和公婆相处不好，嫌弃一个是瘫子，一个是累赘，整天在家摔摔打打、指桑骂槐。亦如从小乖巧，很会做家务，舅妈对她还算不错，只是花钱时不乐意，亦如几次听到舅舅和舅妈为了自己的学费吵架。

亦如深知寄人篱下不能多添麻烦，吃就只求果腹，穿就只求遮体，为了让舅妈满意，尽量不言不语，竭尽全力分担家务，还主动把母亲留下的玉镯子送给了舅妈。上次被舅舅砸了脑袋的奶奶好歹拿出一点钱，亦如的学费有了着落，一家人暂时相安无事。

冬储假后的两天亦如还没来上课，秦楠逃课跑到亦如舅舅家。

院子里堆满了白菜，简直成了小山。仓房里的几口大缸有的已经堆满了，有的还空着。亦如和舅妈正从屋里往外抬一大盆切碎的辣椒，舅舅正在一个大盆里洗着白菜。正往盆里倒白糖，舅妈抬头看到一个眉目俊秀的男孩儿站在木门外，便问了句："孩子，找谁啊？"

亦如见是秦楠，慌着对舅舅说，是我同学，可能因为我没去上课找来了。舅舅专心洗白菜，头也没抬说道："那你正好让他传个话，再请两天假吧。"

亦如赶忙从破木门里出来，拉着秦楠来到屋后的煤堆，这里有个烂树桩，两人站住。秦楠看亦如脸色发青，头发随便挽了个髻，双手惨白冰凉的，就抓起来放进自己的棉袄口袋。

"你怎么来了呢？被舅妈看到不好……"亦如赶快把手抽了出来，回身看了看木门，还好舅妈在忙活着，便把自己的手放在嘴上哈气。

"你怎么还在家里干活，不上学吗？"

"没办法啊，我们现在太忙了。舅妈是朝鲜族人，会做咸菜。每年入冬都要腌十几口大缸卖给餐馆，舅舅和姥姥也会推着车子在菜市场旁边卖，这是一年之中最忙的日子。"

"大人做呗，还要你干啊！"

秦楠心疼，执意抓起亦如的手，放进怀里。亦如感觉温暖，微笑着说："都是一家人，能做就要做。卖咸菜是家里的主要收入来源，我是吃闲饭的，读书又需要那么多钱，不做怎么行？"

秦楠听完"噌"地从烂木桩上站了起来，"如果是这样，我来帮你！"

"不要，这样可不行！"亦如怕他乱来，秦楠主意已定，牛也拉不回来，转过房头，推开木门就进了院子。

"舅舅、舅妈你们好，我叫秦楠！"

正在干活的舅舅看到小伙子进院了，站了起来，他的手臂和手掌通红的，一定是泡在冷水里时间太长了。

"你要干什么呀？"舅妈问。

"我想帮你们做咸菜！"

秦楠走到舅妈旁边，也不见外，抽出一块木板垫在地上的砖头就坐下来，说话间已经开始掰白菜的老叶。舅舅和舅妈互相看看，莫名其妙。

"让他做吧。"亦如一脸无奈，只好坐在秦楠身旁，一起收拾白菜叶。

其实做咸菜是挺有乐趣的，当然前提是只做一点点。大部分北方人用白菜做"酸菜"，朝鲜族人则用大白菜做享誉全球的"辣白菜"。

精选带筋的大白菜，择掉老叶和烂叶，整棵洗净，用大粒海盐细细揉搓叶片和菜帮，先腌 24 小时。控干水分后，把红辣椒、海米、梨子和姜蒜按比例剁碎，萝卜和小葱切成细丝，加上盐和白糖混合在一起，均匀地涂抹在每片菜帮上，夹紧后均匀地码在大缸里，放在室外慢慢发酵。

辣白菜所需配料有 30 多种，纯手工操作，正因为工序复杂，才回味绵长。

可是真要对付这山一样的大白菜堆时，秦楠没有感觉到任何乐趣。

连续扒了两个小时烂菜叶，一直猫着腰蹲在院子里，腰都直不起来，风吹透了衣服，手脚早就冻僵了，公子哥筋疲力尽。可是看见亦如和家人忙前忙后，满头大汗却没有一声怨言，秦楠只好咬牙坚持。

小山见底了，舅舅终于发话允许亦如回学校，两人得到自由。

第二天，因为旷课，亦如和秦楠一起在走廊里罚站。

教室里书声琅琅，秦楠慢慢挪到亦如旁边，小声说："你也被罚啦？你不是请假了吗？"

亦如笑了笑，唇语："舅妈本来说帮我请了假，回头才想起来给忘了。"

"好学生也有今天啊！"秦楠笑嘻嘻的。

他的头上正好挂着那副油印的"书山有路勤为径，学海无涯苦作舟"。他用脑袋顶着相框左右晃动，发现摇摇欲坠，很是有趣。

正玩得开心呢，只听"咣当"一声，相框掉了下来，摔得粉碎。

班主任闻声拎着教鞭就走了出来……

19

日子因为期末考试而忙碌，假期转眼就到了。

秦楠欢天喜地地准备假期的节目，他想加入滑雪队去集训。亦如也计划着要做点零工补贴家用，顺便帮表妹补习功课。

腊八一过，新年转眼就快到了，一场大雪覆盖了北国大地。家家户户开始置办年货，大人孩子选购新衣。每个人的脸上都喜气洋洋的，陆陆续续有人家放鞭炮，傍晚虽稀稀拉拉地响几声，却已经有了年的味道。

今年的天儿特别冷，据说是千年才遇的冷冬。北方人不怕冷，只要窗子的缝隙糊紧，仓房里的木头和煤备足，地窖里装满白菜，屋里的火炕烧热，一家人围坐在炕上，厚棉袄大棉裤，就算外面冰天雪地，从里到外还是温暖如春。

瘫痪的姥爷在炕上糊了几个大红灯笼，亦如和表妹早早踩着梯子挂在屋檐下。秦楠取笑说像"怡红院"，他每天傍晚会准时来看望亦如，顺便抄作业。

"你们家的年货准备得怎么样呢？"

正在写作业的亦如摇摇头，大人们忙着给饭店配菜或摆摊子，家里除了秋天地窖里那些土豆大葱之类的，什么年货也没准备。

"那你的新衣服买了没？"

亦如笑了笑，低头看看自己的衣服，这是前年妈妈在世时为自己缝的棉袄，袖子已经短得不像样。现在很多孩子都开始穿羽绒服了，又轻又暖和。这种对襟开的老式棉袄已很少有人穿，就快变成古董了。里面的毛马甲是自己利用课余时间织的，毛线是妈妈在世时买的。最里面的内衣也是前年的了，早没有弹性，袖子和膝盖都补过了，只不过外面看不见。

不久后的一天，秦楠喊门，亦如只穿着毛衣就跑了出去。

秦楠顶着北风而来，鼻涕拖得老长，一直在跺脚。只见他左手一个大袋子，右手一个大篮子，打开来满满的年货，有冻梨、冻柿子，一坨冻带鱼，一盒冻对虾，一大块牛肉、半个猪后腿，还有一篮子鸡蛋。

亦如见东西太多了，虽然高兴却实在过意不去，这些东西要花很多钱呢，简直无法想象！秦楠看她傻站着，自己的手臂都快累断了，赶快催她找地方把东西放好。

亦如刚把东西规整好，一回身，秦楠已经不见了。

一个小时之后，他又回来了。这次他的车筐里放着一个印了图案的塑料袋，鼓鼓囊囊的。车把上绑了一桶豆油，后座还驮着一大袋白面和两小包精装大米。背包连底都倒出来，里面是五颜六色的糖果、花生瓜子和零食。他从自己羽绒服的帽子里拿出了一大袋包好的大蒜和八角，两个口袋各掏出一大堆板栗。

第三趟，他又拿来了对联和鞭炮。这下子，亦如全家的年货都齐备了！

秦楠把先前拿来的塑料袋打开，是一件粉色带毛领的羽绒服，递给亦如。

"穿上，我看看合适不？"

亦如见这么贵重的衣服，怎么也不肯接。秦楠生气了，拖她过来，把她的破棉袄扒了下来，把羽绒服换上。

温暖轻巧的质地，柔和清新的布香，粉色把亦如的脸色衬得更加粉嫩。秦楠非常满意，围着亦如打量。

"不错，我嫂子的眼光不错哦，你穿起来果然好看。"

"可是，我不能要，这太贵了吧……"亦如想把衣服脱下来。

"别，你一定要穿上，这是我送你的礼物啊！"

亦如还要坚持，秦楠握住她的手——傻瓜，就当我借给你的，穿够了再还给我！

如果你喜欢，一辈子的衣服我都给你买……

20

不知道现实为什么总是残酷地撕毁美好，少年的命运在初二护校的那天改写，亦如也从那天改叫"亦如"。

假期和周末，表现优异的孩子会被编成不同的小组，轮流负责学校治安保卫和收发传达工作，叫"护校"。

秦楠搞不懂小学生和刚上初中的屁孩子护校有什么用？学校本来就有传达老头，假期和周末又没几封信，再说真遇到坏人，小孩一脚不就被踢飞啦？

小学和初中阶段女生的成绩和表现明显强于男生，所以护校的几乎都是女生。秦楠不是好学生，护校这种"荣誉"就算想都轮不上他。

秦楠多次表示对护校的不屑，不过说实话，亦如也不喜欢护校，因为女生中都在风传传达室的刘大爷是个大色狼。说是"大爷"，其实他也才40岁出头而已。

　　"他就是个披着羊皮的狼！整天看着笑眯眯的，其实是色眯眯的！"

　　吃午饭时晓霞对亦如说。因为家境不好，今天她还是吃土豆丝和白菜，妈妈用个小瓶给她带了点香油腐乳，她分了一大块给亦如。

　　"是啊，听说他特别喜欢亲嘴。"姜艳萍也补充，"我听说小学部的很多女孩儿被他欺负呢！值日生放学晚了或者假期到教室拿东西，找他拿钥匙开门时都要先亲嘴才给呢！"

　　"他亲嘴就亲嘴，还吸气呢！"

　　"怎么吸呀？"

　　"就这样嘛！"一个女孩儿放下勺子比划起来，"就这样，卡着脖子，嘴对嘴，好像电视上白骨精吸人的骨髓一样。"

　　"我奶奶说那叫吸人的阳气，被他吸过就活不长了。他吸完童男童女的阳气，自己就能长命百岁了。"

　　女孩儿们的鸡皮疙瘩都起来了，实在太恐怖了。

　　"亲嘴儿就算了，他还摸屁股呢！"

　　另一个女孩儿也附和："是啊，听说都给摸出血了！"

　　"摸一下还能出血？他手上有刺儿啊？"

　　"唉，谁知道啊，肯定是带刺儿。"女孩儿们都觉得不可思议。

　　"没人去告他吗？"亦如问。

　　"听说他是教育局局长的亲戚，校长都护着他。再说这种事情女生都不好意思张扬，也不敢告诉父母，就是父母知道了，常常还要打骂我们，觉得给家里丢脸了，谁还敢告呢？"

　　姜艳萍吃的也是土豆丝，她撇撇嘴。熬过了小半个冬天了，北方山区没有新鲜的蔬菜，吃的都是地窖里储存的食物。亦如的饭菜更差一些，今天她吃的还是南瓜饭，敷衍的舅妈把南瓜和剩饭胡乱地一炒，塞在饭盒里。

亦如边吃边听，想想也是，自己去传达室借打气筒，刘大爷是有点不对劲，每次都笑嘻嘻不说，有几次他确实故意靠过来，还有一次嘴也凑过来，几乎亲在自己脸上，亦如都闻到了他嘴里的大蒜味，还好有人进来，自己才能脱身。

"聊什么呢，这么起劲？"

秦楠从教室后门进来，手里捧着自己的饭盒。女生一见秦楠来了，话题马上换了，纷纷打趣亦如，"你家那位来了"。

亦如笑着给秦楠让了个座儿，秦楠就坐在女生中间。他的大饭盒里一半装满了牛肉炖土豆，一半是塞得满满的四季豆炒肉，西红柿炒蛋，手里还拿着两个咸鸭蛋。大雪封山的季节看到西红柿和四季豆简直无法想象，女生们不禁咽了一下口水，眼睛都绿了。

秦楠把饭盒往中间一推，示意大家赶快吃。大伙儿矜持了一秒，便疯了般站起来抢。秦楠又拿出一个小点的饭盒，里面是一样的菜，不过饭是特意用蛋炒过的，黄灿灿油汪汪的，亦如也看直了眼。

把自己的饭盒和亦如对调，亦如脸红了不肯，秦楠推开她的手，低声嘟囔了一句："傻瓜！"就开始大口地吃起亦如的南瓜饭。他一边吃一边点头，看亦如不吃，他满嘴是饭只能比划，亦如明白，也开始小口小口地吃了起来。

从那以后，秦楠每天都会给亦如带饭，开始她说什么都不肯，可秦楠生气倒掉一次以后，亦如不能再坚持。舅妈知道亦如有饭吃，乐得清闲，渐渐地也就不给她带了。

21

护校的日子还是到来了，年也近在咫尺。

天刚放亮，就开始飘起雪花，窸窸窣窣落了满地。

亦如和另外 5 个女孩儿编为一组，她的好朋友王晓霞也是今天护校，亦如才没那么忐忑。

护校是从上午八点开始，一直持续到下午五点，等女孩儿们陆续到学校把校门口的积雪打扫干净后，就没什么事情做了。大家都带来了自己的寒假作业，在传达室里一边烤火一边写。

扫雪的时候，晓霞提醒大家今天一定要集体行动，谁也不要落单儿。女孩儿们都明白个中原因，就连两个小学部的也心照不宣。

一上午很快过去了，初一的两个女生一个说肚子疼，另一个被妈妈叫了回去，只剩下四个女孩儿了。大家一直用眼角余光留意着刘大爷，看他忙前忙后的，也没什么异样。

大家都带了饭盒当午餐，一早上就放在传达室的炉子上。刘大爷又烧了一壶开水，女孩儿们见他喝了，便也跟着喝了，吃过午饭，瞌睡虫捣乱，都有点犯困。刘大爷要去图书室整理图书，嘱咐了几句。见他不在传达室，女孩儿们便趴在书桌或斜躺在传达室里的小床上，很快进入了梦乡。

睡梦中，亦如被惊醒，晓霞拼命摇晃她——

"快醒醒，你看，小学部的小甜不见了！"

小甜是五年级学生，皮肤白皙，就像个瓷做的小娃娃，说起话来声音细细的，笑起来特别甜美。

传达室只有巴掌大，一眼就看遍了，果然，除了自己、晓霞和小学六年级的陈玉红还在睡着，刘大爷和小甜都不见了！

亦如又叫醒小红，三个人都慌了神。小红想回家，亦如觉得不能就这样走了。

"还是找找吧，我们不能丢下她不管啊！"

亦如努力让自己镇定，可身体已经不听话，不停地打着冷战。找了几个地方都没有，亦如忽然想到了图书室。图书室在二楼的角落，刘大爷在那里整理图书，说不定小甜会在那里。

"你说，他会杀我们吗？"上楼的时候，晓霞的声音都变了。

"也许吧！"

亦如觉得自己的声音也像鬼魂。

22

图书室的门在里面锁着，几个人蹑手蹑脚地趴在门上，听见里面传出小甜的哭声和哀求声。

"大爷，我求求你，饶了我吧……饶了我吧，我疼啊！"

接着就是一个中年男人厉声道："别动！再叉开点！叉开点你听见没！"

在小甜的尖叫声中又夹杂着男人牙痛一样的呻吟。

"肯定是在耍流氓，这怎么办啊？"

晓霞急得哭了起来，她开始拼命敲门，大声喊着小甜的名字。图书室里面一下就安静了，一分钟之后，门"噌"地一下开了，小甜从里面跑了出来，正撞进亦如怀里，立刻瘫倒在地。

亦如只见之前的那个瓷娃娃已经不见了，此刻她披头散发，嘴角已经肿了，脸上全是眼泪和鼻涕，棉衣歪在身上，里面已经一丝不挂，身上到处是粉红色的印子，很像指甲抓过的痕迹，裤子已经褪在膝盖上，有血顺着大腿根流了下来……

亦如已经猜到发生了什么，赶紧用颤抖的手扯住棉衣的两襟，把小甜紧紧地裹住护在怀里，一把提起她的裤子，两个人便筛糠一样搂在一起。

小甜已经完全说不出话，只剩一口口倒吸着气，好像马上就要死了。见此情景，小红"哇"一声哭了起来。

正在这时候，刘大爷出现在门口，可把女孩儿们吓了一大跳。他只穿了一件毛衣，裤腰带也没扎。他的眼睛血红的，看着吓呆了的亦如和女孩儿们，用手一指："你们都给我进来！"

女孩儿们摇头，慢慢往后退。

"今天谁敢走我就杀了谁！"

刘大爷一步就冲了上来，一把抓住了晓霞的胳膊，把她拖进图书室。回身又抓另外几个，一脚就把图书室的门踢上，反锁门之后，坐在地上喘粗气，开始审问起来——

"谁让你们敲门的，谁？"

他的眼睛刀子一样逐个盯着女孩儿们，她们连头都不敢摇。

"今天的事情谁敢说出去，我就杀了谁！"

刘大爷喘了一会儿粗气，好像气顺了一点，女孩儿们赶快点头。突然他的小眼睛溜到了亦如身上，上下打量了两秒。亦如还抱着小甜，母鸡一般拼命把她保护在自己的臂弯里。

刘大爷命令女孩儿们一字排开背对着墙站好，大家只好照做。

亦如感觉裤子连同内裤一下子就被扒了下来，接着就是晓霞的尖叫。一只冰冷的大手在自己的身上恣意地摸着，亦如又冷又怕，听到自己的牙齿抖得吱吱作响。斜眼看晓霞，她的棉袄也被扒了下来，另一只大手在摸她的屁股。

刘大爷命令其他女孩儿不准看，一下子转过亦如，按在了墙上。一边扒亦如的上衣，一边重新脱自己的裤子。

亦如只觉得天旋地转，恐惧排山倒海压得她就要窒息。她拼命蜷缩身体，肌肉绷得紧紧的，想挤开这个压在身上的男人，可是他把自己压得死死的，力量越来越大。

怎么办？

突然，亦如摸到了旁边书桌上的一把锥子，这是用来给学校订的杂志穿孔的。完全是下意识的，亦如用尽全力抓住锥子，瞅准了一个机会狠狠地刺向这个男人的眼睛……

这种感觉就像是刺穿一个鱼鳔。

在后来的日子，亦如反复体会这种感觉，无数次。

刘大爷没有防备，突如其来的剧痛让他松手，捂着眼睛蹲在地上，指缝里的血汩汩地流出。亦如傻住了，另外三个女孩儿发出凄厉的尖叫，小甜和小红拉开图书室的门就跑了。

"我要杀了你！"

刘大爷摸索地站起来，他满脸都是血，挥舞着手臂，胡乱地抓着。

看着眼前魔鬼一样的男人，亦如的头脑却越来越清醒，好像从小到大从来都没有这么清醒过。沿着墙壁慢慢挪动身体，看准时机猛地把锥子扎在他的脖子上，又拔了出来。

血喷涌而出，刘大爷号叫着，疯子一样在屋里打转。晓霞也提起裤子靠近亦如，她的眼睛和亦如一样，全然没有恐惧，竟只剩下仇恨和冷静。

"我们必须杀了他！"亦如朝晓霞坚定地点点头。

"对！今天不是他死就是我们死！"

晓霞的手里不知什么时候握着一把锤子，照着刘大爷的背砸了下来……

23

"我杀人了，杀人了！"

不记得怎样跑出校门，只听见自己的声音在空气中游荡，好像鬼魂在后面追赶，亦如只能拼命往前跑。

天已经黑了，四周更加荒凉。育才学校本来就靠近郊区，后面是河滩，前面是石油化废弃的厂房。

跑了十几分钟，亦如再也跑不动了，确定没人追来，便坐在一块大石头上喘气。这才发觉自己浑身是血，衣服从里到外都已经汗透了。怎么办？这个样子一定不能回家，可我去哪里呢？

秦楠！

找秦楠！

好像抓住了救命稻草，亦如惊喜，但转念就想起，秦楠今天可能已经去集训了，该怎么办呢？亦如又想起秦楠的哥哥——秦栋在府城桥下面开了一家饭店，秦楠说过有事可以去那里留言，哥哥会联系他。

拨开浮冰，在河沟里洗了脸，亦如把有血迹的棉裤反着穿在身上，脱掉的棉衣藏在草丛里，只穿着毛衣来到了饭店。

快到晚餐营业时间了，秦楠的嫂子于荷正在前台准备，忽然看到门外站着一个女孩儿，她怯生生的，不停向里看。

嫂子走了出来，认出这是曾经和秦楠来过店里的女孩儿，上一次她就是站在门外。嫂子不支持这么小的孩子谈恋爱，但是感觉这个女孩儿很干净很纯洁，两个孩子也没有出格，心里还有点喜欢她。

秦楠这个死小子，总到店里来偷东西，年前央着自己给她去买羽绒服，还老鼠搬家一样地把一大堆年货弄到她家去了。后来听说这个女孩儿寄人篱下，身世也的确可怜。

女孩儿轻声唤了一声："嫂子。"

于荷忙说，"天太冷了，你这孩子怎么穿这么少啊，快进屋！"

女孩儿跟着进了门，于荷想起自己有件在家时穿的棉袄一直放在店里，虽然是旧的，可也暖和，就叫服务员拿了过来。女孩儿就是不肯接，于荷生气了，"傻孩子，这么冷的天，你穿成这样要冻死啊！"女孩儿才勉强穿上，低头连说谢谢。

"嫂子，我有急事想找秦楠……"

"他哥出去办事一会儿就回来，回来让他回家找那个坏小子。"

"谢谢嫂子，如果他没去集训就请他到我家找我，我自己的家！"女孩儿低声重复了一遍，"如果去了，就算了……"

于荷答应。

女孩儿鞠了一躬，出了门一闪就不见了。

亦如借着夜色回到自己家，还好一直带着这里的钥匙。长期闲置的房子里阴冷刺骨，又是滴水成冰的大冬天，亦如从仓房找来木头，用冻得不听使唤的手指点着了炉子。有了一丝热气之后，便一个人坐在炕沿发呆。

夜色笼罩，四周死寂，除了家里那台破座钟还在滴答摆动。整点报时，把亦如吓了一大跳。

下午的情景又浮现在眼前，亦如眼前发黑。一个人上了炕，用被子紧紧包裹住，也不敢躺下，就这样坐在炕上。不知道过了多久，听到外面急促的敲门声，有人在叫她。

是秦楠！

鞋也顾不得穿，亦如跳下炕，打开房门。秦楠带着冬夜的一身凉意冲了进来，亦如扑在他的怀里，把他推得一趔趄。

地窖里还有吃的，亦如从锅底坑摸出几个糊巴烂啃的土豆递给秦楠，秦楠没吃，赶快钻进了被窝，和衣靠着亦如。

亦如第一次这样靠近秦楠，甚至能清楚地看到他嘴唇上刚冒出来的绒毛，他呼出的气息带一点夏天山坡的味道，这使她感到害羞。但下午的事情足够她心烦意乱，此刻顾不上别的，只希望秦楠能挨得更近点。

断断续续听了事情的经过，秦楠惊得从被窝中坐起，直直地看着亦如——

怎么会发生这种事情啊！

亦如不敢看秦楠的眼睛，用被子盖住了自己的脸。秦楠一把拉开被子，他的拳头握得紧紧的，身体不停地在颤抖。

"你确定锥子扎他时，他还活着吗？"

亦如点头，又抢过被子，把脸盖住。

良久，只听到秦楠一声叹息："跑吧，我和你一起跑！马上跑！"

24

一个小时后，秦楠一身黑衣出现在"站前旅社"外，对缩在大树后的亦如打个响指。女孩儿溜了出来，她围着一条大围巾，只露出两只眼睛。

秦楠也是全副武装，背着一个大大的背包，手里还拎着一口大箱子，亦如手上就一个小包，秦楠一把接了过来，甩在背上。

"我们走吧！"

"去哪儿呢？"

"来的路上我想了，去南方吧，海边！"秦楠大步流星，亦如赶快跟上。

路上，秦楠对亦如说："改名吧，以后你要隐姓埋名了。"

"改叫什么呢？"

"姓是注定的，不要改了，就叫亦如吧！我喜欢这个名字。"

"亦如？沈亦如……"女孩儿默默地念着，"这名字有点琼瑶小说的味道，亦如，可是亦如什么呢？"

男孩儿回过身来，望望家的方向，一颗泪流了下来。此刻，他的内心隐藏着一个巨大的秘密！

秦楠知道这个秘密会深深地改变自己和亦如的命运，但究竟怎么改变，他也不能预见。他很想跑回家去问问爸妈，毕竟自己也只是个14岁的孩子呀！可是，眼前这个无依无靠的女孩儿怎么办呢？

咬咬牙，秦楠发誓，除非自己死了，否则这个秘密一辈子也不会告诉亦如。

"但愿能够，亦如从前……"

亦如飞了十几个小时，时差还没倒过来，依着车窗睡着了。

蔡高峰示意司机车速放缓，空调关小，音响也关掉。司机明白，车子平稳地在菲城的鸢尾路上行进。

"别关，开大点！"亦如睁开眼睛。

司机把音响旋开，英格玛的一首《Sadness》排山倒海地包裹住亦如。车厢里是高档皮革的香气和蔡高峰身上的烟草味道。

"你在我身边，你不在我身边，日子都要这样过。"

重新闭上眼睛，亦如心如刀绞。

下水道事件调查 ✒

新闻当天就报出来，菲城的下水道发现一名男性，系某著名企业家。据知情者称，此人在下水道待了两天，落水原因不详。

医院的特护病房里，男人紧闭双眼，秘书为难地拦下几位警官。

"陈局长，感谢您亲自来，但我们蔡董不打算再提此事。"

陈军看看病床上的男人，这是澄洲赫赫有名的商界人物——蔡氏生物集团董事局主席蔡高峰，下水道事件的主角。

陈军还是径直上前，"蔡先生，出了这样的事情，我们可以理解你的心情，警方会尽力为你保密。我刚才咨询过医生，你现在的身体情况良好，可以接见访客，所以请配合我们的工作，好不好？"

"这是我的私事，不麻烦警方费神。"蔡高峰抬起眼皮。

"但是，据救你上来的年轻人说，当时你几乎神志不清，但却死死拉住他的手，反复念叨一句话，还记得吗？"

说到这里，陈军停下来，静待对方反应，果然，看到一丝异样。

"你说的是——他为什么害我。"

"我没说过！"蔡高峰不耐烦，"你们也不要继续查下去！"

陈军走近一步，说道："蔡先生，如果只是意外的话，我们警方不会追查，但假如涉嫌谋杀，那就是刑事案件，我们会一查到底，不管当事人是否配合。"

"说我讲过这样的话，你们有证据吗？！"

"救你上来时，有人拿手机拍了视频，上传到网络。"

"你们想干什么？威胁我吗？是谁派你们来的？"蔡高峰坐起来，"我现在已经没事，我本人都不追究，你们多什么事呢？这件事不归你们管，你们也管不了！"

林域果听这话火气冲头，虎着脸道："这次你可是九死一生，这样害你的人，你还让他逍遥法外，如果他下次还想杀你怎么办！警方为了你的人身安全考虑，你却不知好歹！"

秘书赶快拦住林域果，挤眉弄眼地安抚着。

陈军也毫不退让："其实我们想查一点都不难，不管是男是女，这个他一定对你非常重要，直到现在你还在维护他。那我们就从你身边的人入手，相信很快就有答案。"

"你们不要骚扰我的亲人！"

陈军冷笑，说道："看来你还不清楚现在的状况，蔡高峰先生，还有一件事太过巧合，我们不得不追查下去——关于松村健的死，你愿不愿意谈一谈？"

听到这个名字，蔡高峰脸色大变，惊呼道："松村，松村怎么啦，他怎么会死呢？"

"就在你掉进下水道期间，他在酒店死亡。"

"怎么这么突然，这不可能吧？"

陈军细看蔡高峰那一副完全不能接受的表情，与徒弟林域果交换眼神，既然松村健是贵集团的董事，两件案子我们都必须追，查，到，底！

桌上的电话响了，三声后陈军接起。

听完对方自报家门，陈军眉头一皱，态度恭敬了一点。他扼要汇报了蔡高峰事件和松村健案件的进展，借机挂断电话。几分钟以后电话又响，这次看他表情又有变，站在身旁的林域果也警觉起来。

对方一直在说话，陈军拿着听筒，眉头却越拧越紧。

只听到陈军刚说一句："现在侦办的方向，都是有依据的……"

依稀感觉那人开始发火，林域果透过话筒听到，"胡闹！"

陈军也不甘示弱："嫌疑人的确定，也是有依据的……"

话筒那边又开始"哇啦"，沉默几秒，陈军回答："这不是吃多了没事干。"

这次对方扯脖子吼叫的声音，离话筒好几米远的林域果都听得清清楚楚："马上结案，真是浪费警力！"

陈军的态度则更加强硬："在案件没有完全调查清楚之前，你这是干预办案，我保留向上级领导汇报的权利！"

说完丢下电话，摔门出去。

林域果一个人站在原地，帮师傅把电话挂上，看来有大人物来打招呼，不知道这次踩了什么雷区，师傅老倔驴的脾气也上来了。

在天台抽烟的陈军也正想这个问题，以蔡高峰的身份，惊动个别领导没什么奇怪，但蔡高峰一边说有人害他，一边又闭口不言。还有松村健的死，究竟是不是意外，与蔡高峰有没有关联呢？

这两件事远比表面看来复杂，自己是继续追查下去，还是就此放弃呢？

粉色蝴蝶结又在眼前晃动，好像在给陈军什么暗示。

第三章 紫藤的埋伏

紫藤的花语是苦恼的问候。

世人皆怨我依树，不知毁誉无定数。纵使秋残凋零过，风也满，露也肃。

1

蔡高峰在酒桌上经副省长白舸流介绍，认识了风姿绰约的沈亦如，立马被她征服。

"沈小姐是英国回来的化学博士。"白舸流正襟危坐，"老蔡，你的企业要想有大发展，可必须引进这样的国际人才啊！"

蔡高峰连声称是，赶忙举起酒杯，先谢谢领导引荐，再敬沈小姐。

"蔡氏这几年业务蒸蒸日上，人才却成为短板，我真是求贤若渴呀！可惜蔡氏庙小，就怕请不下大菩萨，但只要沈小姐肯屈就，必定高薪聘请！"

亦如莞尔，露出一对小梨涡："蔡总过谦，您可是全省十大杰出青年，商界翘楚，蔡氏仝物上市在即，今日得见您甚感荣幸。如果有缘，我愿献绵薄之力！"

"必须的，一定有缘！"有人附和。

见女博士赞赏得体，蔡高峰这份得意啊！白舸流则抿嘴眯眼，细听两人对话。

杯盏交错间，蔡高峰心猿意马，这边伺候着白舸流，眼睛却不听使唤，总往沈小姐身上瞟。不过蔡高峰也是聪明人，在这位沈小姐和白舸流的关系不明了之前，自己绝对不能越雷池半步。

不过，这位沈小姐可真美呀！

蔡高峰肚里的形容词不多，但夸夸美女还够用，自己混迹江湖多年，事业有成，肥环燕瘦见得多了，可是沈亦如，怎么讲呢？

毫无疑问，这是一位鹤立鸡群的出众女子，1.75米的身高，修长笔直，有前有后，光这点就够出众了。

再看人家那脸蛋，上挑的小杏眼，红润的小嘴巴，鼻梁挺拔，那对小梨涡尤其可爱，亚麻光泽的长发随性地披洒在肩上，真是越看越好看。

更要命的是她的气质！

眼神看似温和，筋骨却有奇妙，言谈举止更是堪称完美，肯定是见过大世面的，淡定却不故作姿态，风情却不搔首弄姿，杯箸之间聪慧幽默，度把握得相当好！

这要么是个有故事的女人，要么是个有深度的女人。

蔡高峰暗暗给自己打气，管你的白舸流先生，反正人是你主动送给我的，我又岂能不吃下去呢！

2

饭后白舸流兴致不错，赏光消遣，蔡高峰不敢怠慢，赶快安排。一行人低调地来到了菲城紫藤路的会所。

这个会所可不一般呀！绝对不是有钱就能进来。

据说老板是个三十出头的绝世美女，背景大海一样深厚，行踪鬼魅一样神秘。有说是省委书记情人的，还有说是某中央领导千金的，更邪乎的说是贩卖军火的。

不管她是谁，在菲城都是个人物。

会所低调奢华，外表不起眼，内部却造价高昂。真金在洗手间里作装饰，摆在走廊里毫不起眼的字画，都是大家真迹。所有的陪伺都经严格筛选培训，袒胸露乳却绝不低俗，海外赌场的顶级表演团体提供一对一的私密表演。

"她最擅长的就是营造圈子，用一个小圈来拓展一个大圈，在中国，圈子就是经济。别人不知道她的底细，我可是太清楚了！"

白舸流曾告诉亦如，这个会所其实是洗钱用的，自己完全清楚女老板的底细，外界传闻基本是她故作神秘。

"一般人进了她的圈子就别想出来，她一定会把你拉入她的利益链条，用金钱绑架你，让你服服帖帖的。"

亦如冷笑，"也未必人人爱钱，她的这招难道次次都灵？"

白舸流点头，"不要小瞧她，这个女人非常有手腕，不达目的誓不罢休。但她又非常大气，圈里人欠几百万她都不跟你计较。"

"至于长相嘛，则介于东施与西施之间，还略微靠近'东边'。白副省长尤其不喜欢她的体味，和她的体毛一样浓烈——这些先天的不足，后天还是难以消除殆尽。

"不过她现在功成身退啦，要么就天南地北吟诗作对，要么就和一群明星厮混。因为她几乎垄断了菲城乃至澄洲省的一块暴利行业，每天就能赚百万！"

"每天百万！"亦如惊讶，"做什么能每天赚到百万呢？"

"当然也不全是她一个人赚的，还有合伙人……"白舸流含糊起来，"你知道澄洲近海那些挖沙船吗？她就是干这个的。"

挖海沙可是一本万利，相当于怀抱印钞机，亦如当然知道。

"她可不仅仅满足于挖海沙，现在也参与省里和国家几个近海开发项目，菲城湾不是要深度开发近海旅游嘛，有几个项目就是她的公司负责。"

"她是把大海当成摇钱树了吗？"

白舸流笑了下，她的确和海洋飙上劲儿了，下一步目标是海洋油气田开发，毕竟得资源者得天下。

听完这席话，亦如灿然一笑："白大哥，那你认为我能成为这种女人吗？"

白舸流毫不迟疑，"你大有超越她的潜质，因为容貌和智慧远在她之上。而且你有一种特别的魅力，有很多人心甘情愿帮助你，这最难得。但是——你要那么多钱做什么？"

白副省长开始警觉，心中担心亦如提出要求，虽然相识至今，自己并没帮过她什么忙，她也没提过任何要求，但少点麻烦还是有必要的。而且自己今天该讲的不该讲的说得太多了。

"不是钱的问题，是成就感。"

"成就感啊！"

白舸流顿感轻松，哄亦如道，"她也未必就有成就感，女人走这条路太辛苦了！人活一辈子要那么多钱做什么呢？你已经很有成就感啦，这么漂亮、学历又高，静候机会一定会成功的……"

白舸流点上烟，喷在亦如的脸上，看着烟雾顺着她鬓角细弱的绒毛散去。

"欲望是无止境的，小姑娘，不要沉溺其中最后万劫不复。女人不要奢求成就天大的事业，选个人安稳地嫁了吧！"

亦如扯过被子盖住冰冷的肩膀，白舸流起身下床，穿上法国手工西装，戴上定制腕表，回手捏捏情人开始冰冷的脸蛋，接着从皮包里拿出一个红色的大锦盒，丢到床上。

"给！"

"谢谢，以后不必破费了。"

"小意思。"白舸流笑，"我喜欢你，你是知道的。"

亦如还以微笑，打开锦盒，是一条珍珠项链。

"我老婆有的，你也有。我不让我老婆做的，也希望你不去做……不然我会瞧不起你的！"

白舸流凑过来又啃了一下亦如的脸颊："你现在不缺钱用吧？"

"不缺。"

"那好！一会儿你把房费结了。"

待男人离去，亦如打开锦盒，拿出项链绕在手腕上把玩，突然在盒底发现一行小字：菲城化肥厂建厂 60 周年纪念。

亦如笑了起来，她咯咯地笑啊，笑啊，停也停不下来。

3

进了会所，蔡高峰回家一样熟络，女老板乐易易也现了真身，扑在白舸流身上，几个人在角落里密谈了一会儿之后，一位金发女郎便被安排在白舸流身边。

蔡高峰又牵着乐易易和亦如相见，乐易易上下打量了亦如一番，连声称赞亦如美貌，两位女士倒像一见如故，红酒杯子碰了几轮，蔡高峰更是喜笑颜开，趁机搂住亦如肩膀，身子顺势贴了上去。

其他人斗酒之际，亦如拾起话筒，自顾自开始唱歌，这是一首悲伤的英文歌。

蔡高峰的眼里只有亦如，被她的歌声深深吸引，虽然不懂英语，但美妙的歌喉、旋律里的意境他还是懂的，挪到亦如身边，全神贯注地听她唱，不时鼓掌叫好。

回头一看，白舸流和金发女郎已不见影儿，蔡高峰暗喜，看来她不是他的女人！

从紫藤会所后门出来，领导毫不周旋，钻进轿车迅速离开。蔡高峰不舍亦如，执意相送，亦如也不推辞。

车子缓慢地在紫藤路上行驶。此时夜风徐送，清凉惬意，蔡高峰提议转到汀澜山的海滩边兜兜风，亦如同意。司机适时地打开CD，是一曲经典老歌。

亦如身上散发着香水和酒精混合的气息，她靠着椅背，直勾勾地瞅着窗外的风景，风不停地把她的头发卷起，发丝遮住脸颊。她偶尔用手拨弄，嘴里附和着歌声。

蔡高峰看呆了。

车子在白色的灯塔下停住，沿着海滩，这里有一条观光走廊，大海近在咫尺。

"走走吧！"亦如提议，蔡高峰赶快跟着。

海浪轻抚沙滩，排排船帆在港口休憩，海和天的交接处是星星点点夜航的渔船。

"你说大海美吗？"

"你比大海还要美！"蔡高峰肉麻，手又搭在亦如肩上。

"那大海像天堂吗？"亦如没躲闪他，又问。

蔡高峰不明就里，也无暇细想，此刻正忙着下半身思考……

"地狱和天堂就在朝夕之间。"不等对方回答，亦如轻轻倒进蔡高峰怀里。

4

蔡氏生物集团的高管层很久没看到老板了，大家也早听说了他的好事。

公司上下都在津津乐道蔡高峰换发型的事儿，他那招牌式的、千年不变的油乎乎的大背头换成了韩剧男主角的斜分缝，大片头发梳下来作为刘海遮住额头之后，整个人顿时年轻了二十岁。

蔡高峰能梳这种相对他的年纪和身份几乎是滑稽的发型，只能说明他动了真情。

除此之外，蔡总开始讲普通话了，虽然蹩脚，常常令人喷饭，但能看得出他在用心地讲，他甚至要求蔡氏上下今后严禁讲方言，他甚至还要求公司在招聘员工时优先录用会讲英语和去过英国留学的人！

甚至休息室都新添了咖啡机，食堂从以前的纯中餐改为中西合璧，为了迎合海归女友，蔡高峰花了大心思。

整个蔡氏洋溢着好事将近的喜悦，总裁办已经开始张罗蔡总的大婚。

这时候亦如却提出不要大肆操办，仪式省了，不如两个人到国外旅游一下。

蔡高峰满口答应，但也赔着笑脸和准老婆大人商量，"全世界旅游太小意思了，给你买几个海岛都没问题！不过你看看我在商界还是有点小头脸吧，前妻也死了很多年，我结婚不办风光点不行。再说婚礼好好办，也是证明对你的重视，以后你在蔡家才有地位呀！"

"我不需要这些，两个人踏实过日子就行。"

亦如还是反对，蔡高峰又撒娇哀求了好久，亦如才勉强答应——婚礼可以摆酒，但要小范围的，更加不要铺张浪费。

蔡高峰得懿旨，赶快布置下去，私下里依旧嘱咐下属，"婚礼越风光越好，我蔡高峰这辈子还结几次婚呀，你们让我丢人，我就开了你们这群鬼家伙！"

亦如又提出蜜月之前先不要搬到蔡家住，暂时还住外面，蔡高峰满口答应，反正自己的房子多得很，只要亦如自在即可。

相识 3 个月后，沈亦如与蔡高峰的婚礼就举行了。

这一天，蔡高峰大宴宾客，高朋云集，婚车都排了几公里，蔡氏所有员工发大红包。婚礼当天白舸流也露面了，乐易易前后脚跟着也来了，见了亦如夸张地惊呼，这一定是世界上最美的新娘，蔡高峰嘴都快咧到耳根子了。

后来有好事之人作了一首打油诗评价这场菲城的世纪婚礼：

蔡氏生物震菲城，五十方才登高峰；

沈家娇娘绝世貌，少时已知是亦如。

呼风唤雨弄商潮，澄洲近海挖沙忙；

诸事得意少烦恼，夜夜笙歌压海棠。

婚礼前后闹腾了几天，亦如没参与，蔡高峰跑前跑后瘦了一圈，等蜜月快结束，才想起集团还有一摊子事儿在等着，方才恋恋不舍地丢下高尔夫球杆，搂着亦如回到菲城。

日子就这样开始了，轰轰烈烈地开头，不久就归于平淡。

等亦如提出要去蔡氏工作的时候，蔡高峰却开始催她生孩子。

5

"嘭"的一声腾起一片白烟，香甜的味道顺风就飘了过来，亦如叫司机停车。

"沈小姐，您吃这个东西可不好吧！"

亦如笑笑，不理司机，挥手招呼"嘣爆米花"的老师傅，"您给我来一锅玉米的，一锅大米的，糊一点，都不放糖精。"

"得嘞！行家呀！不过您得等会儿，下一锅才得。"

老师傅一口顺溜的北方方言，说话和唱歌一样好听，亦如提起精致的裙边，坐在路边的小马扎上。

"看您这穿着打扮，这大豪车，您可是富太太呀！"

亦如浅笑不答，老师傅自顾自说着，"其实呀，我们每天嘣爆米花，马路上什么人都见识了，有钱人也爱买爆米花。"

"小时候，吃爆米花很开心。"亦如从麻袋片上捡起一个米粒吸进嘴里。

"是呀！那时候咱们有什么吃的呀！小孩儿吃个爆米花就乐坏啦。现在人一般看电影才吃，但电影院里的爆米花就是没有这种老式爆米花好吃。不过都说铅锅不健康，吃多了不好，城管也天天撵我们，年底我就回老家了，估计过几年，这种爆米花就吃不到了……"

亦如提着两个大塑料袋，司机赶快接过来放在尾箱。

"我自己拿着吧！"

亦如宝贝一样把爆米花抱进车后座，一把接一把地吃了起来。

"真香啊！"司机也叹道。

亦如抓起一把，递给司机，"一边开车一边吃吧，我不会介意。"

父母在世的日子，爆米花的确是最好的零食。家里还准备了专门装爆米花的大口袋，是装面粉的，一个上面写着精粉，一个上面模糊地写着 75 粉。

精粉是给奶奶家吃的，亦如家吃 75 粉，父亲在世的时候常常打趣亦如，就是因为黑面粉吃多了，亦如才长得黑乎乎的。

亦如还记着缝爆米花口袋的情景，母亲坐在炕头，亦如四仰八叉地躺在炕梢，哼着小曲。母亲打开窗子，把面口袋里面的面全都抖掉，把开口的一头重新剪顺，缝进去一个抽绳，几分钟就做好了。

"长大了呀，你要好好努力，有出息了就吃这种精粉。"母亲指指口袋上的字，刮刮亦如的小鼻子。

"不！就算有出息了我还是吃 75 粉，精粉留给我的好妈妈！"

母亲拉过乖巧的女儿，笑呵呵地亲了又亲。

6

"嘣爆米花的来啦！"

大雷"嗖"地一下冲进屋里，气喘吁吁的。

亦如一蹿高跳起，鞋子趿在脚上，大雷不停地催，"快点呀！快点呀！"

亦如妈妈也慌了起来，赶快打开炕琴，拿出一个装着白色晶体的玻璃瓶子，又跑到米缸旁，拿起葫芦瓢狠狠挖了两瓢苞米粒，从口袋里摸出来 1 块钱，把刚才缝好的米袋子一起递给亦如。

"记得，要看着嘣爆米花的，别偷咱家糖精。大雷你看着他，嘣完的苞米粒要拿回来，别让他贪污了。"

两个孩子嘴里不停地嘟囔着，好！好！

"记着没？别让他……"

"偷糖精！我们记住了，不让他偷糖精！"

大雷抢过面口袋，两个孩子便飞一样地冲了出去！

肯定要争分夺秒啊！

嘣爆米花的人隔一两个星期才会上山坡一次，周围的大人孩子只要听到声音就会赶过来，队伍马上就排得很长了。每家每户都会嘣好几锅，这样就要排很久才能轮上。

再说嘣爆米花的人脾气可大了，累了随时就回家，也不管后面队伍有多长，人家已经排了多久。亦如和大雷好几次都排了几个小时，最后还是败兴而归。

刚嘣出来的爆米花真是香甜，放在炕头上不会返潮可以吃很久，每次嘣爆米花那天的晚饭基本可以省略，亦如吃不够爆米花，总会一把接一把吃到饱。

父母去世之后，舅妈也经常让表妹和亦如去嘣爆米花，糖精也是自己带，这样会便宜 2 毛钱。亦如发现舅妈很在意爆米花还剩多少，时不时估计一下，所以每次就只吃一小把，有时候甚至一口也不吃。

看到表妹吃得欢实，亦如就会转过脸去，偷偷咽下口水。爆米花袋子舅舅家也放在炕上，有时候，夜里翻身亦如会碰到，隔着装 75 粉的口袋，亦如也能闻到淡淡的米香……

秦楠是不吃爆米花的，也许是因为家境好，他更没有去嘣过爆米花，也许还是因为家境好。

所以当穿着毛皮大衣的秦楠问亦如想吃什么的时候，"爆米花"这个答案把他逗乐了。

"你现在最想吃爆米花？"

"是的。"

"在爆米花和烤鸡腿中选一个？"

"爆米花。"

"在爆米花和火锅中选一个？"

"爆米花。"

"OK，"秦楠无可奈何，"走起，亲爱的沈小姐，咱们去找爆米花！"

秦楠骑着自行车，带着亦如哼着小调到了哥哥家的饭店，秦楠进去不一会儿，饭店服务员小静拎着个空面粉袋子就跑了出去，半个小时之后，气喘吁吁地扛着一袋爆米花跑回来了，秦楠抢过来甩在肩头，乐颠颠地就出了门。

嫂子于荷撵出门外："祖宗，你别一下子吃多了，那玩意儿撑胃！"

一个响指，亦如从树后溜了出来。

"吃吧！这么多够了不？"

秦楠打开袋子，亦如眼前是满满一大袋黄灿灿、香喷喷的爆米花，抓起一颗，亦如轻轻放在嘴里，细细品着，多么脆呀！多么香呀！

亦如的心思全被爆米花吸引住了，双手上阵，左右开弓，站在风口里吃了好半天，才不好意思地望着秦楠，秦楠早就笑咧了——

"大姐啊，就这破玩意，还给您老吃成那样！"

"很好吃呀！你也吃一点。"亦如抓起来一颗爆米花，搓掉玉米皮，就往秦楠嘴里塞。

"我从来不吃这种东西……"

秦楠脱口而出，"这种"两个字不由自主地拐了弯，拖着长音，嘴巴张得大大的时候，亦如正好给他丢了进去。

"哎？"

秦楠嚼吧嚼吧，眯起长长睫毛的大眼睛："你别说啊，不错呀！这个玩意儿好吃呀！"

"是不是，很好吃是不是！"亦如激动起来，小燕子一样围着秦楠打转转。

秦楠又抓起一颗，丢进嘴里，"好吃！真好吃！"

亦如抓起一把，递给秦楠："一边骑车一边吃吧，我不会介意。"

7

直到婚礼结束，亦如也没有见过蔡高峰的家人。

蔡高峰解释，女儿蔡行芸读大学了，硬是不愿意来参加婚礼，女孩儿家心思多，请夫人不要介意，等搬回蔡家，人自然就见到了。父亲去世多年了，只剩老母亲住在湖对面的别墅里，行动不便有专人看护，一切都好，也不要去看了。

"孩子不回来就算了，母亲还是要见见吧？"

蔡高峰搂着亦如的肩膀，日子长着呢，还是以后再去吧……

雨前闷热的中午，亦如靠在沙发上看书，佣人王姐和李姐收拾好房间便去超市买东西，司机和蔡高峰也出去了。

迷迷糊糊亦如睡着了，不久开始做梦，梦里有只手卡住了脖子，越来越缺氧，猛地惊醒，才发现这不是梦！

一个长着一双鹰眼、五官纠结的老太太正欠着屁股坐在轮椅里，用颤抖的手死死地掐住自己的脖子！

"你是谁？"老太太用诡异的声音问。

"我是亦如！"亦如摆脱了她的手。

亦如？老太太的目光涣散了，顿时失去了攻击性，自言自语道，"亦如是谁？"

"是蔡高峰的新夫人。"亦如已恢复平静，警觉地紧盯着对方反应。

"我儿子的新夫人？"

原来这是蔡高峰的妈妈，亦如也终于明白他为什么不让两人相见，看来老人家精神有问题，而且还有攻击性。

亦如慢慢挪动身体，想从沙发上站起来，老太太大喊一声："你不是亦如，你不是亦如！"一把又将亦如按倒。

亦如这个疼呀！只好拼命甩开她的胳膊，光着脚跳到地板上。

老太太坐在轮椅里，嗡动着嘴唇，还在念叨呢——

"亦如，你不是亦如，亦如早死了……"

随即她又咧开嘴大哭起来，挣扎着从轮椅上再次扑向亦如，紧抱住她的腿："神仙啊，原来是您啊！我没做坏事，我没造孽啊，您可别吃我啊！"

亦如正不知如何是好，看护小张跑了进来，赶忙扶起跌坐在地上的老太太，连声给沈亦如赔不是："蔡夫人，实在对不起，老太太吵着要吃甘蔗，我看她躺在床上睡着了就出去买，哪知道她跑到这里来了！"

亦如安慰，"算了，你不要自责，快带她回去吧！"

但老太太双手合十紧盯亦如，嘴里念叨有声。亦如帮着小张把她硬塞进轮椅，推着走开了。

神仙？

这个疯老太婆竟然叫自己神仙，亦如好笑又好气。

蔡高峰还是知道了此事，把小张臭骂一顿，又反复嘱咐一定要看好老太太，绝对不许再出意外，一边搂着亦如上下查看。

"现在你知道我为什么不让你见她了吧？"

蔡高峰摆出可怜的姿态，却暗下决心，母亲的秘密，自己还是不要告诉亦如为妙。

8

上市计划把蔡高峰搞得焦头烂额。

"说白了，关键时候拼的就是人才！"蔡高峰把财务报表往桌上狠狠一砸，文件夹稀里哗啦地散了，文件掉了一地。

亦如把一杯普洱茶放在桌上，拾起报表，递还给秘书，给了个眼神叫他出去。

"还是个家族小企业的做派！我抓紧了，内部说僵化，事无巨细我一言堂；我放松了，下面的人又背着我搞名堂。我也想请职业经理人管理公司，自己好好休息，可是找到合适的人真不容易！"

"其实，这是每个企业发展过程中都会遇到的问题。"亦如如莲花宝座上的仙子端坐，听蔡高峰大吐苦水，"关键的问题是，首先要有一套完备的授权制度，哪些权力你必须抓在手上，哪些权力放给高管、中管和普通干部，甚至是基层员工。授权是双刃剑，既可以管控企业发展，又可以激励员工积极性，还能简化审批流程，提高效率。"

蔡高峰认同，言之有理。

"我待在家里有一段时间了，想做点事情。"

"可以呀！你想做什么，开个会所，好不好？"蔡高峰强打起精神，望着美丽的夫人。

"我想到蔡氏工作。"亦如很直接。

这？蔡高峰不自然地笑笑，"不好吧，宝贝儿，蔡氏的工作不适合你。"

"怎么会不适合呢？蔡氏有那么多岗位，而且你不记得了吗，我是化学博士，蔡氏生物非常适合我施展才华。"

这样一提醒蔡高峰也想起来，卣舸流当时的确是介绍亦如来蔡氏工作的。

但是呢？

有些话蔡高峰讲不出口——如果亦如没有嫁给自己，到蔡氏工作当然欢迎，但如今她是自己的妻子，倒要慎重考虑。女儿蔡行芸今年大三，毕业之后就会回到蔡氏，那时候后母和继女都在蔡氏，肯定要出问题。

蔡高峰可没心情处理这些后院纠纷，自己这么大的家业，只有一个女儿继承，她又不懂事，这可是蔡高峰最大的心病。为什么执意要娶如花似玉的亦如，蔡高峰的本意可是让她生儿子的！

想到这里，蔡高峰搂住亦如，"不急，你这辈子已经衣食无忧，我不用你赚钱，蔡氏的工作很累，我舍不得你辛苦，还是床上辛苦一下，哈哈，咱们先开展造人计划好一点。"

说完又扯亦如进卧室。

9

《菲城日报》给蔡高峰做了一个专访。正处在事业、爱情顶点的蔡高峰意气风发，像极了人生大赢家。

谈到自己的过去，蔡高峰无限感慨，自己是苦孩子出身，父母都是普通的渔民，小时候家里真穷呀！

那时候，几里外的叔叔家摆酒，父母给了他一口盛满鸡汤的锅子让他端去随礼，临出门嘱咐，不能洒了更不准偷喝。一路上，男孩儿细心端着，一滴都没有洒出来。鸡汤的香味煎熬着瘦弱的孩子，可他就是忍住了，没有偷喝一口。

到了叔叔家，婶婶发现嫂子太粗心了，端来的是一锅只有一点油花的刷锅水。叔叔要倒掉，蔡高峰又原封不动地端了回去。到了家，放下锅子，才趴在旁边轻轻喝了一口。

那确实是鸡汤，只是淡了一些，肉虽不多却藏在锅底。就是这锅鸡汤，蔡高峰至今仍在回味，也暗自发誓，这一辈子一定要过上好日子，让自己的家人喝上香浓的鸡汤。

"我是个有名的大孝子"，蔡高峰抹了下眼泪，一边继续讲述着：

改革的春风为边陲渔村带来翻天覆地的变化，短短几年这里就成为国家经济发展的前沿。亲戚陆续做生意或搞养殖，一栋栋洋房别墅拔地而起，摩托车、汽车越来越多，可自家父亲还是守着渔船，不是他不想发财，是没有门路。

征地后，开发商给蔡家补偿了100万元。面对飞来巨款，老实巴交的父母把处置权完全交给了独子。在城区买了一套商品房安顿好老人，剩下的钱蔡高峰和做过买卖的堂哥办起一个小药厂。就是顺应了改革开放的政策，把握住了人生的机遇，蔡高峰逐渐完成原始积累，与企业一起成长。

蔡高峰评价自己的格局，格是命格、品格，局是成就、局面。任何人的成功都不是偶然的，是由性格决定，命格里写着的。

蔡高峰认为自己的格局就是坚持，认准的方向，永远都不能放弃！

《菲城日报》自称"青云"的女记者艺术性地打断蔡高峰的侃侃而谈，引入下一个话题——

"蔡氏生物在筹划上市，您觉得最大的障碍是什么？"

蔡高峰不假思索："蔡氏没有障碍。"

"是吗？"青云笑道，"近几年蔡氏生物负面新闻不断，虽然媒体报道不多，但坊间已是满城皆知，蔡总您愿意——澄清吗？"

秘书听闻此话，赶快示意青云："这个问题可没在清单之列。"

蔡高峰倒是不在意，"这个问题问得好，这几年，蔡氏的快速发展伴生了一些不和谐的音符，完全是出于嫉妒，我本人也蒙受了天大的冤屈，问题的根源在于外界对蔡氏缺乏必要了解，澄清这些问题很有必要呀！你们做媒体的就应该知道，这些负面为什么没有报道出来，因为完全是胡说八道，诽谤中伤嘛！"

青云抿唇一笑，"蔡总这句有失偏颇，负面报道都被压下，只能说蔡氏政府关系好，媒体公关能力强。"

这么直接的反驳令蔡高峰不快，看亦如在场，也只能压住上升的火气，另挑话题——蔡氏首先是一家有高度责任心的高科技企业，多年来，我们致力于慈善和公益事业……

"现在不是广告时间，蔡氏宣称是高科技生物制药公司，外界传闻却是靠假冒和仿冒正规药品发家的，这是原罪，您怎么看？"青云再次打断蔡高峰。

"无稽之谈！"蔡高峰的脸色彻底阴沉。

青云却越战越勇："蔡氏也应该是澄洲近海挖沙的幕后老板吧？多年来，蔡氏破坏了近海的生态系统，挖出来的海沙不经水洗就卖给建筑工地，用这样的海沙盖起的房子相当于得了癌症的患者，说不准哪天就楼塌人亡……"

"胡说八道！你有什么证据！"

青云毫无惧色，穷追不舍："其实蔡氏根本不要上市，现在上市最大的障碍应该是如何做假账吧？蔡氏这么多原罪，混乱的股权关系，见不得光的事情实在太多了！你蔡高峰并不懂生物工程，你是靠着征地款起家，卖假药发家的，挂羊头卖狗肉，多年来拿了国家巨额的技术扶持资金，政府还白给了这么一大块地。这两年蔡氏亏损，一直靠挖沙补贴，吃到甜头之后，官商勾结参与近海开发，无非是想进一步垄断海洋资源牟取暴利！而且最可恨的是，你打着所谓造福人类的幌子，秘密开展'D计划'，非法捕杀珍稀野生动物进行残忍的试验……"

蔡高峰已经不再理睬青云，手指秘书，大声训斥，"送客！给我注意点，如果有人想在媒体上诋毁蔡氏，我一定不会放过她！一群小人物，我随时碾死她！"

青云"啪"一下合上本子，收起录音笔，毫不示弱地大声说："这个世界邪不压正，主流媒体你们能压住，但是网络媒体你们堵不住！别把自己想得太厉害！你搞人身威胁的这一套我不怕，现在是法治社会，你也就是有几个臭钱，钱能解决一切吗？我不怕死，你可以放马过来！"

记者走后，蔡高峰还在发脾气，亦如也不多话，只陪他静坐。

"亦如，这些人为什么处处针对蔡氏，要置我于死地！"

"蔡氏是否有需要反省的地方呢？"

蔡高峰听亦如这样问，面色更加难看："你不会和外人一样，对蔡氏所做的一切存在误解吧？"

"是误解吗？"

"你觉得呢？"

"如果全世界的人都认为是错的，是否我们也能反省一下呢？也许现在改变，再积极补救，一切还来得及呢？"

蔡高峰聪明绝顶，立刻听出亦如话里有话，就要发起脾气，但压了压火气，还是换上温和的姿态："亲爱的，你是认为我做错了吗？咱们以后还是不谈公司了，蔡氏是我的命，我在做一项伟大的事业，这是我的梦想，你也是我的命……"

好滴！

亦如也旋即恢复欢快的模样，"其实你也是我的命，没有你的那一天我也会消失，所以我们都好好保住这条命，好吗？"

10

针对蔡氏生物各种负面消息，署名"青云"的报道还是铺天盖地地在网上传播开来，《菲城日报》也证实根本没有笔名叫"青云"的记者，介绍信和记者证都是假的。

蔡高峰狠骂了总裁办管外宣的人，又亲自去宣传部打点，当地主流媒体的封口令很快就下来了，网上实在无法堵截住，蔡高峰也采纳了亦如的建议，此时以静制动，只等风暴过去，不要再添加炒作的话题了。

果然，几日后尘埃落定，因为现在网上信息已经爆炸，任何事件的热度也只有三天。

但这件事还是伤了蔡高峰的元气，他生了一场病。亦如的建议起到了作用，蔡高峰还是决定让亦如进蔡氏，挂了一个"战略发展总监"的虚名，主要是帮着总裁办协调外宣和公关。

不过蔡高峰反复嘱咐，别累坏了，别抢着做事，你现在的任务是赶快生孩子！

亦如应下。

蔡高峰又忙着派人去暹罗请高僧求子，又请中医调理，每天逼着亦如喝中药。蔡高峰甚至连妻子的生理期都计算得妥妥的，一副势在必得的模样。

亦如领悟力极强，又生性亲和大方，很快就熟悉了蔡氏事务，和董事高管甚至普通员工都有接触。

饮下午茶时亦如叫上了这群新朋友，众人巴不得讨好老板娘，连蔡氏生物董事梁革华也不请自来，还带了一位女伴，芬妮。

从蔡氏的业务聊起，不知谁挑起了话头，一众人聊起了男女"交易"。

这个话题甚是有趣，大家都来了精神，你一言我一语扯起来。芬妮好像在这方面特别有心得，最后变成了她个人的演讲——

从远古时代，人类活动的起点就是交换。

男女"交易"的基础，就是价码。

两情相悦是为了交换爱和温暖，如果不是，那彼此就要亮出筹码，男人有权钱，女人有才貌，以此作为交换的基础。

所以从古至今，男人什么钱都能欠，花酒钱不能欠，否则就是王八蛋。女人什么钱都能出，开房、打胎的钱不能出，否则就是二百五。

因为这是交易呀，女人付出身体和精力取悦男人，应该得到应有的报酬。

……

"我部分同意你的观点。"亦如举起咖啡杯和芬妮碰杯。

"哪部分呢？"

"王八蛋和二百五那部分。"有人插话。

众人一起大笑，芬妮指指桌旁唯一的男性，梁革华，比划了一个爬行的手势，女人们都笑翻了。可怜的梁革华只好跟着傻笑，一边笑一边偷看亦如。

"我是躺枪了，被你们这一群美女欺负，我可是个有情有义的好男人！"梁革华假装抗议。

其实，作为蔡氏大股东，梁革华那天也在白省长推荐亦如到蔡氏工作的晚宴上，当时对沈小姐也是一见倾心。可惜蔡高峰全程"霸占"美女，唱完歌一转身他们就不见影了。

这个挨千刀的蔡高峰！

梁革华这份气呀，接下来的日子对亦如也展开了密集的攻势。不过和蔡高峰相比，他是有硬伤的，因为他海外的家里还有老婆呢！

但梁革华还是恨透了横刀夺爱的蔡高峰，也暗自埋怨亦如不给自己机会。

芬妮眉飞色舞之际，亦如借故洗手，梁革华立刻跟了出去。

11

六月时节，午后金色的夕阳从树叶的缝隙洒下来，麻雀啁啾地在檐下跳跃歌唱，学生模样的女孩儿对着白色尖顶的教堂写生，空气中满是清甜的花草气息，偶尔浸渍着现磨咖啡和烘烤蛋糕的浓香。

亦如坐在一张铺着白色碎花桌布的茶几旁，凝视着不远处池塘里几只游动的小鸭。

梁革华看得心动，拉一把椅子在亦如身旁坐下。

"你在想什么呢？"

亦如盯着草地上几只追逐的蝴蝶："刚才芬妮的话让我想起南传《长老偈》里的一首偈颂，有情之贪爱，难以去除掉；苦痛由爱生，如露从叶坠。"

"这就是你刚才不同意她的部分吧！"

亦如赞同地看了看身旁穿着白西装戴个领结，已经完全秃顶的中年男人，他倒是自信，依然不梳地区支援中央。

"如果男女间真要交易，也是爱的交易吧。"

说话间廊上飘出西村由纪江的《当心灵满足时》，亦如侧耳静听，不由闭上眼睛，这是自己最钟爱的曲子。美得令人心悸的旋律，此刻听来，更如同浸润灵魂深处。

梁革华就着曲子抓住亦如的手，深情表白——

"沈小姐，我想和你交易，爱的交易，我是说真的，我很爱你……为什么选他不选我？他能给你的一切，我统统都能给！"

"你不是今天还带了女人一起来吗？"

"我那就是刺激你呀！我想在你面前找回一点面子，她只是我的朋友，看来我真傻……不过为了你，我可以做任何事情！"

"那我要你死，你也会死吗？"亦如笑。

"好好的，死什么呀！不过你真要我死，我就会为你死！"梁革华满脸认真。

这样的承诺多年前听过一次，如今还在耳畔。

眼前又出现了少年时结伴同行的那个身影，在蒲公英开花的河堤上，两个人愉快地蹬着自行车。

男孩儿颀长的胳膊不停地挥着，对着静谧的河水大喊着女孩儿的名字。女孩儿的脸红扑扑的，拼命向前追赶男孩儿。他们的笑声随氤氲的空气穿越层层时空传来。

"嘘！你听！"

亦如已进入另一个时空，梁革华还在继续表白呢——

"我是愿意为你做任何事的，只要你能和我在一起……"

"那请你为我先做一件事吧。"亦如幽幽地说，心里莫名地绞痛。

"好！好！"梁革华心满意足，嘴巴已经凑了过来，亦如闭上眼睛，允许他吻自己。

12

亦如去机场接英国来的导师，化学家史丹利先生。

车子行进在菲南大道，旁边就是海滩。菲城湾的沙子特别细软，在阳光下呈现出淡淡的银色光泽，宛如银色丝带。史丹利先生被眼前的美景吸引，由衷赞美。

忽然，车窗外飘进来一股奇怪的味道——

这样的味道令身为东道主的亦如感到尴尬，连忙向客人解释，这是一种中国南方的传统小吃，由黄豆自然发酵而成，做法类似奶酪。优质的"臭豆腐"制作工艺十分讲究，选料精良，虽叫"臭豆腐"，但是闻着臭，吃着特别香。很多中国人对这道小吃深深着迷。

听闻此言，史丹利眉头舒展，他表示对这道小吃很感兴趣，希望此次中国行有机会能吃到。

回忆起童年吃过的那些美味，亦如深深地咽下口水。说到发酵的豆制品，亦如想起妈妈和姥姥每年都会做的大酱。

她们把煮熟的黄豆滚上面粉摊在草编的簸箕里，有时放在屋檐下面，天气好的时候就在太阳底下暴晒。豆子有点黏手的时候也会散发出一股味道，顺着敞开的窗子一阵阵地进到房里，那是天然种子转化的秘密。亦如喜欢躺在檐下的炕沿，静静地闻着这个味道。

制作大酱的流程需要纯手工操作。等豆子上的面粉干透时，女人们会坐在炕头上一点点差掉，豆子这时候变成了棕红色，牙齿咬上去有点筋道。再把这些豆子放进一个无油无水的陶瓷罐里，搬到室外庇荫的地方，撒上盐来发酵。

发酵了一个夏天的大酱，炒菜、凉拌、做酱汤都极其美味。

讲究一点的北方人还喜欢用鸡蛋、核桃仁炒一下，用"鸡蛋酱"

蘸着黄瓜、带缨子的小水萝卜、大葱或者生辣椒来吃，近几年苦苣又流行了，反正是任何生冷的东西都可以，都开胃好吃。

这道菜就叫"丰收菜"！

如果用干豆腐皮或者玉米面摊成的纸一般薄的煎饼一卷，就成了另一道享誉全国的名吃：煎饼卷大葱。

亦如母亲常做蒜茄子和腊八蒜，满满一坛子紫色的茄子和碧绿的青蒜，过年节油腻重的时候，用一个小碟子夹出几个，佐为凉菜，真是爽口生津。

不过最好吃的北方美食莫过于蒜泥白肉了。

元旦以后，农村亲戚会杀猪，每次都会送来肥美的土猪肉。亦如父亲把肉一块块切好，冻在天然的冰箱——房檐下。节日到了，母亲就会烧一大锅水，只放几颗八角，把大块的猪蹄、牛肉、猪肉和猪肝依次放进去煮烂。

就这样焖炖几个小时，用钩子把肉拿出来，扎着雪白围裙的父亲就会把肉一片片切好码在盘子里。瘫痪的姥爷坐在炕上一颗颗地剥好大蒜，再用捣蒜的杵一点点研磨碎。大蒜和酱油混合好，把一片白肉放进去，蘸饱了调料放进嘴里，那叫唇齿留香，回味无尽。

姥姥还会把肉皮切碎单独来煮，自然冷却后切片装盘，就成为亦如最喜欢的 Q 弹可爱的小皮冻了。

每次吃完这些美食之后，妈妈就会剥几颗生花生给亦如，这样大蒜的味道就不会打扰别人。

亦如不挑食，却唯独不吃螃蟹，甚至看到就会反胃，如果强迫咽下，马上就会浑身起红疹甚至休克。

自己对海鲜并不过敏，为什么单单不能吃螃蟹呢？

亦如隐约想起可能是与儿时的一段记忆有关。

这段记忆与大雷有关。

松村健之死调查 *1*

和蔡高峰的第一次谈话并没有实质进展。还没说上五分钟，蔡高峰就大喊头晕，秘书叫来医生，陈军和林域果只能离开。

王欣美被家人保释，但警方严格限制她的行动，随时准备传唤她。

当事人这里无法突破，林域果只好按照陈军的指示，开展外围调查。

林域果追查王欣美一周，没发现任何异常——这果然就是个好吃懒做、好逸恶劳、私生活混乱的女子。陌生人刚死在她床上，她竟跟没事人一样，整天睡大觉，照样吃喝玩乐。

谁能想象，这才只是一个 19 岁的少女。

"可惜这样的女孩儿现在越来越多！"陈军哀叹，不由想起自己的儿子，因为和夫人工作都忙，孩子一直由爷爷奶奶带着，现在沉迷上网玩游戏，学习成绩惨不忍睹。

等林域果终于发现王欣美吸毒，事件出现重大转机，她也被重新带回警局。林域果拉来一把椅子，坐在她面前。

正犯毒瘾的女孩儿人不人鬼不鬼，一把鼻涕一把眼泪，眼神不能对焦，平时漂亮的长发黏糊糊的，黑眼圈和眼袋也显现出来，闻得出也没刷牙。

"没办法，进去吧！"林域果晃晃强制戒毒所发的小册子。

"不要啊！"王欣美哀求，不知哪来的不适让她抱紧肩膀，整个人都在颤抖。

林域果叹气，"你说你呀，漂漂亮亮的，怎么就不学好！这么小就吸毒，一辈子不就毁了嘛！"

"是我想吸毒的吗？"

女孩儿痛苦地扭扭身体，"我还不是被别人害的！为了不越陷越深，我努力克制自己，现在还不碰冰毒……"

"这么说，我还得表扬你呀！"林域果被气乐了，"你说说，你是被谁害的？"

"还不是你们这些臭男人！"

王欣美抽泣，其实我小时候成绩很好，那时候就想成为白衣天使，救死扶伤。等上了高一，我们都住校，有一天夜里我去冲凉，历史老师竟然在水房里对我动手动脚，我大声喊人，他跑掉了。

后来他就欺负我，每次上课都刁难我，罚我站，说难听的话讽刺我。

同学们开始疏远我，连其他老师也不喜欢我，我的成绩开始一落千丈。

不久我就不再读书了，和朋友来到菲城，我在餐馆里做服务员，可朋友竟然害我，在水里下药……

我报过案，但对方一口咬定我是"三陪"，结果只罚了他几千块钱。

你看看，我只是长得漂亮一点，我的脸上怎么就写着是"三陪"呢？

你们这些警察善恶不分，主观认定我是坏人！那我就干脆做坏人，而且我上了瘾，为了买"药"，也必须多挣钱。

林域果看她越说越委屈，抓起纸巾盒递过去。

止住哭泣，王欣美抬起依旧美丽的眼睛，"所以我不能进戒毒所，我现在找到了一个真心爱我，愿意娶我的男人，他也很有钱，我会想其他办法尽快戒毒。"

林域果点头，"那我就可以确定，这个男人是蔡氏生物董事梁革华吧！"

王欣美大惊失色，"你怎么知道？"

"你那点小秘密，警察还会查不到吗？"

松村健之死调查 2

林域果兴奋地向陈军汇报，"师傅，您果然神机妙算，知道松村健的死不是意外，王欣美也不是普通的卖淫女！"

陈军拍拍徒弟肩膀，这并不难推断——

蔡氏生物现在深陷负面新闻，松村健作为董事，背后不干不净的事情肯定不少，特别是查清这个人的底细之后。松村健原来是菲城人，在东瀛留学后娶妻，这个人看起来憨厚，脑子却很活络，他曾经在东瀛的一家生物制药厂干过，现在活跃在蔡氏生物，但说到底就是个招摇撞骗的混混。

为什么？因为他当初读的就是东瀛的野鸡大学，学历上就造假。

我对人没有偏见，但谎言会上瘾。

再说他的死法。

采用窒息的方式增强性刺激由来已久，在东瀛小电影中尤其流行。

这些人自己实施，或要求他人帮助实施。我们没有权力批判每个人采取性行为的自由，但这的确非常恐怖，一次意外就是一条人命呀！而且作为警察，出现命案，我们就要介入调查。

"不过师傅，就算松村健有仇家，有人利用王欣美取他的命，可我们怎么证明王欣美是谋杀呢？在性虐致死上存在法律争议，连环杀人才有可能被判定为故意杀人。"

陈军皱起眉来——这的确是法律上的空白。

法医确认了松村健的死因，他是被自己带来的丝袜勒死的，而且是在性行为发生的过程中，尸检证明死者没有服过任何药物，现场也没有过度挣扎的痕迹，可以说双方都是清醒和自愿的。

　　按照王欣美的说法，她没有动手帮助松村健自虐，丝袜是他自己挂在床头，套在脖子上的，她只是帮忙勒紧，并且答应在对方快窒息的时候帮他解下来。

　　事发现场只有两人，死人不能告诉我们真相，王欣美现在一口咬定是松村健哀求她，给她加钱请她帮忙，她是被动的，她是无辜的。

　　而勒紧的力度，她说当时太紧张，又是第一次没经验，根本把握不好，反正松村健没示意停，她就继续勒，勒着勒着见对方不对劲，她就躲到厕所里去。

　　公诉机关的确就是由此推定整件事是意外，才允许王欣美保释。

　　陈军接过徒弟的话，而推断意外的前提是——

　　王欣美和松村健是第一次见面，两人的确是通过"摇一摇"认识的，但假如王欣美和蔡氏生物有关联，那就另当别论。

　　因为王欣美极有可能提前设局，故意接近死者。

　　而幕后主使者也可能早就知道松村健有性虐"癖好"，痴迷召妓，便假装在不经意间告知他，"摇一摇"是约炮神器，你回到酒店就不停地摇，说不定就有女人主动送上门来……

　　不过，王欣美和蔡氏生物的关联，的确不容易察觉。

　　如果不是她毒瘾犯了去银行取钱，我们就无法知道她有一张不是她名字的银行卡，那里面定期有人汇款。

　　银行卡是盗用他人身份证办的，所以非常隐蔽。每次汇款都是从柜员机现金存入，每次存入地点都不同，汇款人每次都遮住脸，几乎辨认不出身份。

　　但是多亏银行门口的监控和遍布城市的"天眼"系统，我们虽然看不清存款人的脸，但是追踪到他的车牌，查到他的住址——原来这个人是蔡氏生物董事梁革华司机的表弟！

"这样也能查到，真不容易！"林域果赞叹。

陈军看看徒弟，时代在发展，这几年法证技术日新月异，凭借一根头发、一丝纤维就可以让凶手现身。城市和各种道路的摄像头密不透风，凶手想神不知鬼不觉地消失，基本没有可能。

而且，梁革华司机的表弟还没结婚，如果他和王欣美是正当的情侣关系，完全没必要每次像做贼一样，存款时把自己遮得严严实实，明显就是受人指使，给别人跑腿办事。

他给谁跑腿呢？梁革华的司机没什么钱，表弟本人更是身无长物，所以肯定是帮梁老板办事啦！

陈军指着银行流水，你再看看，松村健死之前，王欣美的银行卡数额有变化！

这张卡里突然多出 100 万元，一个月内分 5 次用现金存入。扛着一大堆现金到柜员机存款，显然有问题，因为之前这张卡存入的都是每笔 1 万元或 2 万元。

看来梁革华包养王欣美至少半年，甚至已到谈婚论嫁的程度，至少男方给出这样的承诺。所以女方很有可能受到指使，替他杀死松村健。

至于梁革华杀松村健的动机，到蔡氏集团内部去调查，肯定有蛛丝马迹！

掌握了梁革华和王欣美的关联之后，王欣美就不能推说松村健的死是意外，检察院极有可能会对王欣美提起公诉。

"我也觉得，为了 100 万元，吸毒的她会冒这个险。"林域果回忆起王欣美毒瘾发作的模样，虽然不希望这样，但也不得不相信。

不过关键还是证据链闭环，就算检察院提起公诉，又怎么证明王欣美是谋杀松村健呢？

最多也只是误杀吧，如果王欣美反过来能够证明是松村健执意要求实行"性虐"，她只是见死不救，或者救助不及时，那么估计连误杀都不能成立。

"不过还有一个问题，梁革华为什么不直接给王欣美现金，而是费劲托人将钱款通过银行汇给王欣美，这不是故意留下把柄吗？"林域果不解。

陈军心口又隐痛，粉色蝴蝶结在眼前飘动。此刻他听不到徒弟的问题，大脑被另一个疑问完全占据——松村健的死和蔡高峰掉落下水道有什么关联吗？

她是不是真的回来了？

下水道事件＋松村健之死合并调查 1

正午大太阳炙烤着，梁革华和律师来到警局，接受传唤。他的金丝眼镜油滋滋的，穿一身白色西装，搞笑的是，整齐地别着领结。

陈军暗想，这也是一种审美。

侨商梁革华坐下，陈军开门见山，询问起他与王欣美的关系。

唉！梁革华面有惭愧，警官先生，王欣美呢，是我现在的一个女朋友，我有时会找她。有钱之后，确实管不住自己的下身，有这样的需求……

陈军笑道，这里不是道德法庭，你的私事我们不感兴趣。你和松村健是什么关系呢？

"生意伙伴都谈不上，我是蔡氏大股东，他是小董事。"梁革华面露惋惜，松村健是蔡氏的供货商，两人交往不多，没想到人已经去世。

"供什么货呢？"

梁革华抠抠脑袋，供应原材料。

"哪种原材料？"

梁革华犹豫一下，换成一副豁出去的模样——

"他是给蔡氏供应海豚的……"

"海豚？！"

"是的，海豚。"

梁革华斩钉截铁地回答，事情还得往前回溯：

我是十几年前遇上蔡高峰的，那时候他还是个名不见经传的小人物，我做生意赚了钱，想要投资。蔡高峰这个人还是很有远见的，他说生物制药是个好方向，问我有没有兴趣，我就觉得还 OK。

我们合作的这些年，我并没有直接参与公司事务，只是作为联合创始人和第二大股东对公司发展的大方向把关，不参与具体的业务经营。松村健是蔡高峰前年认识的，然后就给蔡氏供应海豚。

"蔡氏要海豚做什么？"林域果插话。

"做生物提取液。"

梁革华打算竹篮子倒豆子，一股脑说个干净——蔡高峰到东瀛考察，遇到松村健。

松村健这小子很活络，说从海豚的腺体可以生物提取出一种液体，该液体有抗衰老的功效，特别是对精神疾病有奇效。回来之后蔡高峰就开始研究，投入大量时间和精力，还作为蔡氏未来的战略方向。

但是拿海豚做研究，环保主义者坚决反对，所以蔡氏一直没有大张旗鼓，都是私下里做，命名为"D 计划"——Dolphin Plan。松村健就是蔡氏的海豚供应商。

"松村健给蔡氏的海豚是活的还是死的？"

"活的。"

"那提取后呢？"

"当然死了……"

陈军脸色有些凝重，梁革华也叹气，的确很残忍。

"现在已经杀了多少海豚？"陈军追问。

梁革华想想，具体数字我真的不清楚，但是上千条肯定有，而且很大一部分是中华白海豚。

"这可是世界珍稀物种，是我们的国宝呀！"林域果惊叹，手中的拳头因为愤怒而握紧，"你们这些人怎么这么残忍，简直是禽兽，太胆大妄为了！！！"

"这些海豚哪里来的呢？"陈军也努力克制情绪。

"在非城附近海域和公海捕捞的……"

"你们这群王八蛋，我日你们祖宗！"林域果站起来，冲上去就要揍梁革华，被两位警官按住。

梁革华赶快起身，脸上更加油腻："警察先生，请息怒！冤枉啊！"

我不是 D 计划的始作俑者，说实话，也并非受益者。相反，我已经劝过蔡高峰很多次，不要继续下去。

我并不仅是从环保的角度，也是从投资回报的角度劝说蔡高峰放弃 D 计划，但蔡高峰却非常固执，好像越杀越上瘾。他自己说，开始确实感觉残忍，很内疚，但从某一天起，突然喜欢上海豚的血染满整个水池的景象……

下水道事件＋松村健之死合并调查 ②

众人稍微平息怒火，梁革华继续说。

其实我早就请专家考证过，海豚提取物可以治病，完全是无稽之谈！

这很像你们说的吃啥补啥，都说海豚是高智商动物，提取物就能治精神疾病，那人不比海豚更高级嘛，如果用人脑子的提取物不是更好?!

蔡高峰也是傻瓜，被松村健那帮人下了圈套，被洗脑催眠，才会如此固执。

海豚死后摘掉腺体，松村健立刻把海豚肉卖回东瀛，从中大赚一笔。

"松村健为什么找蔡高峰合作?"

"那还不简单嘛，蔡高峰一直控制菲城近海的挖沙，这事知道的也不是一两个人。菲城港是世界著名的海豚栖息地，这里不是公海，松村健想在这片海域大肆捕杀海豚，不借助蔡高峰的政府背景怎么可能呢？这样一倒腾，不仅海豚肉到手，提取物还能卖给蔡氏，等于赚两次钱！而且，松村健不又捕杀海豚，其他鲸鲨也都不放过，鱼翅又是一笔横财！"

今天的谈话信息量巨大，陈军没缓过神，还是林域果关键时刻插话："那王欣美之前认不认识松村健呢?"

梁革华脸上的油已经够炒一盘菜，他擦擦汗水，说道："这我还真不知道，应该有可能。这种人搞到一起也不奇怪，我们这个圈子不大，王欣美是只认钱的，松村也不是好货，正好半斤对八两。"

"松村健死前，你是不是给了王欣美100万元?"

"是呀!"梁革华毫不否认，"警官，我必须更正您，这不能叫松村健死前，因为我给王欣美钱和松村的死，完全没关系！"

"这100万元是王欣美向我借的，说是要开一家服装店，我们还写了字据呢！"

陈军接过梁革华带来的借据，果然看到两人的签名，时间是一个月前。

"你倒是有所准备，借据都随身带着。"

"警察先生，您可别给我设套，今天您找我了解情况，这么重要的证据我能不随身带着吗？"

"那你为什么不把现金给王欣美，你这样的大老板，100万元还分那么多次汇过去，找中间人鬼鬼祟祟去柜员机存钱？"

"哎呀"，梁革华满脸无奈，"我也是被逼无奈，王欣美三天两头问我要钱，我开始都是给她现金，慢慢也想记个数，存进银行卡里，有凭有据，将来她说我对她不好，我也可以证明一下。"

"王欣美不靠谱，她说要开服装店，我也不敢完全相信，所以不能一次给她那么多钱，是看到她到处找门面搞装修，我才把款分批给她的。

"至于帮我存款的人，我完全不认识，一直是交给司机办的，我问他，他说让表弟去存。表弟涉世不深，胆子小，司机也没告诉他是什么事儿，他不清不楚的，以为是坏事，就偷偷摸摸，其实完全没必要，反而没事整出事情来！"

"那你认为松村健的死是意外，还是王欣美谋杀？"

梁革华站起来，抖抖白西装的褶子，正正脖子上的领结："警官先生，我怎么认为不重要，松村的死因要靠证据说话，我不能妄下判断。不过找证据是警察的责任，作为外籍人士，我爱莫能助。但你们国人有句话说得好，多行不义必自毙，我相信老天是开眼的。"

第四章　风信子的重逢

　　风信子的花语是重拾幸福的火种。

　　心不动如岩，不因贪执着，不因嗔而怒，痛苦如何能，临此清净心。

1

　　一个普通的清晨，亦如收到一条不期而遇的短信。

　　巨大的震惊让她无法自己，为防止当众失态，躲进洗手间，打开水龙头，在水流的哗哗声中，一遍一遍地嚼着这六个字："亦如，是我，秦楠。"

　　秦楠，回来了……

　　往事排山倒海般涌现，把亦如一下子推进了时空漩涡，回到了逃亡之夜。

　　从亦如家出来，秦楠跑回家，家里没人，父母一定去舅舅家了。

　　秦楠在桌上留了个潦草的字条，只有几个字："爸妈，我出去几天，很快就回来，别担心！"

　　以最快速度收拾好行李，秦楠找出全部积蓄，连一分硬币都搂进口袋里。他知道爸爸抽屉里有钱，也顾不上挨打，抽出一叠数也没数就塞进包里。又跑到哥哥的饭店，哥哥也去舅舅家了，嫂子于荷正和谁讲着电话，秦楠连拉带抢地把收银台和嫂子兜里的钱抓出来，一溜烟就跑掉了。

这样东拼西凑竟然有 6000 多块钱。

到了车站，买了夜里南下的火车票，秦楠和亦如躲在车站外的树丛里，反复确定没有警察跟来，才偷偷潜上车。等安顿好行李，爬上上铺已是半夜。

窗外是漆黑的夜色，星斗依稀，偶尔有小站橘黄的小灯和呼啸的列车闪过。两个孩子各想心事，沉默无语。

不知不觉睡去，做了很多奇奇怪怪的梦，秦楠在夜里惊醒。中铺的那个男人不停地打呼噜，还有个女的在嚓嚓地磨牙，又有人放了个响屁，秦楠彻底睁开眼睛。

上铺的空间实在太小，秦楠个子高，雏鸡一样窝在壳里。勉强换了个姿势伸开腿，秦楠看到亦如正背对着他，静静地卧着。

"亦如……"秦楠伸手勾勾她的背，"你睡着了没？"

"叫我吗？"女孩儿缓缓转过来，两个人在黑暗中默视。

"是，你现在叫亦如了。"秦楠摸索到她的手，紧紧抓住。

"亦如？"女孩儿重复着，"那我以前的名字呢？"

"彻底忘掉吧。"

女孩儿又开始沉默。

"除了你，这个世上我再没有亲人了……"像经历几个世纪那么漫长，女孩儿的声音飘来。

隔着一尺多宽的过道，秦楠拉着她粗糙的手，心里绞痛。

他真想告诉她，我就是你的亲人，我发誓，我会照顾你一辈子！

可不知为什么，这些话没有讲出口。

2

辗转了三天，筋疲力尽的两个孩子终于到达菲城。

阴错阳差，没有边防证、没有目的地的俩人竟然混进关口，随拥挤的人流挤进一辆破烂的中巴。

当时的亦如和秦楠并不知道身边这些人是做什么的，更不知道此刻自己正隐身于从全国各地潮水般涌入的打工者——这些菲城特区首批建设者，带着大小行李，怀揣着各种梦想，离开生养自己的土地，走向完全未知的人生旅程……

当务之急是寻找落脚地，秦楠带着亦如钻进小巷的旅店，昏天黑地睡了一天两夜，才从疲惫中恢复。

吃了点面包和火腿肠，秦楠和亦如开始到处闲逛，也就是今天，两个人才第一次正式牵手，走在阳光明媚的路上。

20 年前的特区菲城刚开始建设，远没有今日的繁华。菲南大道还没有修好，到处是施工的车辆、林立的脚手架和飞舞的沙土。海天大厦突兀地站在木棉和灌木中间，十分孤寂。路边简陋的小摊里摆着芭蕉和芒果，矮小的客家女孩儿百无聊赖地赶着苍蝇。

寒冷的北方已远在天边，这里还是宜人的夏天。椰林绿影，粤音民俗，这一切完全是另一个世界——天堂般美好的世界，杀人逃亡后的恐惧也因为到了天涯海角而被彻底遗忘。

远隔 3000 公里外的世界如此新鲜，顽皮的秦楠兴奋起来，亦如也是第一次看到大海。两人甩掉鞋子，在沙滩上尽情撒欢。

海边人喜欢光着膀子穿着拖鞋和大裤衩在路上散步，亦如好奇地盯着一个男人，他的肚子是典型的啤酒肚，胸部比女人还大，几乎垂在肚皮上。那男人看有女孩儿看他，飞了个媚眼回来，秦楠赶快用手挡住她的眼睛，亦如脸红了。

第一次进免税超市的秦楠和亦如就像刘姥姥进大观园，琳琅满目的商品、五颜六色的包装强烈地冲击着两个人的眼睛。秦楠东摸摸西看看，亦如更觉眼花缭乱。秦楠被一排花花绿绿的避孕套吸引，不明就里之际，亦如正趴在一个榴莲上不停地闻。

不过，打从进门开始，秦楠就发现保安在盯着亦如，也是呀，亦如一身过时的衣服，脚上的鞋子也很破烂，可能被怀疑是小偷了。秦楠挥挥拳头，保安悻悻走开。秦楠暗自决定等下一定要给亦如换换装扮。

虽然家境殷实，北方小城的生活和时尚前沿特区的差距还是天壤之别。秦楠也不知道在免税超市里该买点什么好，便随手抓起了一罐橙黄色的饮料交给亦如。等两人回到旅店拧开瓶盖，加了气的液体因一路摇晃猛冲出来，甜兮兮的还有点黏，喷了亦如一脸，秦楠笑弯了腰。

很快，他们就发现这种甜香的饮料——叫作"美年达"的液体伴着微咸大蒜味的天府花生真是绝配啦。

发明这种吃法的人的确令人钦佩——饮料喝多了单调、甜腻，咸干花生吃多了口干。两者配合在一起，美年达醇厚的香味掩盖了大蒜的异味，竟然还衍生出全新的奇妙，让人不知不觉就喝了几大瓶，消灭了几大袋，菲城早年的打工者个个深谙其味。

后来，主修化学的亦如总算明白这种奇妙的感觉，是由于人工色素和香精在人体内产生的化合物，刺激了大脑的中枢神经。

无数次，当思念啃噬内心时，亦如会一个人回味这种味道……

等秦楠给亦如和自己都换上了新衣服，钱也快花完，需要找工作糊口。

菲城这时候打工还不要身份证，两个 14 岁的北方山区孩子身材十分高大，秦楠已经超过 170 厘米，亦如都有 165 厘米，比很多南方的成年人还高。交了 20 块钱给中介，对方三天内就给找到了工作。

两个孩子本想在一起，可中介收了钱只给介绍一次，找到什么只能先干着。

亦如打工的地方在蛇口，这是个叫人起鸡皮疙瘩的名字，"羊入虎口，人入蛇口"。秦楠工作的地方叫南油，"南方的石油"。

怎么有这么怪的名字呢？

亦如和秦楠互相打趣对方，只是后来他们才知道，这些地名都和某一时期的历史迁徙事件有关。

亦如进了一家香港人开的服装厂，她帮妈妈做过手工活，简单培训后顺利进入流水线，开始了无休止的重复劳作。每天工作 16 个小时，每半月可以休息一个下午。

秦楠先到一家玩具厂组装零件，因为和厂长吵架，炒了老板的鱿鱼。接着他又去了一家浮法玻璃厂，这次因为没技术，几天后被老板开了。马不停蹄又去了一家台湾人开的砂洗厂，砂洗是处理牛仔面料，带来绒面、柔软效果的一种工序，并不太复杂，可是秦楠没干几天又被开除了。

3

"这次又是为什么呢？"亦如问秦楠。

两人约好在一家北方水饺店见面，点了三两芹菜饺子、两张家常饼，秦楠还要了西红柿炒蛋，特意摆在亦如面前。

"别提了，看着他们就不爽！狐假虎威！"秦楠气哼哼。

"爽？"

"爽就是痛快，过瘾的意思，澄洲人都系这样讲的啦。"

"我这里也是，不爽！"亦如叹气，"今天我肚子疼，上厕所超过了三分钟，被扣掉全天的工资不说，还被狠狠地骂了一顿。"

"骂一顿还好，我昨天还挨了一顿打。"秦楠拿起一块大饼，卷了卷塞在嘴里，又咕噜噜喝了一大口小米粥。

"啊，没打坏吧？凭什么打人啊！"

亦如慌着放下筷子，用手拨开秦楠的头发。刚才就看到这里红了一片，现在才知道他挨了打。

"染坏了一点布，其实根本不怪我！厂长找不到人顶罪就赖我，谁让我是新来的呢！我不服气和他吵，几个人把我推在地上狠狠踹了一顿。"

秦楠吧唧吧唧地嚼着饼，一副满不在乎的样子。亦如怎么吃得下呢，不知不觉眼泪流了下来。秦楠看她哭了，赶快用手揩掉她的眼泪——

"傻瓜，怎么像个林妹妹呀！这事不该告诉你的，我就知道你听了会伤心。我皮厚，这点伤没什么，还记得我们班主任不？还有训导主任的大棒子，那才是真家伙呢！打一顿那才过瘾呢！"

秦楠嬉皮笑脸，亦如却笑不出来，拾起他苍白纤细的手，心里阵痛。

秦楠接着说："扣工资没关系，我可以给你赚钱，你可千万别挨打啊！你是女孩儿，女孩儿可不能挨打……"亦如噙泪点头。

看她这副楚楚可怜的模样，秦楠也吃不下了，掏出钱包，拿出200块钱塞给亦如，这是自己两个月的加班费，全在这里了，叫她一起存着，自己大手大脚，没几天就见底了。

"两个月没日没夜地干，只给了这么少呀……"亦如又觉心疼。

"这是资本家剥削的本性。"秦楠想起政治课里老师说过的。

"那接下来你怎么办呢？"

"凉拌吧。"秦楠调皮地眯着眼睛。

4

"哎？你的肚子怎么会疼呢？"

午饭后秦楠送亦如去车站，走在漫天灰尘的风信子大道上，这里也在修路，挖土车在身边穿梭，一个北方口音的工头正指挥工人搅拌混凝土。

"不知道啊，每个月都会疼，有半年多了，最奇怪的是……"亦如脸红了。

"会流血是不是？"

"对啊……你怎么知道呢？"亦如停下脚步，看着表情奇怪的秦楠。

"丫头，你是真傻还是假傻呢？"

秦楠龇着牙，笑得腿直蹦。见亦如真的不懂，又涌上心酸。的确，亦如是没娘的孩子，寄人篱下，没人告诉她女人的秘密。

"那你知道用那个吗？"秦楠用手比划一个船的形状。

"那个嘛……见过，可是太贵舍不得买，卫生纸每次用那么多也浪费，所以我用报纸……"

"傻瓜啊！那怎么行啊！印报纸的油墨是有毒的啊！"秦楠急得拍脑袋，"我都服了你了，竟然敢用报纸，胆子也太大了，以后每个月我买给你！"

"男的怎么去买那个，会被人笑死的。"亦如根本没法想象秦楠去买卫生巾的模样。

"为了你，我豁出去啦！"秦楠的眼睛里透出视死如归的光芒。

"其实……我也不是完全不明白，这是一种生理反应，生理课上讲过了。"

"生理课上还讲了这些吗？"秦楠倒不好意思，原来亦如知道啊，这个调皮的女孩儿！

"你没上生理课吗？"

"喔，你知道的啦，我上课都睡觉嘛。"

"不是睡觉，你是来学校梦游！"

亦如咯咯地笑，快步向前跑，秦楠在后面边喊边追："等等我，上课认真学习的沈班长！"

5

第二天，秦楠就找到了新工作，到一家餐馆洗盘子，听说老板也是北方人，很喜欢秦楠的机灵，已经开始让他跟着去进货了。看来这份工作可以长久，日子总算安定下来。

餐馆打工可以分到一些好吃的，秦楠一定要留给亦如。服装厂也总有残次的牛仔裤和衣服，打工者可以低价买下来，亦如修补好，秦楠穿在身上很时尚。

此时的菲城正在搞围海造田，与荷兰一样，和大海争夺珍贵的土地。

作为填充物的生活垃圾和废弃的水泥混凝土，赤身裸体地东一堆西一堆地待在海滩上。拾荒者拎着蛇皮袋在里面悠闲地翻捡，戴头盔的巡警骑着摩托车，巡视是否有偷渡的船只。

难得休息的日子，秦楠会带着亦如骑着来路不明的二手自行车，在宿舍楼后面的小海湾闲逛。海滩是两人去的最多的地方，落日的美景让他们流连忘返。亦如还是个挖花蛤高手，退潮之后，她一个人就能挖到一小桶。

美味的花蛤吐了泥沙，亦如把切好的冬瓜小块一起放进煮开的水里，再下进去细长的银丝面，就是秦楠最喜欢的晚餐。

除了海滩，亦如还喜欢楼顶。

潮湿的风从填海的小港湾吹来，带来腥咸的气息。

初具规模的菲城夜景比那个昏暗低矮的北方小城不知恢弘多少倍。听说是因为不远处新建了一座大型核电站，而故乡是用煤发电的。看来高科技发出的电都要明亮一些。

亦如不喜欢用煤发电，如果这世界没人需要煤，是否就不会再有矿难呢？

暮色中站在楼顶向海面深处眺望，可见依稀闪耀的灯光，亦如知道，那是香港，一直走，还有一个更加美丽的海港——维多利亚港。

香港，多么神奇，多么令人向往啊！

菲城与香港一脉同根，受其影响最深，年轻人包括打工者都是模仿香港来紧跟时尚，看香港电视台成为菲城人最廉价的消遣方式，菲城的许多老板都是香港过来的。香港成为财富、时尚和梦想最完美的注解。

打工者对香港有一种羞涩而含蓄的向往，这也是对美好生活的向往。

人就是要靠梦想生活，难道不是吗？

秦楠很快融入了菲城生活，穿着打扮越来越像本地小青年，随意中透着慵懒，其实他本来就是这副模样。短短半年他的菲城话条儿顺流利，亦如就撞见他用菲城话骂人，叽里呱啦的，对方是个矮小的本地人，嘟囔几句走掉了。

餐馆里的常客也都很喜欢秦楠，有位老妇人还打算认他做干儿子，听说她有很多钱，亲生儿子在海外有大型的鲍鱼和珍珠养殖场，她的老伴做跨国贸易，专门从南非倒腾钻石。

"你会认她做干妈不？"甘蔗的渣滓把亦如的嘴角划伤，她掏出手帕，吸了吸血渍。

"我提了个条件，她同意我就认。"秦楠歪在海滩上看杂志，漫不经心地回答。

"什么条件呢?"

"如果她能同时给你做妈我就认,毕竟你已经没有妈妈了。"

话刚出口,秦楠就发现失言,赶快一骨碌爬起来去看亦如表情,见她并无异样才放下心来。

"有时候,我觉得你就像我的妈妈。"亦如真诚道。

"真的吗?那我下次化化妆,穿上花裙子吧。"

秦楠又开始调皮,扭着腰,挤眉弄眼,作出各种女人的姿态。亦如拾起杂志轻丢到他的头上。

6

猴子是不会安心待着窝里的。特区的生活越来越惬意,精力旺盛的秦楠开始到处乱跑。他常和几个一起打工的小兄弟去沙头角。

沙头角有一条直通香港的街道,街道不宽,店铺低矮却名扬海内外。除了一家挨一家的金饰店、A货店,大多数货品是七彩又廉价的女士内裤,穿上身就变形的丝袜和样式精美挂在胸口一个星期就停了的电子表。

拎着黑色购物袋的香港大妈骂骂咧咧地排队回家,时不时和熟络的边警搭话。沙头角更多的是从大陆南下的游客,操着各式口音,小心翼翼地和坏脾气的本地老板讨价还价。因为认为菲城人见多识广,游客自惭形秽,谈判上总是输了先机,买了劣等货也自认倒霉。

这时候的菲城真是遍地黄金,处处占着改革开放的先机。秦楠和一位同乡小伙子倒腾了一批皮鞋,趁休息时蹲在沙头角外面的小街口练摊,竟也赚了一笔。

不时有点外快收入,秦楠开始嘚瑟。他又抽烟了,常常吃宵夜喝早茶，走起路来也特别神气，挺胸叠肚像个老板，秦楠说自己有仙气护体，亦如总是笑他。

秦楠不止一次去录像厅，只是不好意思告诉亦如。

亦如要是知道秦楠来这种地方，一定会被气死！再说如果她真的在身边，屏幕上那些露骨的画面，自己也得羞死！

可是，看着身旁那一对对情侣，趁着黑暗……秦楠的心痒死了，真是又羡慕又煎熬，又盼望又忐忑。

改革开放初期的菲城，自由思潮涌入，五颜六色带着"资本主义绚丽光芒的事物"刺激着年轻人敏锐又脆弱的神经，令他们无法自拔。再加上大量打工仔、打工妹正值青春年华，面临着文化和情感的双重沙漠，背井离乡承受着流水线高强度的工作，迫切需要发泄和慰藉，录像厅就是这样的产物。

录像厅一般建在打工者密集的宿舍区，门口竖着全裸美女的海报，片名就让人血脉贲张，女性羞处用小桃心勉强遮盖。

录像厅一般都是通宵营业，白天和午夜前播放的大多是香港和国外的枪战片和搞笑片，偶尔还有老年人甚至孩子观看。午夜以后激情开幕，言情片，其实就是三级片公开或半公开地刺激上演。

打工者就这样窝在空气肮脏、充满汗臭脚臭的录像厅，激动地盯着一方屏幕上露骨的表演，度过了一个个不眠之夜。

无数年轻的男孩儿、女孩儿就是在这狭小的座位上成为男人、女人，身边几米远就坐着陌生人……以至于多年后录像厅成为这批中年人最难忘的，也是一段不能言说的秘密。

也许你看过《外来妹》，听过杨钰莹的那首《我不想说》，当轰轰烈烈的打工潮水淹没这座城市，浮华背后，菲城见证了太多的分分合合，人生起落！

不知道 20 世纪的菲城究竟来过多少打工仔和打工妹，专家统计达到了 6000 万人次。如此多的年轻人，在特区的土地留下了青春，留下了激情。如今他们可能已成家立业，分走他乡，也许还在特区的土地上继续为梦想打拼。但不管结果如何，每个人的背后都有一段值得书写的奋斗往事，谱成一曲特区成长的动人交响曲。

一首歌不能道尽人生百转千回，笑中带泪的故事如今听来依旧唏嘘。

如果有一天你来到菲城，请一定花点时间去回忆那些远去，或者将要远去的面容……

7

秦楠给亦如买了一条金项链，亦如不肯要，秦楠噘嘴。

"沈小姐，金子是保命的，你知道不？"

亦如做可怜状，表示不知道。

"如果特别需要钱的时候，可以从脖子上扯下来救急。如果被坏人抢了，你没钱给可能连命都没有，金子这时候就可以保命！"秦楠硬拉过亦如，撩开头发，给她戴上。

"可是，这要很贵吧……"

"多贵给你买也值啊！"嘴上冒出胡子的男孩儿开始变声，亦如恍惚间觉得他很像那个会唱儿歌、会捡垃圾的大雷。

"可是你哪有这么多钱呢？"

秦楠望着这位"可是小姐"，轻描淡写地回答："放心吧，我有办法。"

秦楠没有告诉亦如，这条项链是一起卖皮鞋的小同乡搞来的，秦楠花了 800 块钱从他手里买下来，为了这笔钱，他每天晚上在街口卖皮鞋。

下一次见面时，亦如觉得秦楠又变黑了。秦楠说自己正在学游泳，有空便去宿舍不远的泳池游几个来回。

亦如认为体育锻炼不错，表示支持他。

"可是我学游泳是要跑啊！"秦楠看四下无人，嘘了一声。

"你要去哪里？"

"香港。"

"为什么游泳呢？"

"我想偷渡……"

偷渡！

亦如惊讶地捂住了嘴，秦楠这个想法太荒唐了。她的眼前出现了电影里看过在枪林弹雨中飞奔、藏在货仓面黄肌瘦奄奄一息的偷渡客模样。

也许秦楠会被子弹打死！那些整天巡逻的边警可都带着手枪呢！

"别人告诉我香港遍地是黄金，到处都在招人，之前去的人都发大财了。我不想你再打工，你成绩好应该去上学，我赚点钱就回来，供你上学。"

秦楠拉起亦如的手，啧啧地叹息着，这还是少女的手吗？又黑又粗糙，长满茧子。

"可是你不能从口岸走吗？"

说到上学，亦如真的动了心，她是多么渴望继续上学呀！但她坚决不能让秦楠身处险境。

"还不行啊，咱们没有合法的身份，去香港很难。陆上过去查得太严，弄不好还要把我遣返内地。我听说只要水性好，绑个轮胎从菲城港那里游一个小时就可以到香港了。"秦楠一副信心十足的样子。

"听着，我不想再读书，只要有你在我身边，这样的生活就很好了，不要去做那么危险的事，更不要离开我，求求你！"

"好吧……"

"再答应我一次，永远不要离开我！"亦如哭着请求。

"我不离开你！"秦楠回答，不过这次目光却有点游离。

8

秦楠住的是三四十人的上下通铺，亦如只去过一次。

男人的体味充塞了小小的空间，墙上挂满香港女星的画报，刻满乱七八糟的涂鸦，内裤袜子彩旗一样挂在阳台上，亦如看得脸红了。

进门时听见有人在用录音机放张国荣的新专辑，一个戴眼镜的男孩儿在看杂志，封面上的女孩儿没穿衣服，连胸口的桃心都省了。两个光着膀子的男孩儿正准备去冲凉，手里拎着铁皮桶，肩上搭着毛巾。上铺的一个人探出脑袋，立刻被一只小手按了下去。

大家望了一眼进来的女孩儿，没人打招呼，依旧各忙各的。对面床的家伙正把脚丫子支在秦楠的枕头上，被秦楠一脚踢开。

那家伙回头骂了一句："气性！"见秦楠挥拳，马上背过身去，故意朝这边挤了一个响屁。

秦楠把枕头翻过来，床铺重新整理好，放下蚊帐，拉亦如坐了进来。

"今晚留下吧。"秦楠凑了过来。

"在这里……这样不好吧？"

"没事，你看上铺那家伙。"透过蚊帐，亦如顺着秦楠的手指看到一张上铺在微微颤抖，依稀有两个人影。

亦如的心跳得很快，她的脸红透了。

"求你了，留下来，好吗？"

亦如不能拒绝秦楠，点点头。

晚饭是用小煤气灯煮的面条，秦楠特意放了两个荷包蛋，全部夹到亦如碗里，自己则狼吞虎咽地喝着面条汤。

今天是亦如的生日。在这狭小的空间里，两个人默默分享着祝福。

男孩们陆续从各自的岗位回来了，几个和秦楠要好的走过来笑嘻嘻地要看"嫂子"。一个北方的男孩儿拿出家里寄来的金丝小枣，捧了满满两大把。

一直在蚊帐里待到熄灯，亦如才偷偷出来。秦楠带着她到厕所里冲凉，自己站在门口守着。几个打工仔被屎尿憋急了，只能在寝室楼门口的荒草里解决了。

回到蚊帐里，亦如和秦楠平躺下。

南国白天的热浪被夜晚清凉的海风吹散，穿堂风阵阵滑过皮肤，十分惬意。沐浴露的香味弥漫在蚊帐里，隔壁床上的男孩儿在听收音机，微微传来音乐。

黑暗中，秦楠默默地抓起亦如的手，他把这只手放在自己的胸口，闭上眼睛缓缓地把一口气吐尽。

亦如感受到秦楠的心跳，呼吸变得急促，汗水从背上丝丝渗出，她把身子向外面挪了挪，紧紧贴着蚊帐。秦楠觉察出了亦如的异样，鼓起全部的勇气转过身来，双手紧紧抱住亦如。

"别……"

可是秦楠已经搂住亦如，亦如又闻到风吹过故乡草坡的味道。不知多久秦楠的肩膀开始抖动，亦如觉察到有滚烫的液体流到自己的脸上，流进自己的嘴里。

咸的。

他怎么哭了？

此刻她无法逃开。

9

到菲城大半年后的一天，亦如把北方带来的棉袄彻底丢掉，打算和往事诀别。

可是，秦楠忽然就不见了。

连续两个星期天中午都没在约好的北方饺子馆等到他，亦如心急如焚。

老板娘安慰道："别急，如果他来了，我一定帮你传口信。人在外面难免遇到点事，可别太着急。"

"秦楠，你究竟去哪里了呢？"

亦如在心底里大声呼喊。谢过老板娘，抹了抹眼泪，独自回到服装厂。她苦苦地熬着每分每秒，可是秦楠，从那天起就如同空气一样消失了……

广播说台风就要来了，听说这次风暴的中心就在附近海域，登陆地点就在菲城。渔船已经回港避风，居民纷纷返家，店铺都早早关门了。

"今天无论如何也要找到秦楠，哪怕天上下刀子！"

打定主意，亦如向厂长请了两天的假。虽然近期订单堆积如山，已经满负荷运转的生产线绝对不能有人休息，但是看着女孩儿焦急的表情和眼里止不住的泪水，这位大汉于心不忍，挥挥手，让她去了。

坐了半个小时的中巴，亦如跑到秦楠工作的餐馆。餐馆吴老板看了女孩儿一眼，眼睛又回到计算器上，胖胖的手指指楼上，秦楠正在阁楼里睡觉呢。

"真的吗？"

15 岁的女孩儿欣喜若狂，顺着吴老板指的楼梯噔噔地跑了上去。这个家伙，是不是生病了呢？竟然失踪这么久，自己一定要好好问问他！

二楼是一个通畅的空间，堆满杂物，再往上有一小段楼梯通往阁楼上的小房间。

"一定在这儿！"

见二楼没人，亦如快步跃上楼梯，打开了阁楼的门。

可是，没有。

除了到处摆放的纸箱子，这里并没人，窗边上有一张木床，被子没叠，风扇也没开，闷热如同鸡窝。

阁楼只有这么大，秦楠人呢？

亦如满心疑惑地往外走，正想得出神，阁楼的门忽然关上了。亦如赶快用力扯门，才发现门被反锁了。

亦如跑到窗口，这个小小的气窗外面被钢筋死死封住，根本不能打开，唯一的出口就是刚才上来的这段楼梯和小门。亦如拼命拍打小门，却没有任何人答应。她冲着对面一栋矮房子大声呼叫，一个男人瞧了一眼，忽地一下拉上了窗帘。

晚上，吴老板来了。

亦如反抗了半夜，还是失败了……

随后的夜晚，吴老板每天都来。

亦如想到死，可阁楼里除了纸箱子连一把剪刀也找不到，喝水的杯子都是塑料的，割腕都用不上。亦如想咬舌自尽，才知道电视里都是骗人的，求生的本能令自己根本无法咬下自己的舌头。亦如开始绝食，可是强悍肥硕的吴老板用膝盖紧紧抵住她，硬给她的嘴里灌饭。最终，每次反抗都只能换来对方随后更猛烈更持久地摧残。

亦如，不得不屈服了……

锁了亦如两个月后，一天傍晚，浑身湿透的吴老板突然把门打开，就这样，把亦如放了出来。亦如要走，却被吴老板挽留。

"别走了，我知道对不起你，就让我做点什么偿还你吧。"

亦如夺门而出，但两天之后还是回来了……

10

亦如跑回服装厂，自己的行李还在那儿，那里面还有妈妈留下的纪念呢！可到了厂子，却连大门也进不去。原来自己无缘无故失踪这么久，行李早被处理掉了。

这下自己真是一无所有了。

女孩儿不能就这么待着，吴老板虽不太情愿，还是出钱帮她办了菲城户口。就这样，亦如得到了合法身份，留在菲城读完初中、高中，考上大学。凭自己的努力，大三时成为交换生去了英国，直到博士毕业，她彻底摆脱了吴老板，也和自己的往事诀别……

但是亦如还是叫"亦如"，亦如什么呢？

还记得秦楠转身一刻，稚嫩的一颗泪水。

去年，亦如在法国游玩时偶遇带团考察的澄洲省白舸流副省长，对方非常欣赏亦如高雅的谈吐和出众的气质，听说她还是化学博士，便极力邀请亦如回到祖国，这里需要她这样的人才。

冥冥之中，就是有割舍不断的情愫，亦如又回到了爱恨交加的菲城。

近几年，亦如已经不吃曾经最爱的天府花生配美年达，不是东西买不到，是无法承受这复杂的情绪。

回到菲城的第一天，亦如就去了菲南大道，正如所料，物非人非，熟悉的一切连半个影子都没有了。鳞次栉比的是高楼大厦，来来往往的是陌生的人潮。

也就是这一刻，亦如开始承认宿命。

快 20 年了，就像被风吹散的影子，某一天飘飘忽忽地又回来了。

再见秦楠时会是什么样子呢？

亦如在心里反复追问了千万次，无数次想象两人见面的情景，会抱头痛哭吗？自己会发疯发狂吗？

她的心剧烈地激荡着，不能自已。

11

可是当亦如一眼认出此刻正坐在窗边的秦楠时，她却感觉陌生。

眼前不是那个唇边刚冒出青色的男孩儿，而是一个真正的男人了，高大健硕，英气逼人，不过仔细看，眉眼中还带着少年时代的影子。

四目相对的瞬间，亦如真想转身离去，可秦楠已经站起来。

这是亦如吗？

因为眼前这个人也完全不是记忆中的亦如。

这是个成熟的女人，精致的脸庞，婀娜的身姿，穿着一件橙色外套，里面是白色的裙子，完美优雅。

这明明是高贵的名媛，怎么是那个头发乱七八糟，穿着带补丁旧衣服的山区女孩儿？

可是，他肯定她就是亦如。

因为那眼神，此刻哀怨的眼神，直视着自己，内有千言万语，那一定是亦如的……

秦楠一定要好好问问，这些年究竟在她的身上发生了什么？

内心虽然都是波涛翻滚，两人却只是友好地握手，尴尬地坐下。秦楠感觉亦如的手非常冰凉，想起她月经初潮用报纸的往事。

沉默了一会儿，秦楠先发话："亦如，你好吗？"

秦楠的声音已经彻底成熟，他是用打开的胸腔发声，中气十足，富有磁性。

亦如努力平复自己的心情，小声回答："还好。"

又是长久的沉默，秦楠只好打破——其实我是在报纸上偶然看到一篇敦促国家出台动物保护法案的文章，署名是沈亦如。经过打听，才问到了你的电话，试探地发出一条信息。

亦如记得这篇文章，是自己不久之前发表的。

"你现在做什么呢？"

"我在澄洲大学经济学院当老师。"

"你竟然当了大学老师，还是学经济的？"

亦如很是惊讶，眼前出现儿时那个顽皮"站岗"的淘小子。秦楠搔搔脑袋，真是误人子弟啊。本来自己什么理想也没有，可是最后还是走上了父母给自己选择的道路。不过经济、金融方向自己还是非常喜欢的，还记得当年在沙头角练摊的经历吗？

"那你呢？"

"我现在是家庭主妇。"

亦如结婚了——失望，一瞬间爬满秦楠的脸，他也不想掩饰。

"你偷渡去了香港，还是……当年我到处找你，你知道吗？"

亦如的指头开始颤抖，她努力克制自己。今天只希望得到一个答案，当初他为什么要抛下自己，不辞而别呢？

秦楠叹了一口气，开始讲述自己的经历，掀开那段尘封多年的记忆——

原来，偷渡香港计划搁浅之后，涉世不深的秦楠在餐馆打工时被人唆使，和几个打工仔一起到澳门赌博。秦楠赌博的初衷只是希望多赚点钱，供亦如上学。

前几次手气不错，还小有收获。可是最后一次他输光了全部的钱，为了翻本，向高利贷又借了一笔，结果一个晚上就输个精光。高利贷控制了秦楠，他只能给远在北方的家里打电话。秦楠的父母、哥哥立刻飞到澳门，把他赎了出去。

他出走的一年里只留下一张字条，电话都没有一个，家里人几乎急疯了。嫂子于荷想起出走的那天有个女孩儿找过他，记得他也来"抢"过钱。

毫无疑问，两个孩子是一起走的。更可怕的是，这个女孩儿竟然跟学校刚刚发生的杀人案有关！

在澳门，父母执意带回秦楠，秦楠要返回菲城，将亦如安顿好，可是父母死活不同意。那时还没有手机，他打了几个电话，亦如打工的工厂都粗暴地挂断了，没办法秦楠只能和父母回北方。

第二年假期，秦楠又偷跑到了菲城，可是无论如何也找不到亦如。父母知道他再次离家气得发疯，母亲住了院，他只能立刻回去。

秦楠在这之后决定发奋读书，快快长大，终有一天找到亦如。

秦楠天性是极聪明的，加上父母的悉心辅导，轻松考上了帝都的经济大学，按照父母的意愿选择了经济学，接着又去美国读了博士。本可以留在美国，他却选择回到菲城的澄洲大学，其实是希望在此落脚，好继续寻找亦如……

亦如静静聆听，心里却感慨万千。

秦楠所在的大学与自己的大学只有一墙之隔，两所学校亲密无间，除了共同开设一些学科，自习教室和食堂都是通用的，更成就了无数对跨校恋情。高校合并风潮中，两校重组为一所新的大学，是国内数一数二的教学航母……

也许，就在自己撑开那把带小碎花雨伞的时候，就在自己踩着上课铃声在校园奔跑的时候，就在自己对着秋天的最后一片红叶发呆的时候，秦楠就从身边擦身而过——

而我们却从来不曾相遇。

命运啊，你怎么就这么残酷！

泪水就在此刻夺眶而出，亦如濒临崩溃。

12

哭了好一阵，在秦楠的追问下，亦如也断断续续地讲起这 20 年的往事。

她先讲到现在的生活，秦楠知道蔡氏生物，对这家企业印象非常糟糕，知道亦如嫁的就是蔡高峰，实在难掩失望。

讲到吴老板时，亦如犹豫了一下，但还是决定全部讲出来。

她用平静的口吻叙述了曾经发生的点滴，好像那是别人的故事。

秦楠根本听不下去了，层层泪水从他的眼眶喷涌而出。他捂住自己的嘴，眼泪顺着指缝弥漫，喉头不受控制地翕动着，哽咽因为被压制，而变成轻轻的悲鸣。

"亦如，你受苦了！"

亦如看了他一眼，惨然一笑，又讲到了自己的求学过程和回到菲城的经历。

"错过了，我们一再错过了。"

秦楠的泪根本无法停止，他只能用尽全部力气克制自己的情绪。

其实秦楠曾经到工作过的餐馆找过亦如，吴老板说没看到什么女孩儿。虽然一起打工的小王有点支吾，眼睛直往阁楼上瞟，秦楠却没有注意到。刚从店里出来就接到父亲的 CALL 机留言，知道母亲住院，只能当晚就赶回北方……

亦如的眼睛望向风信子大道此刻川流不息的车河，一群鸽子从窗前这一方天空掠过，羽翼发出哨子一样的鸣叫。

"这辈子我最后悔的事就是去澳门赌博，结果和你……"

秦楠哽咽着，他伸出了左手。亦如看到，他的小指头少了一截！

"因为这只手，我差点做不成老师，可是不砍掉它，我根本不能活下去……亦如，我对不起你！我没有照顾好你！"

看着对方残缺的手指，亦如又是泪如雨下。良久，两人的情绪才平复，他们点了一壶普洱茶，轻轻抿着。

"那件事？"

秦楠知道亦如指的是什么，赶快笑着回答："没事了。刘大爷当场就死了，王晓霞承认最后是她用锤子砸死了他，你只是在他侵犯你时用锥子捅了他，你是正当防卫。因为刘大爷涉嫌强奸，王晓霞也没事，其他女孩儿都没事了，听说现在大家都过得很好，皆大欢喜。"

"那就好了。"

秦楠听到亦如深深地呼出一口气，猜想她这口气郁结了 20 年，此刻才能如释重负，心里更加五味杂陈。

一下午就这样过去了，分别的时间还是到了，见亦如要走，秦楠只好最后请求："亦如，知道你现在这么幸福我也放心了。我不会打扰你的生活，但是我们还是一辈子的朋友，好吗？"

亦如想拒绝又实在不愿拒绝，点了点头。

"我虽然当老师了，可能还要抄你的作业呢！"秦楠调皮地挤了挤眼睛。

亦如扑哧笑了，秦楠还是秦楠。

可是——亦如，还是亦如吗？

13

亦如走后，秦楠又坐了一会儿，目送她离去的背影，阵阵心酸。

可怜的亦如，并不知道事情的真相——

王晓霞当年被认定过失杀人，在管教所里劳教了两年，出来后吸了毒，现在流落到中缅边境。听说小甜被强奸之后竟怀孕了，流产时出了意外，小小年纪就切掉子宫，不久精神失常。小红受不了指指点点，很快就转学了，改了名字，已经下落不明。

亦如被警方通缉，不过听说有"大人物"出面斡旋，不久就销了案，所以亦如叫不叫"亦如"已经不重要了。

刘大爷留下了一个厚厚的日记本，详细记录了自己强奸和猥亵女童的姓名和经过，时间长达6年，仅记录下来的竟然就有300多名！

其中大部分女童他叫不上名字，就用衣服的颜色式样、当天他的感受和动物命名。这些被叫作"绿毛衣"、"太舒服了"和"兔子"的女童，最小的只有7岁，最大的也只有14岁，本子里记录的情形令人愤怒，过程极端令人发指！

听说当时一位办案警察看完本子后割腕自杀，因为他看到了描写自己女儿被奸淫的细节；还有一位父亲看了本子的内容，一夜白头……

这个无耻之极的恶魔！

当年他被亦如她们砸死还算便宜，否则他死一万次也不能抵罪！

可是，令人遗憾的是，当警方寻访证据时，被摧残女童的家庭无一例外地选择缄默，有的家庭甚至威胁要告警方诽谤，败坏自己孩子的名节。然而，不论这些家庭，还是这些孩子，即使暂时掩盖了真相，也不过是掩耳盗铃，因为她们的身心注定一辈子都要受到煎熬。

这样的案件实在是太骇人听闻了，警方不得不对外封锁消息。

毕竟强奸犯已经死亡，再追查下去也没有意义。过了几年之后，就没有人再提这个案子。

至于做校长的姑姑，秦楠叹了一口气。这件事她负有重要责任，工作没了，姑父和她离婚了，儿子疏于管教去江边游泳，淹死后尸首都没找到。她一直把自己关在家里，前几年得癌症死了。

而自己呢?

秦楠不禁回望，自己的人生轨迹也被完全改变，永远回不到从前……

一个魔鬼可以改变这么多人的命运，真是令人唏嘘。

秦楠独自来到了早年曾经住过的打工楼，惊奇地发现这栋大厦竟然还在！不过眼前的建筑已经很残破，马上要拆迁了，毕竟一晃快20年了。

这里还是住着打工者，一样天南地北的口音，一样的青春年少，一样怀揣着梦想。不一样的是，他们是新一代的打工者，见识更广，学历更高，穿着更加讲究。

他们不再听单卡录音机，而是端着笔记本电脑。他们用上了手机，很多人还在用最新的苹果。他们从事的工作也不完全是蓝领，很多人是外企里的白领。他们不再蜷缩在录像厅寻找刺激，他们的夜生活丰富多彩。

想起那夜和亦如拥抱的情景，秦楠不觉脸红了。

那夜海风温柔，自己搂着亦如，流着眼泪竟就这样睡着了。梦里惊醒时身旁空空，她已经离开，赶回流水线工作。

没想到这一别竟有20年，真真就如梦一场！

早知道那晚的分别就是诀别，自己无论如何也要握紧她的手……

接下来的日子，秦楠约了亦如几次，她都借故拒绝了。正不知所措之际，蔡行芸的短信来了。

第五章　溪苏的杀戮

溪苏的花语是因爱生恨。

相逢不语，一片娟肌著秋雨。待将低唤，直为凝情恐人见。

1

澄洲大学图书馆有一处天井。

这所中国最美的大学就坐落在风信子大道的白色沙滩旁，背靠汀澜山，透过一片浓绿，依稀可见云顶禅寺笼罩的薄雾，上山的小路有个美丽的名字——溪苏路。

连绵的校舍年代久远，风格古朴，仿佛一方世外桃源。因为澄洲大学前身就是蜚声海内外、办学已逾千年，"百代弦歌贯古今"的岭南书院之首——汀澜书院。

走进任何一栋红墙、灰瓦、勾彩的建筑，推开窗子，眼前要么是绿荫浓触帘衣，要么是烟波渺送兰舟。

徜徉在落英如雨的小径，两边不时伸出杨柳堆烟的庭院飞檐。正迷失在莲塘畔，擦身而过一个小梳妆的窈窕女子，淡雅娟秀，正吟咏《水调短亭秋》，素手一指，音犹在耳，恍如回到了千年之前。

真真应了这句：放鹤去寻三岛客，任人来看四时花。

在这样的校园浸染，与其说来读书倒不如说来洗心。

可是周一清晨，图书馆的天井里却出现了一具女尸！

死者是澄洲大学副校长、经济学院教授薛鹤鸣的女儿，本校大三学生薛婷婷。

就像一枚重磅炸弹丢进校园，澄洲大学的每个人都从"世远忘朝夕"的集体催眠中醒来，才发现美景不是仙丹，凡人终究做不了神仙，在校园里都发现了死人。

虽然警方和校方封锁，小道消息还是不胫而走，一时间人心惶惶。

林域果第一时间赶到澄洲大学，这是他调到市局的第一个案子。领导正从外地赶过来，路上一再叮嘱，案子发生在大学里，死者家属有头有脸，又事关学生这个敏感群体，一定要审慎处理！

澄洲大学图书馆 5 年前建成，一共有 3 栋 6 层楼，怀抱天井而建，成∩字形。开口的一侧是一条长廊，通往图书馆的荷塘和小花园，小花园后面是人文学院。

图书馆的天井 300 平方米左右，地上铺了青砖，有几张雕花长椅。

正中间是一株五层楼高的香樟，正逢晚秋，枝叶已经稀疏，天井其实就是为了保护这棵树而修建的。

现场初步勘察，没有任何打斗痕迹，图书馆内部也没发现异常。

死者衣着完整，神情安详，平躺在天井里的一张长椅上，就像睡着了一样。随身携带的书包还斜背在肩上，平放在腹部上。包里面有钱包、化妆包、两本书和一台平板电脑。纸巾、钥匙、面巾纸等小零碎放在夹层里，没有遗失物品的迹象。

最先发现尸体的是图书馆的保洁员，这位乡下来的阿姨脸色惨白，语无伦次，警官问了半天也没问出个所以然来，只知道她是早晨六点打扫这里的卫生时发现尸体的。

在死者母亲撕心裂肺的哭喊中，林域果目送法医抬走尸体——这是位五官精致，体态娇小的女大学生，她还保持着熟睡的神态，嘴角甚至有一丝残留的微笑。

真可惜了！

法医很快就确定了死亡原因，死者各器官正常，死于服食安眠药过量，死亡时间大约当日凌晨三点左右。

死者胃里还发现了咖啡和一些食物残渣，这说明死者午夜后意识还清醒，吃了东西，死之前还没完全消化掉。

综合现场情况，警方初步判定死者系自杀身亡，但也不能完全排除谋杀可能。

2

蔡行芸还在给他画像，秦楠知道。

正是课间，教室里其他人都在议论早上的案件，毕竟死的是自己的同学，还是副校长的女儿。

也是啊，白天一起上课，晚上一处睡觉，昨天还是大活人，今天就自杀了，这不是开玩笑吗？

"嘀嘀"，短信响起，秦楠瞄了一眼，是蔡行芸发来的。

"下课后见一面，可以吗？"

透过教室里喧闹的人群，秦楠眨眼睛。

与薛婷婷要好的几个女生哭红了眼睛，刚回教室就被团团围住，只有蔡行芸一动不动。

"我没看到，警察不让进去……"

"说是自杀呢！"

"怎么可能啊！婷婷那么活泼，自杀谁信啊！"

一个蓝裙子女孩儿瞥了蔡行芸一眼："哼，有人就是冷血，人都死了也无动于衷，八成心里乐开花了！"

"可不是！"马上有人附和，"天天针对婷婷，处处和她作对！"

"就是呀，嫉妒婷婷人缘好呗，她那么嚣张，谁稀罕她呀！"

"不就是家里有点臭钱，还是见不得光的！"

秦楠站在讲台，听着下面的学生七嘴八舌，只见蔡行芸腾地站起来，猛地扯住了蓝裙子姑娘的头发，将她按倒在课桌上。

"你找死是吗？继续胡说八道我听听！"

蓝裙子被结结实实吓了一大跳，厉声尖叫起来："婷婷救命呀！"

"砰！"

一声巨响，玻璃渣子从头顶落了下来，众人全被吓呆了，一起抬头看——

只见教室正中间的一盏白炽灯管忽然爆裂开来！

薛婷婷"显灵"了！

一群年轻的大学生被眼前的情景吓得血液倒流，魂飞魄散，先是惊叫，接下来就是鸦雀无声，大家不由自主地望向蔡行芸。

有人后来议论，当时看到一团黑云正笼罩在她的头顶……

3

关于薛婷婷事件的定性，林域果有不同见解，他不同意自杀的说法，认为事件存在诸多疑点，判断自杀太草率，而且死者家属也坚称女儿绝对没有理由自杀。

如果是自杀，首先动机是什么？

死者当天的衣着打扮和随身物品都非常正常，明显就是到图书馆上自习，没有任何的自杀准备工作。

按理说，年纪轻轻的女孩儿要自杀，之前不会没有任何蛛丝马迹。

既没有遗书，又没有留下只言片语，这是一个年轻人热衷表达的时代，社交网络发达，手机不离手，怎么会死得这么"不明不白"？

死者家属和同学也反映，死者近期没有任何异常举动，也没表露厌世情绪。死亡的当天还正常上课，前几天还在网上买了东西，快递每天接到手软，一个马上要死的人，还搞什么网购呢？

再说，就算要自杀，又为什么选择学校图书馆的天井呢？

图书馆算是学校的"公共场所"，人来人往地怎么"死"呢？

按照常理推断，女孩儿一般都不会愿意把自己的"遗体"四仰八叉地置于大庭广众之下吧？

但是，如果不是自杀的话，用谋杀解释就更困难了，甚至可以说，在常人看来，谋杀是不可能的！

因为在凌晨三点钟，图书馆的天井是一个密室！

"没想到还真碰上小说里的密室杀人了！"

林域果在电话里向师傅汇报——

的确，除了通往花园的长廊，图书馆天井三面都是六层高的玻璃外墙，出于防盗考虑，一楼至三楼这一侧的窗子都不能打开，玻璃幕墙没有任何着力点，光溜溜地完全不可能攀爬。

虽然四面都有门进入天井，但是图书馆每天午夜 12 点闭馆时，保安都会把大门锁好。

这样，除非尸体从天而降，否则午夜以后，天井就成了一个只有向上开口的密室。

凶手跑不出去，那么尸体是否能从天而降呢？

第一种可能，死者自己从四楼及以上的楼层跳下来，估计这样早就摔断了腿，尸检却没有发现相关迹象。

第二种可能，有人用绳子帮助死者从四楼及以上的楼层溜下来，再把绳子收走，但是警方查看了每一个窗口，没有放绳子的任何痕迹，幕墙上也没有脚印。

第三种可能，有人把死者从楼上或者楼顶抛下来，可死者又怎么会如此完好地平躺在长椅上，连电脑都完好无损呢？

还有一种可能，死者会不会事先藏在古树上，因此躲过了保安的检查，午夜之后再悄悄跳下来吃安眠药，最后躺在这里等死呢？

保安一口否定了最后一种说法——

古树的枝丫并不繁茂，躲个人一眼就看到了。

他还特意强调，就是因为曾经发现有小偷躲在树上，夜里到图书馆偷电脑，所以他每次锁门之前都会检查树上是否藏人，确定天井里绝对没有人才会锁住大门。

看来只有一种可能，死者在其他地方吃了药，死后"穿过"玻璃门进入"密室"，平躺在长椅上，等待清晨的发现者。

怎么听起来好像鬼故事呢？

林域果感觉脊背发凉，回头一望不知什么时候天井里竟只剩自己，一阵风吹过，檐上的铃铛隐约作响。

这些古旧的建筑，多少还是有点阴森的感觉。

警察是不怕鬼的，林域果清理了一下思路，下一步需要确认图书馆这几扇门的钥匙保管情况，以及死者的人际关系。

他迈步走出天井。

4

"够啦！"

秦楠制止住下面乱成一锅粥的学生，蔡行芸也松开了女同学的头发，"这节课改天补吧，看来你们也没有心情！"

秦楠收拾起讲桌上的电脑，学生们开始收拾书包，蔡行芸回到座位上，把画册丢进包里。秦楠的手机正好在这时响起来，蔡行芸慢吞吞地收拾，一直偷看他的举动。

等教室里只剩他们俩时，蔡行芸低低地问："有事吗？"

秦楠没做声。

"不好意思，今天在你面前出丑……"

"你也不是小孩儿，应该学会控制自己的情绪。"

"我就是小宝宝嘛！"蔡行芸撒娇，与刚才判若两人，"晚上8点，走远一点，到溪苏路口的咖啡厅可以吗？"蔡行芸有点祈求。

好吧。秦楠答应。

经济学院大三的辅导员正好走出校办的小会议室，对着秦楠苦笑一下，努努嘴，看来下一个该你问话了。

"您就是秦教授吧？"一个梳平头戴眼镜，样子很帅气的年轻男警官朝秦楠打招呼，刚才就是他打的电话，李警官。

"薛婷婷的事您一定知道了，我们想找您了解一些情况，您别紧张。"

"我不紧张。"秦楠微笑，露出了好看的法令纹。

"您能说说和死者的关系吗？"

"她是我的学生。"

"只是学生关系吗？"

秦楠无奈地摇头，事情还要从几个月前的一天下午说起——

澄洲大学薛鹤鸣副校长和夫人在超市购物，刚拿起一袋乌冬面，不远处秦楠也正往小推车里放韩国黄豆酱。

"小秦，一个人买东西呀？"

秦楠见薛教授夫妇打招呼，也赶紧问好。

薛鹤鸣的夫人李碧华从心眼里喜欢秦楠，早就听先生夸这个北方小伙儿有能力，见过几次面后更觉得一表人才。先生是参加国际学术会议时结识秦楠的，那时他刚从国外回来，两人一见如故，越聊越投机。薛教授惜才，引他来澄洲大学。

聊了几句学科改革方案，分手道别。望着小伙子高挑的背影，同为北方人的李碧华越看越爱看，推了推先生——

"哎，你看，这小伙儿真像样啊！把咱家婷婷介绍给他怎么样呢？"

薛鹤鸣一想，别说还真行！

小女儿在澄洲大学经济学院读大三了，找男朋友虽说早点，可现在剩女问题严重，特别是条件好的女孩儿心气那个高啊，一不小心就难嫁，早做安排父母也省心。再说两个儿子都在美国，见一面不容易，自己在国外又住不惯，儿媳妇毕竟不如女儿，还是把小女儿牢牢留在身边靠谱。

自己一直欣赏秦楠，悉心栽培，做女婿以后让他接班更好！

"就是不知道他愿不愿意。"

"咱女儿那么好的条件，他凭啥不愿意啊，你就放心吧！"长期从事妇联工作的李碧华信心十足。

"也许人家已经有女朋友了。"

"我仔细看了，他推车里的东西可没有女人用的，单身的可能性很大。你先打探一下。"

周二业务学习之后，薛教授叫住秦楠。几分钟后，李碧华接到先生的电话。

"有戏，还没有……"

5

薛鹤鸣在花园里给黄瓜浇水时，看到秦楠把车停在小路上，回身喊夫人。

李碧华把锅铲递给保姆，招呼正坐着看电视的女儿，一起来到玄关开门。

薛婷婷这个不乐意啊！嘴噘得老高。

土死了！

相亲！

薛婷婷心里哀叹，也不知道父皇和母后弄个什么货色给自己，追自己的男生可以排到月球上去了，难道自己嫁不出去吗？也不知道老头老太太想什么呢！本想溜出去的，可爸爸下了死命令，只好待在家里。

门开了，薛婷婷一下子就愣住了。

李碧华偷看她的表情，心里好笑，小丫头片子，就知道你会满意！

只见门口站着一位 30 岁左右，穿着白色休闲上衣、牛仔裤的帅哥。那范儿，分明就是韩剧中潇洒的男主角嘛。

"小秦啊，快进来！"

李碧华推开薛婷婷，招呼秦楠进了玄关。薛鹤鸣笑吟吟地做着介绍，这是婷婷，就在咱们学院，今年大三了。这是秦楠副教授，你应该久仰大名了，一直给研究生上课，也帮我带博士，下学期会给本科生开两门课。

还想说点什么，见夫人朝自己挤眼睛，恍然大悟，笑着起身："我快 10 年没下厨了，今儿高兴，我给你们做几道拿手菜去！"又转身提醒女儿，"婷婷，别傻坐着，招呼一下客人。"

薛婷婷倒也落落大方，抢先开口："真没想到是您啊！"

秦楠只好傻笑。

"那您知道我爸妈请您来的目的吗？"

秦楠摇头，薛婷婷挤眉弄眼地压低声音，是！给！我！们！做！介！绍！

秦楠哭笑不得，想起那天薛教授问自己的个人情况，原来是这个打算。

在父母的刻意安排下，薛婷婷和秦楠又"约会"了几次。秦楠没有明确表态，可薛婷婷已完全着迷，虽然手都没牵过，但她已经认定自己是秦楠的正牌女友，甚至现在就想和他结婚。

"你还小，至少要等毕业吧。"

"哪里小啊，大学生早已经可以结婚了。"

"你就想离开妈妈，真是白养你这个小白眼狼了！"李碧华抚摸着女儿柔顺的头发。

"还有一年多呢，好漫长啊！"薛婷婷在床上打着滚。

李碧华看女儿思春的模样，止不住地笑："好，好！等到大学毕业，立刻就结婚，马上就怀孕！"

薛鹤鸣站在办公室的落地窗旁边放松双眼，突然看到"准女婿"秦楠走向停车场，奇怪的是，他没有朝自己的车子走过去，却掏出手机，不久侧身一闪就消失在灌木丛中。

这是干什么呢！

薛鹤鸣踮起脚尖想看个仔细，只见一个长发女孩儿正站在不远处。很快，她也钻进了灌木丛……

6

新学期开学，秦楠开设的《国际投资学》终于与本科生见面啦！

薛婷婷很高兴，这样就能天天看到"男朋友"啦！

"哇！"

一群女生叽叽喳喳地围在教室门口，兴奋地等候目睹传说中的经济学院第一大帅哥——秦楠教授的风采。

枯燥的学习如果有帅哥点缀那就成为享受了！

秦楠一出楼梯拐角就看到几个女孩儿探头探脑的，同样的情景在研究生上课时就出现了，秦楠无奈地笑笑。

自己真有那么帅吗？可能是这个发型，秦楠甩了甩头，这群孩子还真是韩剧看多了！

课堂气氛热烈，秦老师幽默风趣，妙语连珠，刚下课就被女生们围住了，几个胆大的直接对秦老师表白，以后甘愿做他最忠实的粉丝，简称"青菜"。见老师笑了，那笑容迷死人，女生们更是乐不可支。

手机里收到薛婷婷的彩信，是自己讲课时她拍的，秦楠一直回避她的眼神，最后还是回复了一个笑脸符号。

薛婷婷马上摆出一个卖萌的POSE，不远不近地抛给秦楠，秦楠不得已，只能继续用微笑应对。

两人你来我去，外人不懂端倪，可是，蔡行芸看在了眼里。

拿出铅笔，翻了一页，蔡行芸在素描本上开始给老师画像……

7

秦楠刚被警察请去协助调查，辅导员就把蔡行芸叫去了。

因为死者家属指名道姓地说女儿的死与她有关。

"如果警方查不出我女儿真正的死因，让凶手逍遥法外，我也不活了！我到首都自焚去！"

省妇联主任李碧华已经哭脱相了，警察和医生在旁边劝着，薛鹤鸣满头白发，一言不发。

薛婷婷的案件真是敏感啊！

一个女生上自习时死在学校，死因不明，父母又都有头有脸的，省部级领导都被惊动了，要求警方尽快给出定论，抚慰家属情绪，平息学校的紧张气氛。

学校自然希望薛婷婷是自杀，但考虑到薛鹤鸣的感受，必须等警方拿出充分的证据。

钥匙方面，图书馆一共有3套，焊成3个大铁环，分别由值班保安、清扫工、图书馆办公室主任掌管。为了图书馆藏的安全，这些钥匙都是不能复制的专用钥匙。警方也查证了，事发当天钥匙都由责任人保管，没有任何异常。

钥匙虽然没问题，但警方马上也发现了图书馆的管理漏洞。

图书馆虽然在午夜闭馆，但南方人好熬夜，经常有学生躲在图书馆的洗手间和藏书区，夜里留在楼里继续自习。

因为图书、电脑都贴了防盗磁条，不消磁会触动报警器，校方认为反正图书不丢就可以了，学生逗留在图书馆就是为了搞学习，也就睁一只眼闭一只眼。

那么假如薛婷婷被谋杀，极有可能就是在图书馆里死掉，再被"放"在天井里的。

利用钓线或者绳索把薛婷婷的尸体从高处慢慢放下来，前面已经推断是不可能的，而且窗口也没有发现任何设置机关或绳子磨损的痕迹。但为了慎重起见，警方还是做了个实验——找来一位身强力壮的警员，给他一个90斤重的假人，在不借助任何外力的情况下，看看能否把假人放到长凳上。

结果，假人刚翻过图书馆大楼六楼的窗子，"啪嗒"一声，重力和冲量就把绳子扯紧，最终从警员手里滑脱，假人脸朝下摔在青砖上。

看来不可能。

而且尸体的实际位置在树下，从高处放下尸体必须穿过古树，在这个过程中不可能没有树叶和枝丫残留，可是死者是整齐地躺在长凳上，身边根本没有杂物，人类没有这样强的定向"抛尸"技术。

8

与此同时，校方又面临了一个棘手问题，由于薛婷婷案件影响越来越大，警方和校方都还没来得及给学生可信的结论。一部分激进的学生准备去广场静坐，一方面为死去的同学守夜，一方面抗议学校隐瞒学生在校内被杀害的实情，批判学校管理的诸多漏洞，致使学生在校人身安全受到极大威胁！

这可是澄洲大学近年出现的重大群体事件。

一些唯恐天下不乱的学生开始发白蜡烛，有的把床单都撕了，准备做成标语。自习室和寝室的垃圾桶也被故意捣乱的学生砸烂，还有人尖叫着把塑料袋装满带颜色的水，从各个教学楼的楼顶丢下来。

各式版本的谣言四起，"鬼神说"蔓延在学校，胆小的女生根本不敢一个人去上厕所。已经有小贩在学校兜售桃木剑等"辟邪"用品。

上级要求 48 小时内必须破案！

林域果的头大成了南瓜。

就当警方一筹莫展时，有学生反映了一个重要线索，校园论坛上有人发帖子说：当晚凌晨三点钟有人看到薛婷婷"树叶一样从天空中飘落"。

凌晨三点正是法医鉴定的薛婷婷死亡时间，警方一直严密封锁消息，看来目击证人的证词具有极大的可信性。

目击证人的出现为警方打了一剂强心针！

可是刚刚出现的目击证人马上又隐身了，论坛上已经删除了帖子。

看起来这个人想帮助警方破案，又刻意隐瞒了身份。澄洲大学有在校师生三万多人，找到这位证人可不容易！

李碧华又呜呜地哭了起来，医生赶快给她吸上氧气，半天她才哽咽道，其实秦楠是婷婷的男朋友，这事儿外人都不知道，是她爸爸介绍的。

蔡行芸从小就和我们女儿不对付，两个人针尖对麦芒，互不相让。读大学又凑在了一起，本来就是孩子，也没什么大事，可是她爸爸却发现秦楠和蔡行芸好像有暧昧关系，两个人钻过灌木丛。

李碧华接着说——我女儿的生活可以用完美形容，就像个公主。除了男女感情问题，不该有什么想不通的。但自从她发现这个秘密后就变了个人，经常心事重重，郁郁寡欢，有时候喊她几声才应。如果她真是自杀的话，一定和这两个人有关！如果她是被人谋杀的，一定也是他们害的！

"听说你和薛婷婷的关系一直不好？"市公安局李警官开门见山。

"我认为这个问题很幼稚。"

"哪里幼稚？"

"听说就是没证据，没证据就是胡说八道，警察怎么能信胡说八道呢？再说人和人之间怎么定义好，怎么定义坏呢？不喜欢她来往少就是不好吗？她死了我就要受到怀疑吗？"

"你为什么这么激动？"

"这样还算激动吗？那你没有见识过我更激动的时候。"

李警官温和地看着她，"小妹妹，你年纪轻轻肝火如此旺盛，这样对自己不好，也伤害身边人，你没打算改改讲话的方式和自己极端的脾气吗？"

"谢谢你的教诲！"蔡行芸酸着脸蛋儿。

"让我改，可以，等我死的那一天吧！"

9

由于找不到证人，现在只能先抓住传闻这根救命稻草了。

也许目击证人就是躲在角落里混过保安检查，继续留在图书馆的学生，碰巧目击了案件。

然而，令人匪夷所思的就是这句"树叶一样从天空中飘落"。

想象一下树叶飘落的情景，又轻又慢又自由又舒展，也许还会随风旋转。

人不是纸片做的，如何克服地球引力像树叶一样飘下，还正好落在天井的长椅上，整齐地仰面躺着呢？

林域果站在天井的古树下，才发现这株香樟树下立着的牌子写着树龄已有400年。不过树身盘旋，枝干横着长，高度只有五层楼左右。原来它曾被雷劈中，劫后重生的老树气数受损，枝叶并不繁茂。

爬上六楼往下望，眼前的大树就像一把触手可及的大伞，依稀看得到天井的水泥地面。再透过长廊，望得见图书馆后花园一个长满绿荷的水塘。不远处是四层高的人文学院院楼，也有一座独立的庭院。

林域果拾起一片树叶遮在眼前，又高高地抛起，心里默念："飘落吧，秋天的最后一片落叶。"

百思不得其解时，林域果想到师傅。

因病休假几天的陈军立刻赶到现场，详细听完案情介绍，反复确认了钥匙保管、死者身份之后，也开始琢磨这句话的意思。

"树叶一样从天空中飘落……"

陈军站在天井里，口里喃喃地反复念叨。他边走边想，慢慢倒退着走出天井，走过通往花园的长廊，回头一看，荷塘对面是一栋灯光明亮的四层建筑，不知不觉天已经黑了下来。

忽然，灵感闪现！

"尸体是谁发现的呢？"

"图书馆清扫工和两个晨读的女生。"

"那栋建筑是哪个学院？"陈军手指四层建筑。

"人文学院。"

"那我明白了！"笑容浮现在陈军脸上。

"这么快就明白了？"

陈军点头，目击证人的身份和凶手使用的手法基本清楚了，但是我还要确定一个关键信息，才能锁定凶手。

林域果听从了师傅的建议，立刻调整侦破思路，不再浪费精力追查目击证人。因为陈军已经参透了证人这句话的玄机，凶手的身份很快就会浮出水面。

全校辅导员暗查事发当晚没有回寝室休息学生的行动却还在悄悄进行，警方的调查圈也从薛婷婷的同学、男朋友，逐渐扩展到她父母的周围。

10

"真是这样吗？"

林域果虽然听完师傅的分析，但还是半信半疑。一人一盒泡面，这就是晚餐。

老警官自信地点头，密室案件的关键就是作案手法。一定不要给自己的思维设置障碍，要相信事实一定离现实很近。

此刻夜色渐深，陈军坐在天井的长椅上，跷起二郎腿吐出两个淡淡的烟圈。

先来说说证人这句话，"从天空中飘落"——证明目击证人当时的视线是从下往上看。事实上，凌晨三点，目击证人在天井里的可能性基本为零，因为这里没法藏人。那么，能够从下面看到天井内天空的只有一个方向，就是∩字形开口的一端，连通后花园的长廊，再远一点，是从人文学院出来的一条小路，绕过荷塘通向这里。

陈军指着那边，林域果快跑几步，回头望向天井，果然如此。

面对骇人听闻的凶杀案还能用诗一样语言来形容的人，是澄洲大学师生的可能性很大，而且极可能就是人文学院的学生或教师，目击证人一定认为这样讲才是对自己所看到的景象最贴切的陈述。

这句话明显是一句比喻。

"像树叶一样飘落"，很可能是因为目击者看到了树而联想到树叶。

图书馆的顶楼最接近天空，那里是人文社科阅览区的一排排落地大窗子。因为这里是天井，为了增加通透度，图书馆靠近这一侧的外墙都是玻璃的。

如果你注意到就会发现，大学建筑物走廊的灯在夜间基本都是亮的，这是为了方便师生夜里安全出入的。而且图书馆里有些书籍很珍贵，走廊的灯点亮也是为了馆藏安全，这点我已经与保安确认过了。

最关键的一点，就是"飘"这个动作。叶子下落横着才能"飘"，竖着叫作"旋"。一个人怎样才能横着呢？

要么躺着，要么由两人抬着……

"现在彻底明白了吧！"

11

目击证人凌晨才从学院出来，顺着图书馆的一条小路回寝室，天上繁星点点，细听海涛拍岸，风里甚是宜人。

女孩儿诗兴大发，大声诵起纳兰性德的《采桑子》：

谁翻乐府凄凉曲？风也萧萧，雨也萧萧，瘦尽灯花又一宵。

不知何事萦怀抱，醒也无聊，醉也无聊，梦也何曾到谢桥。

她抬起头，望向图书馆天井里的那株古树，透过树枝，忽然看到灯火通明的走廊里，一个人从高处被两个人抬着，快步走下靠窗的"之"字形走廊楼梯……

就这样，薛婷婷被凶手和他的帮手从位于六楼的人文藏书区抬到了天井里，放进了四周封闭的"密室"，直至清晨被人发现。

而他的帮手则拿出随身携带的钥匙，把玻璃门重新锁好离开。

几个小时以后，帮手故意等待来晨读的女学生一起打开玻璃门，成为薛婷婷尸体的发现者。

对了，帮手就是图书馆清扫工徐姐。

而凶手就是她的儿子，在澄洲大学读经济学博士的纪焕然，他的导师叫薛鹤鸣。

密室之谜就是这么简单。

很快，警方在人文学院门口的监控录像中发现了目击证人的身影，是正在做毕业论文的一名女硕士。

她因为害怕惹祸上身一直不敢露面，可年轻人的正义感又不希望凶手逍遥法外，于是在校外找了个网吧，发了一篇帖子在论坛上，马上又删除了。

纪焕然在寝室里被抓获，没费什么劲就坦白了犯案的过程。

原来近几年高校扩招的脚步迈得太大，一不留神就崴了脚。薛鹤鸣也被迫成为"流水线博导"。什么意思呢？博士已经沦为流水线上的产品，博导们只管数量不管质量。

但薛鹤鸣学术上的造诣享誉全国，在教学上很严谨，对自己、对学生的要求都很高，从没打算降低博士标准。可自己的精力毕竟有限，不能面面俱到，只能像旧社会孩子多的家庭一样，大孩子带小孩子，师兄带师弟。这样几年下来，名下"积压"毕不了业的博士竟然有7个。

由于积压的学生太多，教育部规定博士学制的上限为8年，如果不能毕业就不再授予学位。

薛鹤鸣知道自己有几个"老大难"学生，要小论文没小论文，要大论文没大论文，注定拿不到毕业证书。

纪焕然就是一个。

纪焕然来自穷困的农村，靠着奖学金和津贴一直坚持读到博士，成为家庭最大的希望。可是眼看着8年就要到了，自己小论文还没出两篇，大论文更是影儿还没有呢！

这里面有几方面因素：学生本人缺乏后劲，关键时刻冲不上来。纪焕然前几年没有打好基础，读博士期间结婚生子，虚度了时光。老师也无暇顾及细节，放松了指导，但是要求却没有降低。

薛鹤鸣主动找纪焕然谈了几次，也给出很多建议，还特意指派研究方向接近的秦楠副教授特别辅导他。纪焕然也信誓旦旦地表态一定要加把劲，尽快完成论文！

为了解决他的后顾之忧，薛院长每个月多发给他500块钱，还帮他的母亲在学校后勤安排了工作，专门打扫图书馆。

可是纪焕然越心急越不出东西，头脑竟越来越迷糊，心情也越来越糟糕，进入恶性循环的状态。秦楠无可奈何，薛鹤鸣发现纪焕然已彻底荒废，暗自打算放弃他。

屋漏偏逢连夜雨，纪焕然的妻子忍受不了他长期没工作又不毕业，就靠着微薄的博士津贴生活和他离婚了，孩子归他没多久，竟然得了自闭症！

纪焕然每天被孩子的病和家庭琐事折磨，开始厌世。

某月的一天，他趁室友外出，在寝室里用一截"热得快"的电线绑在高低床上，把自己勒住了。

幸运的是，室友回来拿东西，救下了他。

薛鹤鸣这时犯了一个后悔终生的错误，也成为一切悲剧的开始——

学生闹自杀，他非但没有安慰，还大张旗鼓开了一个批判会，当着全体学生的面臭骂了他一顿。

男博士被迫写下悔过书后，哭着离开了教室……

接下来的日子，他默默忍受同学异样的眼光，开始继续做论文，一切看似恢复了正常，可是杀机，深埋在他的心里！

他把这一切都怪罪到导师身上，打算找机会和薛鹤鸣同归于尽。

12

做论文需要到图书馆查资料，纪焕然偶遇薛婷婷。

薛婷婷见是父亲的学生，感觉很亲近。纪焕然发现她的作业正是自己的研究方向，原来是秦楠布置的，便主动提出帮助导师的女儿查资料，女孩儿欣然接受。

图书馆快要闭馆了，可是资料还没查完，就在一念之间，纪焕然决定改变计划。他建议婷婷先躲在厕所里，等图书馆闭馆保安巡查结束之后再回到这里继续查资料。

薛婷婷是个爱刺激的女孩儿，忽然想起曾经看过一部日剧《魔女的条件》，女老师和男学生就是躲在图书馆里共度了浪漫一夜，觉得这是个好主意。

这里必须提出，纪焕然不仅不是一个令女孩儿讨厌的男人，他五官清秀，举止文雅，甚至很招女孩儿喜欢。

薛婷婷最大的毛病就是从小被捧惯了，有点自恋，特别喜欢被男孩儿宠爱的感觉。自己虽然喜欢秦楠教授，但是对方的不主动也叫她很苦恼，特别是听说了秦桧和蔡行芸亲近，薛婷婷更是伤心，心里总想着报复对方。

成功躲过保安后，两个人回到藏书区，借着走廊明亮的灯光开始继续查资料。男孩儿刚才在自动售卖机买了兰花豆和咖啡，女孩儿晚饭早消化尽了，开始自在地享受夜宵。

趁薛婷婷不备，纪焕然把随身携带的安眠药放进咖啡，递给吃得正欢的女孩儿。

这种安眠药是网上购买的，高纯度无异味，治疗严重的神经衰弱。自杀事件以后，纪焕然开始依赖这种药物，总是随身带着，有时候心烦也给孩子喂一颗。

只一会儿工夫薛婷婷就开始犯困，纪焕然又让她喝了一罐加药的咖啡，这时候她的神智已经不清。

望着身边渐渐熟睡的女孩儿，已经对人生彻底绝望的经济学博士生，在黑暗中暗自思索，终于他拿出装药的小瓶，把整瓶药喂给昏睡的薛婷婷。

喂完后，他俯身亲亲这个无辜的女孩儿，薛婷婷就在此时，露出一丝笑容。

她梦到了那个自己越来越爱的男人……

然而，随着时间一分一秒流逝，博士生开始后悔。

守着不知道是死了还是睡了的薛婷婷傻傻地坐了两个多小时，他下楼找到趁着闭馆后做打扫的母亲，坦白了自己的所作所为。

老实巴交的农村妇女不知道怎么办，当务之急是赶快救人！

她想起农村的动物生病时靠一些土办法可以弄活，薛婷婷也许只是睡着了，如果把她放在通风的天井里，接了地气还是能够缓回来。

于是一对母子就趁着保安熟睡，搬着薛婷婷下楼，小心翼翼地放在天井的长椅上。

而搬运的这一幕，正好被路过的人文学院女硕士看到。

做完这一切，纪焕然掏出手机，给薛鹤鸣发了一条信息：

"我们彼此不再亏欠……"

可就是这个信息，手指颤抖的博士却输错了电话号码，不知道发给了谁。

然而，女孩儿还是在凌晨三点死去了。

13

咖啡厅里软软的沙发里，秦楠扭了扭脖子，换了个舒服的姿势靠着，蔡行芸走了过来。

"谢谢你肯来，为了多说几句话，我们不用耗子一样再钻灌木丛。"

"我也是拿你没办法。"秦楠发自内心地无可奈何，"不理你，怕你的倔脾气出事，和你走得太近，又真的不行……"

"怎么不行呢？你男未婚，我女未嫁，就算你已经结婚，我们真心相爱，也是可以在一起的！"

"可我也告诉你无数次，我们之间不可能。"

"谁说不可能！见到你的第一眼，我就认定你是为了我而来！"蔡行芸斩钉截铁，秦楠只好赔笑，"我本人怎么不知道呢！"

"你不知道的还很多，这是冥冥之中注定的，到了某一天答案就会揭晓。"

是吗？秦楠陷入思索，满脑子却是亦如。

"你不会真的爱薛婷婷吧？她已经死了。"

唉！秦楠搓搓自己的脸，啪啪拍了几下，"换个话题，好吗？"

"你想听什么？说说我的画展？"蔡行芸有点得意，这的确值得在心爱的男人面前炫耀。

"不想听，你们这些富二代，有钱能使鬼推磨，画展也不是自己筹备的，听来无趣."

蔡行芸耸肩，毫不生气，摸出香烟盒，点上一支，冲着对方吐出两个烟圈。

"你抽烟的样子很难看，为什么就不能改呢！你爸爸就真的不管教你吗？"秦楠抢下女方手里的烟，在烟灰缸里仔细灭掉。

"我喜欢你关心我的样子，我爸爸现在基本不管我。"

"那你多久回一次家？"秦楠故意漫不经心。

"基本不回。"蔡行芸苦笑，"我现在是有家不能回。"

"为什么呢？"秦楠身子前倾，"可以讲讲你家的情况吗？"

"可以呀！"蔡行芸见秦楠感兴趣，也有了精神，"只要是你想听的，我愿意全部说给你听！对了，我爸爸叫蔡高峰，蔡氏生物的董事长，一手创办这个企业。"

故事就从我爸爸带回一个叫沈亦如的女人开始吧——

妈妈去世几年后，身边的人为他张罗女人，已经 20 岁的蔡行芸暗地冷笑。

蔡高峰，那就是个花心大萝卜！

这世界上没人比蔡行芸更了解爸爸的破烂事了，他玩弄过的女人数也数不清，却没有一个是认真的。

能做他的女人，不用说，也不是什么好东西，不是看上他的钱，就是看上他的脸，因为蔡高峰长得不难看。

蔡行芸也有自知之明，明白在爸爸眼里，自己除了会画画，不是个好女儿。

十几岁叛逆的年纪，蔡行芸就交上了坏朋友，拼命地喝止咳糖浆，飙车打架，到美国读高中时又狂吸大麻，不久被蔡高峰弄回国，安置在澄洲大学。

所以父女二人虽然在一个城市生活，倒像两条平行线。蔡高峰的精力被工作和女人吸干，忽略了蔡行芸的精神世界，当然在金钱上还是无限满足，天天张罗着给她办画展。

"第一次见沈亦如我不讨厌她，可慢慢地，我发现她是一个恶魔！"

"为什么这样讲？"

蔡行芸又摸出香烟，这次老师没有拦着她，而是用期盼的眼神鼓励她赶紧给出答案。

"因为她是来杀我爸爸的！"

14

付饶坐在蔡行芸对面，开始抹眼泪："你就这样接受沈亦如吗？看来这次你爸是认真的！"

蔡行芸跨坐在椅子上，身子歪在椅背上，斜着眼睛望着蔡高峰的女管家，昔日的正牌情人。这么多年付饶对自己百般讨好，她算是蔡行芸唯一能接受的继母人选。不过从见到沈亦如的第一眼起，付饶的脸就再没晴天。

"是你自己不争气，跟着老头这么多年，他外面情人换了几大车，只有你住在家里，虽说是管家，不过你管什么家了，还不是太太一样养尊处优？我就奇了怪，你怎么就没熬上位！"

"我没有手腕呀！你看姓沈的狐狸精，那可难对付呀！"

结婚之前，亦如第一次到蔡家做客，就看到门口站着一个妖娆的女人。这女人和自己年纪相仿，却是极其娇小的身材。

看付饶的打扮和作态，身份就不言而喻。她的站姿很讲究，挺拔笔直，胸脯却恰到好处地顶了出来，衬衫的扣子就在上面两厘米处打开，弄得乳沟若隐若现。精巧的臀部微微上翘，性感的身材一下子就展现出来了。

亦如都忍不住上下打量了她几遍。

蔡高峰赶快胡乱地一比划，"嗯，管家付饶，这是沈小姐。"

付饶明显强颜欢笑，却不失礼仪，迎上来接过亦如的手袋，嘴上已经甜甜地问好了。亦如闻到她身上的香水味，限量版，马上意识到，她和蔡高峰的身上是同样的味道。

晚上亦如假装吃醋，"你还有这么美的管家呀！怎么不娶了她呢？"

蔡高峰急急地解释，"美什么呀，创业的时候她就来蔡氏了，没学历，工作也做不来，正好家里缺人打理，她就过来管家，芸芸也正好有个伴儿。我能娶她吗？我什么人啊……"

"那你们好过吗？"亦如坏坏地笑。

"好什么呀！"蔡高峰急得普通话都讲不好了，赶快用身子压住亦如，"别讲了，别讲了，没好过……"

"听到什么了？"蔡行芸蹑手蹑脚走近，小声问付饶。

付饶冷笑，"现在说我呢，你快来看，可精彩了！"

蔡行芸也趴着看了一会儿，敲着付饶的脑袋，"你说你给他房间装什么摄像头啊，被他发现会要了你的命！"

"我就是要看看，他究竟要找多少个女人才罢休！"付饶咬牙切齿地看着镜头里蔡高峰的白屁股。

"受虐狂！"蔡行芸边吃水果边坐在旁边欣赏，过了一会儿，一把关上电脑，"算了，别看了，看多了我有心理阴影，我毕竟就是他这么弄出来的。"

"你不帮我吗？"付饶可怜巴巴。

"怎么帮你？你们之间的三角关系，我搅和什么呢？而且对我来说，谁当后妈还不一样。”

"你这没良心的，怎么会一样呢！先不说我们多少年的感情，你看上了老师，你爸一直反对，我替你说了多少好话，你全忘了？如果我真能嫁给你爸爸，我一定帮你彻底说服他！"

蔡行芸剥了一个蛇皮果，"这个可以有，你还真抓住我的弱点了！"

15

暑假到了，蔡行芸回家的次数多了，蔡高峰嗔怪她不参加婚礼，心里却还是喜欢看到自己的女儿。

搬进蔡家有一段时间，一切风平浪静，亦如反而感觉不好，提醒自己要加倍小心。蔡高峰不准亦如去蔡氏工作，如今只能静候机会，把主要精力放在房子里这几个女人。

老太太精神不正常，说不定哪天又拎刀砍西瓜，付饶和蔡行芸笑里藏刀，言谈举止别有用意，绝非善类——这些都看不出来，亦如又如何能生存到今天？

蔡高峰出差后，亦如全面戒备，早上杯里的水还没喝就发现异样，确定有人在里面吐了痰，化妆品也被人动了手脚，刚涂到手上就被刺痛，鞋子里不久就发现了尖儿朝上的图钉，经过门廊时，一个花盆从头顶掉落……

亦如感叹，女人啊，因为嫉妒什么都做得出来！

不过这些举动又是多么幼稚拙劣的呀！

自行打理起居饮食，亦如才能出门逛一下，回来时特意从后门进来，刚走到窗子下面，就听到有人在小声说话——

"天啊，太吓人了，这可够劲呀！"是付饶。

"小点声，别让人听见！"蔡行芸的声音。

"她出去了，还没回来。"

"你慢点，我拿出来给你看。"

只听两人小声尖叫。

"有毒吗？"

"绝对没有，老板向我保证过的。"

"这……实在太狠了吧，我怕……"

"怕什么呀，只是吓吓她，她肯滚蛋就行。"

"你爸爸不会知道吧，他会杀了我们！"

"谁知道是我们干的呢？我爸明天才回来呢！"

"不会出人命吧？"

"老板给我这个……他说可以抓回来……哎哟，你别掐我呀……"

亦如小心翼翼地顺原路退回来，确定没人看到自己。她在蔡高峰刚为自己种下的一棵银杏树下站了一会儿，不祥的预感涌上心头。

她们正在实施某种阴谋，明显是针对自己，怎么办？亦如打起精神，做好迎战的准备。

可是一整天下来什么事都没发生，亦如纳闷却不敢懈怠，临睡前她仔细检查了柜子，拉开窗帘，又爬到床下检查。反复确认没事，才脱下睡衣，钻进被窝。

脚刚伸开，亦如就从床上弹开。

巨大的恐惧包围着她，一股热流让全身的毛孔都竖了起来，她一下子就明白蔡行芸和付饶说的是什么。

因为刚才她的脚触到了一个凉冰冰、滑溜溜的东西。那东西被亦如惊扰，也动了一下。

亦如冷汗直流，她根本无法相信，这些人竟然会这么做！

慢慢地掀开被子，她看到了——

一条蛇！

一条体长足有两米，带着邪恶花纹的大蛇正盘在亦如的被窝里……

16

蔡行芸和付饶从镜头里看着沈亦如的样子，乐得搂成一团，滚到床上。

笑够之后，蔡行芸指着沈亦如问付饶，"你看看她的胸，假不假呀？"

付饶细看，"还真是，白天看不出，她脱了衣服还挺清楚，那么翘的胸脯一定是假的！正常的乳房应该是水滴形的，她这足有 D 罩杯的乳房傲慢地指着前方，怎么抵抗地球引力呢？"

"你是哪一年隆的？"

付饶老大不愿意，"你存心的啊！知道我烦这个话题，你爸就是知道我整过容，一下子没了兴趣，你还哪壶不开提哪壶！"

"你别谦虚啦！您老可是专家，看看她还有哪里动过刀？"

付饶只好又凑过来细看，"如果这样说来呢，她还切了内眼角，就是把眼睛开大，很多女演员都做过。我觉得她还磨了腮，她骨架挺大的，要不哪来那么精致的小脸呢？不过她做得很好，要么是小时候做的，要么是国外做的。"

"这下可抓住你了！"蔡行芸直乐，"老头最讨厌别人整容，肯定会烦她了。"

两个人正看得起劲，镜头黑了，看来沈亦如把灯关了。

"你说看到蛇之后她会怎么做？"

"还不是抓住我爸大闹一场啊！反正我们打死不要承认，别墅靠近水塘，蛇爬进来也可能。"

蔡高峰回来之后，见亦如站在门口迎接，甚是高兴。得知这几天她在家过得很好，非常满意。蔡行芸和付饶偷瞄亦如，见她的确没有任何异常，不免失望。

"蛇呢？"

"不知道。"付饶吐吐舌头。

"完了！"蔡行芸起身收拾包，"烂摊子给你，我要先回学校了，这个家里现在丢了一条蛇，我可住不了了！"

17

蔡行芸联手付饶折腾了好一气，全都白费力气，沈亦如不仅没搬走，蔡高峰还天天张罗着和她生孩子。如果说帮着付饶纯属打发时间瞎胡闹，生孩子，这可是蔡氏父女之间最大的禁忌——

这是一提出来就要闹得山崩地裂的话题。

蔡行芸一直不愿意让蔡高峰续弦的原因就是生孩子，因为她的妈妈就是生孩子出意外死的。蔡行芸打从心眼里厌恶所谓的弟弟妹妹，这些人是来分家产的，是来分爱的！

这怎么可以，蔡行芸要独霸属于自己的一切！

沈亦如进门之后蔡高峰开始来真的了，为了生孩子大张旗鼓地折腾，一直没挑起正面冲突的蔡行芸再也按捺不住，明确向继母开战。

蔡行芸对亦如的敌意越来越浓，蔡高峰看在眼里，劝说几次无果之后，竟然劝女儿多住学校，不想回来就不勉强。这下坏了菜了，蔡行芸对亦如的仇恨更加深一层，整天在家里又摔又打。

"我现在有家都不能回了吗？"

"哪有！"蔡高峰也不能直接赶女儿走，只好哄着，"爸爸是怕你跑来跑去辛苦。"

"20 分钟路程，司机接来送去的，我哪里辛苦？是你天天造人辛苦吧！"蔡行芸冷笑，"我是家里多余的，赶明儿你再生几个儿子，不如让我死了还好一些，省得我分你儿子的家产！"

"整天就是这些混账话！"

这样反复吵了几轮，亦如才劝蔡高峰，算了，她还是孩子，不要去动气。蔡高峰赶快说，"我倒没什么，主要是她不懂事，让你吃了委屈。"亦如非常大度，"我怎么会和孩子计较呢？你大可以放心。"

蔡行芸坐在马桶上，对着蔡高峰和沈亦如的结婚照吐唾沫，她用指甲在沈亦如的脸上狠狠地划着。把她的那部分细细撕碎，丢在屁股下面，接着用力挤出大便盖在上面，心里也就打定了主意。

一家人晚饭，蔡行芸乐得前仰后合，蔡高峰莫名其妙，"你又搭错神经啦？"

"我是乐呀，你被人骗了。"蔡行芸甩甩长发。

"谁敢骗我呀？"蔡高峰问女儿。

"还有谁，还不是你老婆！"

"胡说！没礼貌！"

"我胡说，但我没有整容。我没有拉过眼皮，磨过腮帮子，没有隆过大胸脯，我是天然美女，不像你老婆，浑身上下全是假的！"

蔡行芸还没说够，接着讽刺道，"为什么整容啊，还不是要做狐狸精，跑到人家里勾引男人嘛！"

付饶也放下饭碗装作叹气，"蔡总，本来我没资格插嘴，但别人都说，隆胸可不好呢！以后如果小孩吃奶，可能会吃一嘴硅胶，我现在都后悔了呢！"

"就是，就算没有硅胶，那奶也有毒……"蔡行芸一唱一和。

这番对话时亦如只是微笑，不置可否。

知父莫如女，蔡行芸的话还是狠戳到蔡高峰的痛点。蔡高峰的确讨厌女人整容，这里有一个难以启齿的理由——

那还是当年穷小子阶段，蔡高峰爱上一个女孩，那个女孩特别纯洁，在蔡高峰眼里就是完美的女神。因为两人没钱，女孩便去澳门打工，不久杳无音讯。几年后蔡高峰发达，才知道她已整了容，在赌场接客。

蔡高峰远远地站着，目睹昔日女神浓妆艳抹，手拿小包在赌场的内街一趟趟走来走去，以供世界各地的嫖客选择，心如刀绞痛不欲生之后，再不能接受女人整容。

这件往事家人还是知道，现在听女儿这样说新妻子，蔡高峰的心里很不是滋味，不由疑惑地瞟了一眼亦如的胸口。他害怕，如果亦如真的整过容，自己还会爱她吗？这样的老婆还能给自己生儿子吗？

"我没有整容。"

"你唬谁呢，我又不是没见过你的裸体！"蔡行芸瞪着亦如。

"你又是怎么看到我的裸体的呢？"

蔡行芸没词了，嘟囔一句，"反正我看到过，不信你脱掉衣服对质呀……"

亦如不再搭理她，温和又坚定地看着蔡高峰，一字一顿地说道："我没有整容。"

蔡高峰的心立马放了下来，他指点着蔡行芸，"祖宗，你看看，整天胡说八道，不是开学了吗，求你还是回学校去吧！"

18

亦如是带着两只小犬进蔡家的。

丢丢和捡捡都是流浪犬。一场大雨后，亦如在中心公园散步时偶遇的。

丢丢当时刚生完崽崽，躲在公园角落的一棵树下，衔了一些草垫成一个临时的窝。当亦如发现它时，崽崽大都已经淹死了，只剩一只还在微微抖动。

亦如赶快搓热手掌，把那个幸存的小东西捧在手心，又拉开衣服放在怀里，贴着皮肤慢慢焐暖。就这样，她把两只小犬带回家，取名"丢丢"和"捡捡"，寓意是丢而复捡，永不再丢。

这两只小犬是亦如这世上唯一的亲人。

养过犬的人都知道，犬的智商很高，相当于四岁小童。望着犬的眼睛，你会发现犬能读懂你的心事。这可不是主人一厢情愿的误解，犬的大部分时间都在默默揣摩主人的言行表情，并作出行为上的反馈。

犬的忠诚更是任何动物，包括人类不能比拟的。义犬救主，忠犬绝食的故事比比皆是。

犬用最原始的纯洁感动和教化人类的心灵。犬对人类只有默默的付出和守候，生老病死不离不弃，这份无私令人类最引以为豪的亲情和爱情都黯然失色。

正因为心底的这份敬意，亦如称"狗"为"犬"。

亦如绝对不能忍受别人吃狗虐猫，其实猫狗兔子都是人类忠实的伴侣动物，在物欲横流、弱肉强食的人类社会，也许只剩下这份难能可贵的纯真和坚持。

在英国时她已经成为国际动物保护组织的成员，又参加了亚洲动物基金和国际人道对待动物组织，多次和香港爱护动物协会合作，在国内积极呼吁动物保护立法。除了伴侣动物之外，在她的倡导和影响下，越来越多的人也参与非珍稀野生动物的救助。

虽然皮草可以带来奢华的虚荣，但是亦如绝对不会披上那身庸俗。她看过一张照片，被活剥皮毛的狐狸正回望自己血肉模糊的躯体。每一寸刮净骨肉的光鲜皮毛，不管染成什么颜色，剪成任何尺寸，背后都是人类惨无人寰的杀戮。

当付饶苦恼接下来怎么办时，蔡行芸建议干脆弄死她的狗："这是对她最好的惩罚，叫她赶快滚蛋，你没看到她爱那两只狗爱到变态！"

"那不好吧，狗狗很可爱。"

"到这个份上，你还舍不得狗！"

"好，一不做二不休，那我们把两只狗都杀了！"付饶对着自己比划了一下抹脖子的动作。

"你还狠一些，杀一只就行，就说是吃鸡骨头卡死的。"

两个人商量好，决定尽快下手。

"怎么杀呢？"

"掐死吧！"

……

"怎么还不死啊？脚还蹬呢！"

"你让开，我来！要这样掐着……看你还不死！我掐死你！"

19

仇恨在亦如心底喷发，她几乎被撕裂。

凶手就坐在沙发上跷着二郎腿玩手机，她们那副满不在乎，特别是嘴角幸灾乐祸的笑容刀子一样刺在亦如的心脏上。

这两个毫无人性的东西！

她们怎么这么残忍，连小动物都不放过，真的和蔡高峰一模一样！

杀了她们！

一定要杀了她们！

亦如心中默念，可是要怎么杀呢？

到厨房拿起菜刀冲过去砍死她们？趁她们不备用绳子勒死她们，还是下毒毒死她们？各种场景在亦如的脑海里翻滚，她的身体不受控制地抖动，不由自主地走到门口。

死亡和生存就差一秒，冲动和理智就差一步，亦如在最后时刻停了下来。许久，她重新回到房里，慢慢坐了下来。

这样死太便宜她们了，也根本没法救赎她们的罪孽。在杀戮的战争中，无人能赢得最后的胜利，死神才是唯一的赢家，这是永恒的真理！

亦如下定决心，加快进度实施计划，但此刻无论如何先忍着。

蔡高峰不会在意一只狗的事情，嘴上安慰几句，过一分钟就忘了，扯着亦如讲笑话："今天我出了丑，董事会的时候肚子不舒服，忍不住放了一个屁，臭倒不臭，却又响又长，几个人笑起来。正在尴尬，还是松村健立刻起身说，对不起大家，我肚子实在难受要上厕所，帮我解了围。你说说，松村还是最贴心的吧？"

亦如用鼻子回答一声。

"这几年辛苦松村了，一直在为蔡氏忙活。"

"想听听我的想法吗？"亦如斜了蔡高峰一眼。

"曾经有个类似的笑话，局长在电梯里放了个屁，旁边的美女忍不住都笑了，同梯的副科长赶快大声说，不是我，不是我！

"很快干部提拔，呼声最高的副科长却名落孙山。他辗转打听到自己落败的原因，原来局长暗地里表了态，一个屁都不能担待的人，我要他何用！

"这样的人的确不能重用。但反过来说，连个屁都抢着担待的人，是否一定就是最贴心、最该重用的呢？"

"愿闻其详。"蔡高峰阴沉下脸色。

"一条船行驶在正确的航道上，需要的是行船者的心正。企业如同这条船，运营者必须要敢说真话，敢做实事，骨子里坚持正义的力量。古人从来都提醒我们，用贤良防奸佞，管理企业和管理国家一样，难的是选才选德，御人御心。

"今天的事情从私人的角度你可以谢谢他解围，但是大家明知道是你放的，他却急着承认，这究竟是帮你，还是让你成为笑柄呢？

"本来只是一个屁的小事，现在反倒节外生枝出新的笑话。松村健一直是你最信任的人，你甚至把蔡氏的未来交托在他的身上，但是请好好想想，他做的每件事都是为了蔡氏考虑，都是为了你考虑吗？"

20

热烘烘的午后，天气特别晴朗，付饶听到有人按门铃。

两个皮肤白净的年轻人跟着保安站在门口，穿着白色大褂，别着工作牌，一个手里拎着工具箱，另一个背着喷壶，旁边停着"菲城疾控中心"字样的面包车。

"打扰了，这是市疾控中心的人，东南亚出现了一种非典型肺炎病毒，为了防止蔓延到我市，上门为每家每户喷洒消毒药水。"保安说。

戴眼镜的男孩递上证件，付饶看了看，这种病毒电视里的确播过，听说香港已经有两名医生去世。

"那好吧！"

付饶看年轻人很帅，习惯性地扭了一下腰肢，让他们进来，招呼工人们帮忙。鼻子上有片雀斑的帅哥摆手，"不必了，我们自己来，你们弄不清楚。"

"这是在干什么呢？"

"沈小姐，是来消毒的。"

亦如边下楼边整理头发，很好，政府为了市民的健康着想，应该感谢他们，辛苦了，把茶准备好。接着递个眼神提醒付饶，也要小心家里的东西，付饶应允。

正要转身离开，亦如想起什么。

"付小姐，我放在床上的戒指，你看到没？"

"没有啊！"

亦如皱眉："不对！我就放在床上，这可坏了，麻烦你务必帮我找到，这是高峰送给我的，特，别，珍，贵！"

付饶晓得"特别珍贵"的重量，真的丢了，自己说不清也赔不起。

"那我现在去找找看，可是这里……"

付饶为难地看着到处喷消毒药水的工作人员，亦如指指自己，付饶只好到处去寻了。

第二天下午艳阳高照，蔡行芸和付饶去逛街。

铃兰北路是菲城的"第五大道"，高档品牌云集，蔡行芸是老客户了。昨晚 LT 打来电话说新款到店，将闭店一小时欢迎蔡小姐单独选购，还特意为她提供优惠。

"打不打折无所谓。"蔡行芸懒洋洋地摆弄刚做好的指甲，"看在特意闭店的面子上还是给你们个薄面莅临吧。"

那就选吧！

把包和手机递给帅气的男店员寄存，两人开始选衣服和包包，蔡行芸是典型的购物狂型，这真不是电影里才有的情景——这一排包起来，那一排第二件不要，剩下的包起来……

突然短信响了，"东西都找到了"！

亦如满意，回复两字："很好。"

21

目前为止，蔡高峰对自己的第二任妻子还算满意，妻子是白副省长介绍的，很有风情，初期确实幸福快活了一段时间，下半身吃得饱饱的，吃饱了之后急着生儿子，暂时还没有如愿。

蔡高峰虽然和白舸流合作几年了，但总是隔着一些什么，乐易易，也不是，钱，更不是，现在通过亦如有点"结亲戚"的味道，关系不免又拉近一层。攀上这样的大领导，并且结成紧密的联盟，菲城港，不，整个南海的资源还不都是自己的囊中之物吗？

如今只剩儿子啦，人生便再无遗憾。

蔡高峰打起精神，努力推进造人事业，天遂人愿，亦如真的怀孕了！

"怎么了？还真生了，就这么看不顺眼我吗！"之前已经撕破脸皮，蔡行芸像点火的炸弹，腾一下就翻脸了。

"要怎么和你说呢，两回事好嘛！"蔡高峰都不知道该怎么解释，"在爸爸眼里，你永远是我的好女儿，我会永远爱你！"

"省省吧！"蔡行芸眼睛喷火，"你最善于伪装了，当年不就是这样害死我妈妈的吗？她身体不好，你却偏要生儿子，生生生，生你个屁啊，结果她把命都搭进去了！我就想不通了，你怎么那么老顽固呢！你的破儿子是金子打的，是菩萨拉出来的吗，怎么就那么稀罕！"

"说了多少次了，大人的事情你不懂。"

"我不懂，我告诉你，你生出来我就给你掐死！反正他长大也是个祸害！"

"你敢！"蔡高峰气得发抖，"你掐死他，我死了一分钱也不留给你！"

"不给就不给，我也不稀罕！"

"算了，不要吵了。"亦如拉住蔡高峰。

蔡高峰哀叹，"你看看，我功成名就，却疏于管教孩子，养出这么一个丧心病狂的败类，真是最大的失败呀！"

蔡行芸看到沈亦如更加气不打一处来，砰地踢倒面前的椅子，冲到继母面前，照着她的前胸就是一推，亦如一声不吭，用手护住胸口。蔡行芸又是一拳正中她的鼻子，亦如还是不吭声。

"我今天一定要撕掉你的妖精皮！"

见女儿如此放肆无礼，妻子如此忍辱负重，蔡高峰气疯了。他抓住女儿的手，回手就是一个大耳光。

蔡行芸号啕大哭。

蔡高峰还想打被亦如拖住，直气得声音颤抖："可以，那我今天就打死你，让你去找你妈！"

"你害死了我妈，你还有脸打我！"蔡行芸也扑上来打蔡高峰。

"你们闹够了吧！"亦如忽然大吼一声，蔡氏父女停止厮打。

"蔡行芸，你这个孩子真的要适可而止，你不喜欢我，我可以搬走，甚至你打我，我都可以迁就你，但是你在家里搞这些名堂做什么？"

亦如跑回房间，拿下来几样东西，狠狠丢在地上，"高峰你看看吧，这就是在我们房间找到的摄像头和窃听器，这都是行芸装的。"

蔡行芸脸都绿了，抢白道，"你有什么证据是我装的？！"

"不是你还有谁呢？我都查到了这些东西的源头，你刷卡买的！你口口声声说我隆胸整容，看到过我的裸体，不是通过这些东西，请问你怎么看得到呢！"

亦如转身哀怨地望着蔡高峰，"在我们的卧室里找到这些东西，请问你做何感想？我们像猴子一样在镜头前表演，统统都被人看光了，你做何感想！是你追求我，我才嫁给你，请问今天你能不能给我一个交代？"

蔡高峰气得下巴抽筋，剃了胡须的毛囊都在颤抖。

22

在家里大闹一场之后，蔡行芸回到学校，不久亦如就流产了。

蔡高峰这个郁闷啊，恨不得掐死蔡行芸！

沈亦如怀孕之后，自己把她当祖宗供了起来，而且 B 超也做了，是个男孩儿。蔡高峰就是想要一个男孩儿继承家业，日想夜想，谁知道被蔡行芸给毁了！

好在今后还有机会，蔡高峰不准亦如再去蔡氏上班，一心让她在家养好身体，准备尽快再次怀孕。

日子淡淡地过了一阵子，又是一个宁静舒适的夜晚，蔡高峰和亦如在湖边散步。夜色渐浓，游人稀少。

亦如牵引着蔡高峰走近树林深处，在一处灌木掩映的长椅上坐下。很快，开始抚摸对方。

"这里，行吗？"蔡高峰一边解裤子一边四处张望。

"这里没人，这样才刺激……"

见四周草木茂盛，远离小路，蔡高峰放心，正要开始，椅子后面忽然伸出一只手，拍了拍蔡高峰的肩膀。

蔡高峰真是被吓得魂飞魄散，一下子就软了。

"哈哈，羞羞羞！"

原来两个十几岁的半大小子跑到这里玩，正好碰见这对夫妻。

"快滚！小王八蛋！"蔡高峰狼狈地大骂，亦如也赶紧穿衣。

半大小子跑到不远处的一棵大树后，伸手向一个男人要钱。

男人掏出钱包，每人给了一张百元钞票。

这件事之后，蔡高峰就不行啦，无论如何都不行，看了几位名医都没用。不过说来奇怪，和其他女人却还可以。蔡高峰背地里和付饶又好上了，没事就回紫藤会所厮混，面对亦如开始显现冷淡的态度。

偏这时候雪上加霜，乐易易告诉蔡高峰，沈亦如和白舸流确实有那么一段，其实圈里知道的人也不少，而且现在好像还没断，也就是说沈亦如流产的孩子说不清是谁的……

这个晴天霹雳把蔡高峰一下子打倒了，他指天指地咒骂：白舸流你这个混蛋龟孙子，你拉完屎让老子舔！老子待你不薄呀，钱财方面把你喂得饱饱的，处处给你拿大头！肯定是你和沈亦如设计害我阳痿，想让我断子绝孙，真够狠的！

付饶也死活咬定沈亦如整过容，给他看了很多整容前后的对比照片，蔡高峰开始动摇。

给亦如做流产治疗的医学院吴院长也暗示蔡高峰，夫人的子宫壁很薄，也许是因为流产的次数太多，就像一块贫瘠的土地很难养育出丰饶的果实，再次怀孕的概率很小，而且更加难以保住。

这一切，让蔡高峰彻底失望。

23

蔡高峰亲自驱车去学校看了女儿，两人在海边溜达一下午，吃了丰盛的大餐。蔡行芸小宝宝一样卖萌撒娇，蔡高峰重拾怜爱，好言安慰，父女冰释前嫌，关系甚至比之前任何时候都好，做父亲的大张旗鼓地给女儿筹备画展。

再怎么样还是自己生的好，管她是什么混蛋玩意儿，也是自己肠子窝爬出来的，打断骨头连着筋，蔡高峰无可奈何地得出这样的结论。

但一想到亦如的美、风情和温柔，两人曾经的甜蜜和海誓山盟，想到她怀的孩子，也可能是自己的，心内不免也酸楚。

百般郁闷，蔡高峰回家的次数屈指可数，与亦如的交流就像正在关上的水龙头，不过还算客气，只是已经分房而睡。

蔡高峰每次瞄见亦如绰约的身影，其实还是盼着她能解释一番，但见对方完全没有解释的意思，慢慢便彻底死心。一方面还要顾及白舸流的情面，一方面自己也是商界大佬，婚姻不能太过儿戏和草率，面上必须过得去，只等再遇到中意的女人，便找机会提出离婚。

蔡行芸和付饶却没这个修为，见蔡高峰冷落亦如，这下便小人得势起来，整天话里话外地齐兑，逼着亦如赶快"滚得远远地"！

不久，蔡氏有新动向，治疗糖尿病的新药——奥瑞德森的发布会，某驻华大使带夫人及孩子赏光出席，蔡高峰也必须携妻女作陪，就这样，亦如与蔡行芸不得不同乘电梯。

刚进电梯蔡高峰的手机就响了，他一脚踏出电梯，门随即关了，电梯里只有两个人，蔡行芸靠在墙上，亦如主动开口打破沉默——

"给你讲个故事吧！"

蔡行芸白了她一眼。

亦如也不介意，自顾自讲起来，你知道电梯为什么都不停靠四楼吗？

一个女孩子的家在四楼，她不敢一个人坐电梯，每次都是妈妈下来接她。一天女孩忍不住问妈妈，为什么电梯不停四楼呢？

妈妈拉着她的手，在黑暗的楼道里不说话。

女孩追问："究竟为什么呢？"

妈妈回答："我也不知道为什么，不过你看，我和你妈妈长得像吗？"

听到这里蔡行芸吓得大叫，亦如正穿着白色的落地礼服，她故意翻起白眼。

"你太狠了！竟然这样吓我！"

"狠吗？我有你狠吗？"

"你太恶毒了，竟然讲这样的故事给我，你明知道我没有妈妈！"

"没有妈妈了不起吗？我在12岁时父母就都去世了，我也没有像你一样！"

亦如瞪起眼睛，"我之前太纵容你了，看你年纪小不懂事，可你实在作恶多端，放蛇咬我，还杀了我的犬！讲个故事你就觉得我狠了，那你知道还有更狠的事情在等着你吗？你本来不在我的名单上，我根本无心杀你，我的目标是蔡高峰，但你硬往枪口上撞！"

"你想怎样？"蔡行芸心虚，觉得这个电梯慢得就像乌龟在爬。

"杀了你。"

"你敢？"

"那就走着看吧。"亦如摆出微笑，露出两个小梨涡，"其实，我也在想一个问题，每天想得吃不下、睡不好。"

亦如逼近蔡行芸，死死地盯着她的眼睛，让她不能逃走。

"你说，我和沈亦如长得像吗？"

24

"她真这样讲吗，要杀了你们，可能只是气话吧？"秦楠神色凝重。

"肯定不是气话，她讲的时候那么恶狠狠地！"蔡行芸歪头看着秦楠，"秦老师，你对我家里的事情很感兴趣！"

"是你讲得引人入胜，我也是关心你。"秦楠掩饰。

"真的吗？"蔡行芸高兴起来，恢复了少女的活泼，顺势啄了一下秦楠的脸颊，秦楠没有躲闪。

"一直在说我家里的事儿，现在可以说我们了吗？我真的很爱你，我们在一起，可以吗？"蔡行芸的眼睛闪着期盼。

许久，秦楠转过脸来，笑着说，"那我们就试试吧！"

蔡行芸的画展如约而至，蔡高峰果然花了心思。

这一天，盛装打扮的亦如孤独地游离在热闹的人群外围，和应约而来的秦楠遇上。

还来不及在彼此的眼神中读出内容，蔡行芸一把就挽住秦楠，挑衅地望着亦如，蔡高峰脸色阴沉地盯着三人，付饶对他耳语几句，他才"嗯"了一声。

"好久不见，你还好吗？"秦楠问候亦如。

"你们认识？"蔡行芸大吃一惊，顿时不悦。

亦如面无笑容，淡然回礼，一切都好。

"但脸色不太好，是病了吗？"秦楠完全无视蔡行芸，脸上写满了担心。

蔡行芸不理亦如，硬生生拖起秦楠就走，来到蔡高峰的身边，径直介绍起来："这就是秦教授，我今天的贵客！"

蔡高峰被付饶捏住胳膊，硬挤出笑容，握了握手。

"哎呀！这位就是秦教授呀，行芸天天把您挂在嘴边。"付饶女主人一般喜笑颜开。

"何止是老师，就快是老公了！"蔡行芸没羞没臊，挽着秦楠，就像在战场上俘获的战利品一样。

蔡高峰见状无可奈何，见女儿在这么多人面前宣告出来，自己已经回天乏力。

其实蔡高峰对秦楠没有偏见，关键是白舸流的儿子和蔡行芸是同学，一直很喜欢她，如果女儿爱上别人，驳了老白的面子可怎么好呢？

可惜自己一直反对，结果还是生米煮成熟饭。

蔡高峰正烦着，一转头看到亦如，气不打一处来，脑补出亦如和白舸流的"龌龊事"，只觉得白舸流真是个王八蛋，挖沙子他拿大头，儿子就想睡我女儿，自己就睡我老婆，真是恨得牙痒痒！

"你不帮忙招呼客人吗？"

"我和大家不熟。"

"对！你只和白省长熟。"蔡高峰冷嘲热讽，"毕竟你们关系不一样，除了白省长，沈小姐和哪个也不熟！"

亦如被晾在原地，便把手中的红酒一口饮干，穿过美术馆大厅，一个人来到庭院中，正望着一株无名小花发呆时，有人拍她肩膀，回身一看，是秦楠。

"再见你一面真难呀！"

"是呀！当年一别，我等了20年才再见到你。"

"亦如，你还在怪我吗？"秦楠急了，"上次我们不是解释过了吗？我没有丢下你，我们只是错过了，你难道不相信我吗？

"你知道这20年对我来说，每分每秒都是煎熬吗？

"我几乎每天都在想你，为什么你不给我机会呢？！"

"你还需要机会吗？你就要做我女婿了。"亦如折断小花，用手指揉捏着。

"傻瓜！"秦楠搂住亦如的肩膀，"我只是想靠近你，这是我现在能找到的唯一办法。"

"靠近又有什么用呢？"

亦如的内心充满哀伤，想起一首歌是这样唱的——

明明是春天我却感到绝望，夏天来临了我还是看不见阳光，秋天的落叶将往事都埋藏，准备好冬天将你的一切都遗忘……

下水道事件＋松村健之死合并调查 3

午后三点，五星级酒店大堂的德国餐厅，陈军找了个显眼的位置坐下，发现自己早到30分钟。

点上一杯黑啤，边喝边看电视里重播的世界杯球赛，德国队正在庆祝胜利，可惜只有画面，没有声音。舞台上还有一个东南亚的乐队在表演，火辣却不喧闹。

真没想到对方要到这里见面，陈军环顾四周，这里充满德国元素，有工业文明的强悍，也有德意志民族的细腻严谨，服务员彬彬有礼，口中的黑啤也醇厚香甜。

毕竟只是找对方了解一下情况，考虑到她的身份，陈军也没有选择局里。

不过，她刚刚出现，陈军顿时惊呆，手指竟然微微地颤抖，几乎不敢与她对视。在陈军眼中，她太美了，不像生活在现实中的人，有种说不出的光泽。

还来不及细想形容词，她已经翩然而至。

"蔡夫人，您好！"陈军赶忙伸出手来，对方轻轻搭一下，"您应该就是陈局长，幸会。"

蔡高峰的夫人，名媛沈亦如女士放下手包，轻轻坐下，指尖撩拨额前垂下的刘海，展露出温婉迷人的笑容。

陈军不敢心猿意马，赶紧开门见山："其实今天请您过来，是想了解蔡高峰先生掉进下水道一事，此外，也想了解松村健这个人，不知道您是否方便。"

亦如指指鼻子，因为感冒，声音沙哑讲话不便，但表示必定知无不言。

"蔡先生一事，您觉得是意外吗？"

说话间蔡夫人表情纠结，抓起身旁的小包，打开中间的夹层，掏出一包封口的纸巾，撕掉封纸，拿出一张，抖开后放在嘴边，微微侧身低头，准确地把喷嚏打进去。

陈警官赶忙致歉，不知蔡夫人生病，非常冒昧。

蔡夫人嫣然一笑，说道："失礼的人是我才对，蔡董经商数年，不可能没有仇家，我认为不是意外的可能性很大。"

"那您觉得什么人会对蔡先生不利，有具体名字吗？"

亦如不假思索地说道："光是我知道的名单怕是也有上百人，排在前面的我就给您列举几位吧，我不知道的估计更多。我认为这个方向是查不清的，事实只有蔡董本人最清楚，他想说的时候自然会说，他不想说也没辙。"

"那松村健呢？蔡夫人您和他熟悉吗？"

亦如冷笑："一面之缘，我不是随便和别人熟的人。不只是松村健，很多人都是过眼云烟。"

说这话之际，陈军紧盯着对方的眼睛，猛然发现，自己原来认识她！

第六章　铃兰的幸福

铃兰的花语是受眷顾的纯洁。

鸳瓦融旧霜，独夜添晨光。春水涨桃花，暖风送归鸦。

1

蔡高峰去东瀛出差，亦如也出了门。

这已经是她第三次到湘桂交界的德崖县，此行一共 16 个人，都是善心人士，既有身家不菲的企业家，也有普通白领。

机场集合时，亦如正和慈善女性联合会的张秘书长聊天，一位男士拖着箱子走过来。秘书长见来人，为亦如引荐："这是澄洲大学的秦楠教授，这是沈亦如博士。"

两人对视一笑，秘书长恍然大悟，原来你们早就认识！

飞机上，秦楠和亦如自然而然地坐在一起。

空少俯身问候："沈亦如女士，欢迎您乘坐本次航班。"接着问候秦楠。

今天的天气特别晴朗，高空飞行时还能清晰地看到山川河流、城市乡村。亦如坐飞机从不坐窗边，透过秦楠的位置，她凝视着舷窗外一方深邃的蓝色天宇和稀薄的浮云。

空少送餐时，亦如拿出自己的杯子，请他把咖啡倒进去，又拿出一张手帕垫在下面。见秦楠看着自己，忙解释，我不用一次性用品。

拿着一次性塑料杯子的秦楠不自在，亦如赶快安慰，改变从今天做起，从现在做起就不晚。秦楠马上就要扔杯子，亦如赶快拦住他，你还是小时候风一阵雨一阵的脾气，这杯喝了就算了，没用过就扔掉更是浪费！

亦如便讲起大学时代自己组织激进环保社团的往事。那时政府还没有限塑令，亦如和一群关注环保的同学成立了名为"打击白色恶魔"的社团，应该算是国内第一个反对无限制使用塑料制品和一次性用品的民间组织。

除了大量制作、印刷和发放宣传单页，通过各种途径宣传环保理念，还亲手缝制了一大批布袋子，在超市和菜场免费发放。

不过为什么说我们激进呢？

因为我们是半强制性的。

比如在超市发布袋子，给你就必须要，要了当场就必须用。否则的话，我们就会死磨硬泡，跟踪盯梢。遇到有人反抗，我们恶言恶语，甚至武力解决！

"是够激进的。"秦楠笑了，想起自己当年没完没了地打群架，很多时候也是为了打抱不平，为了所谓的"正义"。

"现在回忆当时的举动的确可笑！可是看着眼前这些愚昧自私的大众，我们真的爱恨交加！我们是把公众责任扛在自己肩上的一群人，不过我们的力量杯水车薪，保护的速度远小于大多数人破坏的速度。这时候我们就意识到，环保光用软办法也不行，在法律缺失或执法力度不够的情况下，必须采取强硬手段保证社会公众利益。因为任何人污染环境的后果都是需要我们一起承担的。"

秦楠看着身边的亦如，着迷地听着她的阐述，感叹除了身体的成熟，如今她心境的成熟和时刻体现出的自信、坚韧和无私。秦楠被深深折服，透着舷窗看着映射出的她的影子，心里千言万语。

"给我个机会吧！让我重新走近你。"

2

下了飞机，在高速和省道上飞驰了一天，一行人终于来到了儒木镇。

儒木镇只是此行的中转站，休整一晚后，明早还要坐 6 个小时的汽车才能到达德崖。接下来的路会更难走，都是崇山峻岭险象环生的盘山路。大巴车要沿着在悬崖峭壁上凿出的土路慢慢驶上高原，稍不留神就会跌下深渊，车毁人亡。因为路很窄，为了减少会车，次日清晨天还没亮就得上路。

当地教委的同志安顿众人住在镇上最好的宾馆，亦如赶快说明，不用住得太好，而且费用我们会自行承担。

第二天，大巴车先沿着一条静谧舒缓的河谷行驶，路两边植被茂密，满眼绿色，秦楠的手机 GPS 定位显示这里叫作"玉女溪"。

此刻太阳还躲在山峰的后面，浓浓的大雾笼罩着山脚，还真像一位害羞的少女。打开车窗，吹进来的是清凉、潮湿的薄雾，亦如深呼吸，感觉透彻的畅快。

经过一个个不知名的侗寨和苗寨，一座座风雨桥伫立在溪流河谷，古朴的吊脚楼掩映在芭蕉林和竹林里，被经年的烟火熏得黝黑发亮。屋前是晾晒粮食的平地，有人蹲在井边刷牙。檐上挂着红红的辣椒和苞谷，屋后是布满绿苔的水塘，偶尔看到几只细弱的小鸭子游过。

地里的二季稻谷正长得热闹，清晨人们已经开始劳作，牵着水牛的少年，背着猪草的老人家从车旁闪过，空气中是柴火煮饭散发出的浓郁香气。

车子慢慢爬上山顶，视野豁然开阔，太阳悄悄地露出了头，金色的阳光如同佛光，瞬息燃亮山谷。向山下望去，溪流蜿蜒在山峦之间，村寨上空弥漫的青色烟雾逐渐消散，竹林的颜色显现出翠绿，层层梯田尽收眼底。

好一首美丽的田园诗篇！

正午时分，终于抵达了此行的目的地——德崖县德崖乡格布村。这是一个完全隐藏在大山山顶的侗族寨子，还有一部分苗族、土家族也聚集于此。上山的最后一段路还没有完全修好，大家只能下车扛起行李，沿着手工凿出的石板路爬上山顶。

山顶又是一番开阔的景象，极目远眺，山河尽在脚下。

与山下不同，山上的房子基本上是石头垒成的，有些还是明清时期的建筑。这一方世外桃源，远离了战火的洗礼，也远离了文明的打扰。年轻人陆续搬到山下的镇里或者县里，如今这里只剩下二十几户人家，大多数是留守的老人和孩子。

格布村距离邻近的几个寨子并不远，知道亦如他们要来，老乡自发在村口等待。有的抱着家里正在下蛋的母鸡，有的扛着自己采的山货，还有的拿着刚从地里挖出的新鲜凉薯，欢迎远道而来的客人。

一行人也带来了很多物资，秦楠把常用药品分到聚拢过来的村民手里，耐心地对几乎听不懂普通话的老妈妈讲解用法。一位长者今天刚好扭了脚，秦楠帮一位医生坐在村长家的草垛子旁为他正骨按摩。

一位经营超市的队友运来了大量的油盐酱醋等生活物资，亦如和另外几个人在分发棉被、衣物和书籍。她时不时向秦楠张望，秦楠把村民的脚抱在怀里，专注地配合医生。

此行共分发价值二十余万元的捐赠物资，并与十位贫困儿童签订了定向扶助协议，承诺一直负担到他们大学毕业。亦如又到隔壁寨子里探望了之前扶助的几个孩子，其中一个梳着整齐辫子的女孩儿一看到亦如立刻扑在她的怀里，大声地叫着："亦如阿妈，我很想你。"

夜幕降临，站在山顶远望，启明星分外明亮，一抹残霞还留恋在地平线上，山下却已是一片茫茫的黑暗。

在亦如等人的帮助下，去年这里通了电，手机也有了信号，只是很多人还不舍得用。村长家的堂屋里点起一盏昏黄的小灯泡，大家围坐在矮桌旁吃饭。

3

忽听大门开了，一个初中模样的女孩儿走了进来，村长老婆回身招呼她："四妹，你来了。"

女孩儿怯怯地笑笑，四下打量着这群山外来的客人。亦如捧着饭碗回头，女孩儿看到她，立刻兴奋地跑了过来。

"亦如阿妈！"

亦如一看，也欢喜地放下筷子，抓住了女孩儿的手："是四妹啊！"

四妹用力地点头，还是害羞地笑着。

四妹是亦如第一个资助的孩子，第一次进村时，透过一张张质朴纯真的小脸，亦如被一个高高瘦瘦，眉目清秀的女孩儿吸引。她一手牵着一个小男孩儿，另一手上还牵着一只小山羊，远远地站着。

亦如向村长打听了女孩儿的情况——她是隔壁矮寨的，距离这里有两里山路。她的父亲是寨子里第一个初中毕业生，在山下做事，母亲是从外省嫁来的。大前年，他父亲忽然得了尿毒症，身体彻底垮了，只好回到山顶，母亲却再也没有出现过。家里还有爷爷奶奶和一个弟弟，已经辍学很久了。

就是这个女孩儿了！亦如决定。

从那天起，亦如就负担起女孩儿和她弟弟全部的学杂、生活费用，会一直到两人大学毕业。

"我下午和阿爸去地里干活，和您错过了，所以我就现在过来了。"

四妹的声音很好听，张口唱歌就像一只百灵鸟。她家的门口有个高高的石头台子，远远望去就像个天然的舞台。亦如听说同为湘西人的某著名女歌唱家老家门前也有这样的一块大平台。也许有一天，走出大山的四妹也能站在世界最绚烂的舞台，想唱就唱，唱得响亮……

带个小酒窝，笑起来眯眯眼的四妹从挎包里拿出了几个烤好的苞谷，用荷叶包好，递给亦如。丝丝的香甜渗出，拿在手上还是热的。四妹又拿出了几个同样温热的鸡蛋，递给旁边的叔叔阿姨。

"你阿爸身体好点了吗？"亦如帮她抚了抚头发，想起下午到处找四妹，心里正在遗憾，她就来了。

"好一些，多亏您和叔叔阿姨，每个月他都会下山去做透析。"四妹对众人鞠了个躬，几个认识她的队友点头微笑。

"学习还好吗？"

"阿妈您放心，我和弟弟学习都很努力，他快上初中了，考试每次都得第一名呢！我差一些，只考了第五名。今年又有城里来支教的老师，我们已经在学英语了……"

秦楠走过来蹲下，手里拿着一件粉色的新外套，背后有白雪公主的图案，亦如突然想起儿时秦楠送给自己的那件羽绒服。

"你应该能穿哦，这是叔叔送给你的。"

四妹赶快站起来，看了看亦如，见亦如同意，于是害羞地抿嘴接了下来。

坐了一会儿，天色太晚，四妹要走了。亦如和秦楠穿上衣服要送她回去。四妹赶快摆手："外面太黑了，山路不好走，不要送的。"

又指了指门外竹林旁一个小小的身影，对亦如说："那是弟弟，他有点害羞，让我给您问好，苞谷就是他烤的。"

秦楠又回屋拿出了一些文具和药品，还有一个装满了钱的信封，嘱咐四妹拿好。四妹说什么也不肯要，拉扯中眼泪都流了下来。见亦如和众人执意要她收下，才认真地谢过秦楠，依依不舍地离开。孩子一步一回头，直到消失在一片无边的黑暗中。

亦如久久地站在村长家的大门口，不肯进屋，秦楠陪着她，发觉亦如哭了……

抬头时，满天星斗，一条璀璨的银河在苍穹。

在山顶的两夜，大家都被村民朴实的真情感动着。一个男孩儿爬上了高高的大树，捅了一个大马蜂窝送到村长家，给大家吃油炸蜂蛹。晚上的餐桌上出现了一盘小鱼小虾炒辣椒，听说那是几个光膀子的男孩儿到溪流旁，在深秋已冰冷的水里抓来的。怕外来的客人不习惯，壮实的村民，用毛竹连夜搭起了一座全新的厕所……

这些孩子和大人不会讲煽情的话，他们用微小的举动表达着感恩的情愫。虽然沈亦如和秦楠是来帮助他们的，可谁能说施助者的心灵没有同样受到净化和升华呢？

正如佛曰：一花一世界，一草一天堂，一叶一如来，一砂一极乐，一方一净土，一笑一尘缘，一念一清静。

第三天天明时分，队员准备回程。到了儒木镇，秦楠告诉领队张秘书长，从这里他将回趟北方老家。对方欣然同意，秦楠望了亦如一眼。

车到了机场，亦如说由于有其他事务自己将在此转机，不和大家一起回菲城。秘书长不多问，只是嘱咐她要多注意安全。

拨通了秦楠的电话，电话那头是一阵轻快的笑声："我就知道你会和我一起回去，回头看看！"

身着风衣，立起领子戴着宽大墨镜的秦楠就站在机场问询处旁边的特产专卖店前，样子酷酷的，挥了挥手中的手机。

4

仿佛又回到了梦里，模糊的一场噩梦，纵使有人摇晃呼喊，却怎么也醒不过来。

一上火车，亦如就开始沉默。

软卧的这一个包厢只有秦楠和亦如两人，这次是两个下铺。故乡还是没有机场，只是进入山区的高速公路开通了，绿皮火车也换成了电气化列车。

正值深秋，第一场雪还星星点点地散落在田野，如同没有捡拾的棉花。一方高远的蓝天下，金色的阳光斜射在斑驳裸露的深褐色土地、干枯的草坡枝丫和缺乏生机的民居，明媚却无力。

这一幅平凡的北方冬日图景在车窗外闪过，亦如却看得沉迷。

夜深了，两人和衣躺下。多年前，离开的那个夜晚，两人就是这样相对而卧。离家快 20 年的女孩儿，如今重归故里。知道她此刻必有万千心事，秦楠也不打扰。

下了火车，亦如拿出墨镜戴上，秦楠给她摘下来，没有这个必要。

的士停在一处幽静的小楼，门口还有站岗的武警。秦楠带着亦如走了进来，指一指温暖的灯光："这就是我的家了。"

"到你的家里，这样不好吧?"

"没关系，我的父母正好也想见见你，没有外人。"

门开了，一位慈祥的老伯打开门，见到秦楠非常高兴，回头喊："老伴，小楠回来了，快出来啊!"

秦楠的妈妈也迎出来，秦楠眉眼中的清秀来源于妈妈，看得出老人家年轻时一定是位美人。接到了儿子回家的电话，老两口和保姆忙了两天。自从儿子离家，老两口从首都回来，日子一下子就悠闲起来。

吃饭时，亦如一言不发，老两口也不多问，只是和儿子聊聊他的工作，告诉他一些亲戚里道的事情。

晚餐特别可口，每道菜都是秦楠母亲亲手烹制的，都是亦如思念多年的味道。此刻见秦楠一家父慈母爱，亦如又涌上很多感慨，眼泪蒙上眼睛，好歹没有流下来。

晚饭后，收拾妥当，吃完水果又看了一会儿电视，秦楠带着亦如起身离开。秦楠的母亲把儿子拉到卧室，低声说着什么："小楠，应该……"

"算了……"

出来时秦楠母亲眼睛红了，拉住了亦如的手。

"孩子，这么多年，你受委屈了……小楠也……"秦楠父亲赶快拉扯她的衣服，老太太抹抹眼泪，"我们全家对不起你！"

秦楠怕母亲说得太多，赶快搂住她："妈妈，我们还会住几天，天天都会回来。"

老两口赶快回答，好好，盼着你们天天都回来。

第二天，哥哥把车借给秦楠，两人故地重游。

走进三贤峰公墓，在一排排大理石墓碑里，亦如看到了父母的墓碑，立碑人是孝女沈童。19年前，自己离开时记得母亲被葬在后山的山坳，靠近一条小溪，和父亲的一件棉衣合葬，如今怎么已经迁到城市公墓？

"我听我哥说，8年前因为开发用地，你舅舅打算为你父母迁坟。可是他们没钱，你母亲的骨灰一直存放在殡仪馆。前年我从国外回来，帮叔叔阿姨买了这块墓地，以你的本名立了这块碑。希望你回来时，可以和父母团聚……"秦楠挽住亦如的胳膊。

亦如已泣不成声，扑到父母的墓碑上放声大哭。

这么多年了，所有被强烈压抑的情感在这一刻完全爆发，千言万语化成恣意的眼泪。她死死搂着冰冷的石头，好像这就是父母曾经温热的怀抱。

她的手指深深地抠着，发出撕心裂肺地哀号，似在乞求又似在倾诉……

秦楠实在不忍心看她，眼泪也夺眶而出。从车尾箱中拿出早准备好的花篮、贡品和香烛，秦楠帮亦如摆在父母墓前，深深地鞠了几个躬。

不知道哭了多久，亦如才慢慢缓过来，只觉得内脏都要涌出喉咙，一口就吐得出。给父母磕了无数个头直到没有力气，亦如又点了一炷高香，满眼泪痕地看着香火一点点燃尽，然后，在秦楠的搀扶下，蹒跚地站了起来，又鞠了几个躬才三步一回头地离开。

"你哥怎么知道我父母要迁坟呢?"亦如轻声问秦楠，秦楠一边开车一边讲述往事——

原来，秦楠随父母回到家乡后，和亦如失去联系，不知她是否会和家人联系，所以多次到她舅舅家打探，顺便探望亦如的姥姥姥爷。

几年后，老人先后去世，葬礼秦楠都参加了，还忙前忙后帮助料理。亦如舅舅的身体也不好，家里的条件越来越差，亦如表妹读书也需要钱。因为舅舅两口子都会做饭菜，秦楠就介绍他们到哥哥的饭店工作。表妹后来考上了大学，毕业后留在大城市工作，孩子都一岁了，现在一家人都过得不错……

亦如万千感慨，满心感谢。

她握了握秦楠的手，继续看着窗外熟悉又陌生的风景。

5

车子驶出市区，十几分钟后秦楠把车停在一间工厂门口。这里好像是开发区，旁边是一排排厂房。

"亦如，你猜猜这是哪里？"

亦如猜不出。秦楠笑了："这是你的家哦！"

这里怎么是自己的家呢？亦如从车里下来，那个垃圾堆呢？那个山坡呢？自己家的房子呢？

秦楠指点各处帮亦如介绍，原来，随着城市发展，小城的土地也升值了。国家重振北方老工业基地，越来越多的工业企业恢复了活力，地处边境的亦如家乡，外资不断涌入，这里成为全国有名的河口工业经济开发区。

垃圾山移除了，亦如的家也就一起拆了。

车子又开到河滩旁的育才小学，学校竟然还在，可是老校舍早就不见了影子，如今这里是一所现代化设备齐全，师资力量雄厚的私立中学，赫然挂着"育才国际实验中学"的牌子。

学校里传出琅琅的读书声，不知哪个班级的调皮蛋接话头引起一阵哄笑和欢呼。操场上体育老师带着学生做拓展训练，所有的孩子蒙住眼睛排在一起，靠信任和合作摸索着去捡挂在旗杆上的矿泉水瓶。二楼有间教室传来悦耳的歌声，那是合唱团在排练法国电影《放牛班的春天》的主题曲。

总是点着煤炉，用黝黑的大铝壶咕噜噜烧开水的传达室不存在了，取代它的是建在大门口、宽敞明亮安装了电脑监控设备的保安室。

那个总是透过小气窗，色迷迷盯着女孩儿的刘大爷也不在了，取代他的是身着制服训练有素，目光如炬的保安。

亦如看着学校气派的校门和层层叠叠的教学和寝室楼，默默祈祷曾经的校园悲剧不要再上演，永远不要再上演……

晚饭，秦楠带亦如到哥哥家开的饭店。

这十几年来，秦栋的生意越做越大，已经开了 100 余家连锁餐馆，除了韩国和东瀛的加盟店，去年还把生意做到非洲，在约翰内斯堡开了一家地道的中国餐馆，除承接高档的宴席之外，牛肉面和饺子外卖都忙不过来。因为已经在法国市场受到好评，今年就要全面进军欧洲市场了。昨晚秦栋夫妻两人在外地，今天临时赶了回来。

嫂子于荷如今已经奔五，体态愈发丰腴，说话却还是爽朗坦诚。晚饭时她反复打量亦如，啧啧称赞："这就是当年那个冬天也不穿棉袄的小姑娘啊，现在出落得这么漂亮啦，真是在马路对面走来也认不出！"

"你也说，都20年了，人家就不长大啊！"秦栋嗔怪了她一句。

亦如笑而点头："嫂子过奖。"

于荷又说："你和秦楠这么多年能再相遇真是缘分啊。人这一生逃不出个情字，有缘分要珍惜！秦楠和秦栋哥俩都不想随老爷子当官，我们做餐饮，没借他老人家什么力。全家都指望秦楠接班，他却坚决要去大学当老师，而且跑到澄洲！他都是为了找你啊，这孩子这些年心里苦啊，放不下。"

秦楠赶快敬一杯酒给大嫂，于荷一仰而尽，低头时眼泪流了下来："你们两个孩子可怜，老天爷太折磨你们了……孩子，我们这个家欠你太多了……"

"少说几句吧！"秦楠的大哥看了老婆一眼。

"对！现在你们在一起，那就是最好的事儿了……以后别分开了，答应嫂子吧！"于荷擦擦眼泪，笑着望着两人。

亦如实在听不懂嫂子的话，为什么秦楠的母亲和她都说对不起自己呢？

"因为没和你商量，所以还没告诉你舅舅和舅妈。"秦栋双手捧杯也敬了亦如一杯，北方汉子话不多，都在酒里。

"谢谢你们对我家人的帮助，我一辈子也无法报答你们！"亦如起身要下跪，众人都表示应该的，千万别介怀。

"你舅妈做的辣白菜真是好吃，给店里带来不少回头客。你舅舅做事踏实，也是我的好帮手。他们人都很实在，有时候想起你，你舅舅会难过地哭……"秦栋又说。

亦如点头，眼泪簌簌地掉下来，秦楠递过面巾。

末了，于荷掏出一个精致的锦盒递给亦如，打开是一只纯净的玉镯子。见亦如不解，于荷解释道，"秦楠告诉我们了，你妈妈留给你的镯子你送给了舅妈，舅妈又把它卖了，我们想送你一个，这是秦楠妈妈买给你的。她老人家想告诉你，你就是她的女儿，她一辈子都做你的妈妈！"

亦如想推辞，秦楠不由分说地扯过她的手臂，把镯子套了进去。

"拿着吧……"秦楠眼睛已经红了。

在酒店安顿好后，两人忽生尴尬，秦楠不舍得早早离去，又借故在亦如房中逗留了一会儿。正好亦如背包的拉链断了，秦楠用钥匙上的瑞士军刀不紧不慢地修理。

今天亦如哭了几次，眼睛有点红肿，洗了澡卸了妆的脸很是苍白。

秦楠看到她的眼睛下面出现了两个若隐若现的眼袋，细看之下，还有几条鱼尾纹，线条也有些松垮。

原来，亦如也正步入中年，今天看来，至少比平时老了 10 岁。

秦楠心如刀绞，一阵阵刺痛，痛到灵魂深处，直至细胞的每一丝肌理。

时间太晚了，秦楠再没借口留下，亦如送他到门口。虽然明早就会见面，秦楠却难舍难离，仿佛生离死别。终于，终于……秦楠鼓足全部勇气，抱住了自己思念 20 年的女人！

亦如没有反抗，只是任由秦楠越抱越紧。

思念和牵挂变成此刻无语的相拥，用泪如雨下已经不足以形容……

6

这趟外出，不管怎么努力，亦如就是缓不过劲来。她想尽办法，却怎么也回不到从前。

因为心乱了。

亦如的灵魂还在空气稀薄的汀澜山顶神游，可肉体还不得不委身于现实里的菲城。

虽然和蔡高峰闹翻了，但亦如还是偶尔去蔡氏集团转转，发现蔡高峰已经授意不要夫人经手任何具体事务，蔡高峰同时宣布将个人名下的部分股权转移给女儿，她也一跃成为蔡氏第三大股东，排位紧随梁革华。

又过了不久，董事会上蔡高峰亲自宣布，D 计划今后将由女儿蔡行芸负责。

蔡行芸得意洋洋地在亦如面前转悠，公然向她喊话：蔡氏和这个家都不需你了，识相的早点滚蛋！你不是一直反对 D 计划吗？你越是反对我越要做好！总之就是，你讨厌什么，我就喜欢什么；你反对什么，我就坚持什么！

反正和你死磕到底……

白舸流偶尔还是打来电话，吩咐亦如到酒店等待。

美好的泡沫被现实击碎，可是亦如不在乎，因为秦楠不同了，他真正成了亦如的秦楠了。

初恋的甜蜜、少年时光的清新，夹杂着惊厥人生经历后沉淀的苦涩，那么温柔的秦楠和那些缠绵不眠的夜晚，亦如每一秒钟都在回味。

接下来的日子，两个人深深陷入了激情漩涡，好像泄洪的堤坝无可阻挡。

这是 36 克灵魂无怨无悔的奉献，是肉体无休无止的索取。他们沉溺其中，不能自拔。

时间在两人的身边停止了，不需要吃饭，也不需要睡觉。

秦楠紧紧地拥着亦如，多希望她成为自己的一部分，再也不分开一秒。亦如想象着有一把巨大的剪刀，剪开自己的每寸皮肤，再用熨斗熨平，这样就能和秦楠完全贴在一起，完完全全的。

亦如形容，自己就像穷困潦倒、走投无路的乞丐忽然发现身下的土里掩埋了巨大的宝藏。她用手指用力地抠着，指甲掉了，骨头露出来，直到血肉模糊，还是不能停止。

秦楠在黑暗里抱紧了她，我也是，亦如，亦如！

秦楠无数次追问亦如，你爱蔡高峰吗？可以离开他吗？我们一起走好不好？亦如却面有难色。

"你真的爱我吗？"

"你还会怀疑吗？"

"那你爱他吗？"

"还用问吗？"

"那你为什么不马上离开他？"

每次话到这里，亦如便无语，秦楠只能叹气。

7

菲城晴朗的日子，夕阳下亦如开起快艇，加大马力朝深海驶去，坐在艇上的秦楠心情也非常舒畅。

亦如早就向秦楠介绍过了——

菲城是中华白海豚之乡，白海豚是哺乳类鲸目海豚科，分布在印度洋和西太平洋近岸的浅水区，在我国数量稀少，只有菲城湾有几百头，是世界级濒危物种。

菲城湾位于菲江、汀澜江与海水的咸淡水交汇处，20世纪70年代曾经发现过白海豚，其后十年间失去踪影，直到20世纪90年代当地加强了海湾的生态环境建设，白海豚才重现，不过只以每年20-30头的数量新增。

可是，根据环保组织中华白海豚研究基地监测数据显示，近5年来，不仅是白海豚，就算是其他类型的海豚，在菲城湾的数量也是急剧下降……

"那是什么原因呢？"秦楠不解。

"多方面因素，但主要是人为因素……"亦如欲言又止。

不知不觉来到了海豚活跃的区域，亦如把快艇停了下来，像往常一样开始大声呼唤海豚，秦楠也帮着呼喊。

可是，他们喊了一个多小时，海面上什么也没有，除了海水。

回程的路上，亦如心情沉重，秦楠也感觉非常沮丧。

"现在越来越少，也越来越不肯出现了。总有一天，它们会死绝了……"

上岸之后，亦如把车子停下，路边有一位矮小的客家女孩儿在卖芒果。

亦如站在树荫下，用彩色的丝巾包着头发，痴痴地凝视着正蹲在地上挑选芒果的秦楠，过往种种，甜蜜夹杂苦涩一并涌上心头——

其实除了美年达加天府花生，亦如已经多年没有吃芒果了，还记得两人刚逃亡到菲城的日子，秦楠会精挑细选买给自己，亲自把芒果切成小格格，喂到她的嘴里。

亦如又想到死去的父母，他们没有吃过芒果，他们甚至根本没有见过这种水果，因为他们到死也没有走出大山……

亦如依然不敢想象父亲被掩埋在大地深处的情景，临死前的一刻，在一片死寂的黑暗中，父亲在想什么呢？当排山倒海的泥土压垮他温暖的身躯时，父亲的灵魂是否能飞出躯体，得以解脱？

而母亲呢？当病痛一点点蚕食她柔美的躯体，看着还弱小的女儿，她是否感觉万念俱灰？此时的她身处何方呢？是否带着银色的铃铛，正愉快地为心爱的人舞蹈？

今天是个特别的日子，亦如体会着这份用生命换回来的爱的珍贵。

忽然，一阵心烦意乱涌现，莫名的不安郁结在胸口，海风撑开她的头巾，亦如不由自主地望向云雾笼罩的汀澜山方向，眼神久久凝结。

8

亦如约秦楠在云顶禅寺见面，老地方。

秦楠知道她喜欢这儿，可亦如从不烧香也不许愿，只是静静地跪坐在正殿的蒲团上，凝视佛像的眼睛。

第一次来这里的情景自己还记得——

那是一个打工休息日，两个孩子出来玩耍。这么好的天气，秦楠想去世界之窗坐海盗船，可亦如听说汀澜山有尊南海大佛，一定要去看看。

猜了拳，秦楠输了，他是故意的。

春天的微风把花草最美的姿态唤醒，遍地是可人的嫩绿，海风吹开漫山火红的木棉。在菲城郊外洒满阳光的海边公路上踩单车，身边是一片片正在汩汩灌溉的水田。细细听，有风和树枝缠绵嬉戏的呢喃。

坐在后座的亦如穿着新买的花裙子，披下及肩的长发，清新得就像刚出水的藕尖。

不知不觉来到汀澜山脚，秦楠跳下单车。顺一块石牌指引，眼前就是上山的路了。手牵手走到半山腰，气喘吁吁的两人才发现不对劲。

为什么一个香客都没看到呢？只有稀稀拉拉几个挑担子的从身边经过。

"云顶禅寺对外开放吗？"

秦楠拉住一位老乡，用当地话问。老乡讲了半天，秦楠明白了，原来这次白跑了一趟，禅寺两个月前关门了，何时开放还不知道。

两人带着失望转身下山，谁知晴朗的天空忽然阴云密布，几分钟之内就下起大雨。一个挑担子的和尚健步如飞地从身边经过，大声呼唤："马上就到禅寺了，先去避避雨吧！"

"还是去吧，不然你会感冒的！"

秦楠拉起亦如赶快跟上和尚，转了一个弯就看到云顶禅寺厚实华丽的牌坊山门。

和尚回身招呼他们，敲了敲旁边的小门，小和尚打开气孔，立刻把大门打开。秦楠和亦如跟着进了禅寺。

走进后秦楠不禁发出惊呼——

眼前出现了一座气象巍峨的宫殿，宇顶游龙，流光溢彩。绵延的回廊把大殿、藏书阁、钟鼓楼和禅房连成一体，一眼望不到尽头。殿内宽敞雅洁，最高处悬挂康熙皇帝亲赐的九龙匾，上书"波靖南溟"，另一块题为"纳泞汇疆"的牌匾是创寺人弘玄大师亲书。

大殿立一尊汉白玉菩萨，足有十米高，慈眉善目，仪态端庄。旁边供奉十八尊罗汉，栩栩如生，令人不敢直视。

"奉茶！"放下担子的和尚引两人坐在大殿东侧的禅房里。

"不用那么麻烦了吧！"

秦楠听到小和尚应声，"遵命，住持！"这才知道刚才一同上山的和尚竟然是这里的住持。

释介含笑，"不必客气，外面大雨，暂避再走吧。"

9

　　亦如见倒茶的小和尚直盯着自己，便微笑回应。小和尚一惊，竟将茶杯打翻了。释介挥手，命其赶快退下。

　　"女施主是否自知与佛有缘？"

　　"我自知。"

　　秦楠正要说话，亦如开口："我小时候生怪病差点死去，有人说我的命不是我自己的命，要我等足七年，自然有人授禅机。"

　　"老衲今日尚不能道破天机，还需女施主以己力参透。"释介双手合十，低垂寿眉，"女施主不属凡界，但也非仙鬼，若成正果，还需经三苦戒五毒。"

　　"何谓三苦五毒？"

　　世上苦难皆可归为三苦，即苦苦、坏苦、行苦。苦苦，由苦事之成而生苦恼者；坏苦，由乐事之去而生苦恼者；行苦，行者迁流之义，由一切法之迁流无常而生苦恼者。欲界有三苦，色界有坏苦行苦，无色界有行苦。

　　而苦苦又包含八苦，是为生苦、老苦、病苦、死苦、爱别离苦、怨憎会苦、求不得苦、五阴炽盛苦。

　　人性暗藏五毒，贪嗔痴慢疑。贪乃贪婪，五毒之首，众孽皆由贪生。嗔为怨恨，痴指愚痴，慢即轻慢，疑为怀疑。五毒并非孤立存在，痴者轻慢喜嗔，贪人好疑。

　　欲道众生无可幸免，皆受三苦染五毒。众生因无明痴惑，造成种种业，一遇顺境，便起贪心；遭遇逆境，则生嗔慢。

　　《金刚经》曰"无住生心"，女施主应不执着不着相，上供诸佛下化众生，生大慈大悲心。彻底断除贪、嗔、痴烦恼，便可剪断轮回锁链，出离生死之网。从禅中得禅定，方可超脱欲界。

切记！切记！

言罢，释介一把推开正殿大门，雨后的太阳刺痛了亦如的眼睛。

摇摇身边的秦楠，因一场大雨躲在亭子的两人竟然睡着了，亦如还做了一场梦——站在半山遥望大海，云雾涌起，天水一线。

趁大雨再来之前，赶快下山吧！

10

蔡高峰得了肺炎住院了。一个人在湖边散步的亦如想起了儿时的玩伴，是个叫大雷的孩子，好像也是得了肺炎高烧不退，后来死了。

他长得什么样子呢？

亦如想不起来了。

他为什么会得肺炎呢？

亦如隐约记得，那是因为零下二十几度的隆冬，他掉进了小河的冰窟窿里，又穿着湿透的棉衣棉裤走了几里路回家。

他为什么会掉进河里呢？

这次亦如记得很清楚。

响晴的冬日下午，放学后，两个孩子慢慢地走在河边的小路上。他们背着大大的书包，一边走一边玩。男孩儿拖着两条鼻涕，不停地往肚子里吸。女孩儿的头发乱蓬蓬的，可能是头皮痒，不时抠着。

"我昨晚吃了大螃蟹，是我姐从海边带回来的。"男孩儿有点得意地显摆，"刺溜"一下把快流到嘴边的鼻涕吸回去，再用袖子往脸颊上一抹。

"什么是大螃蟹呢？"女孩儿奶声奶气地问。

"就是一种鱼。"

"好吃吗？"

"可好吃了！"

女孩儿咽了咽口水。

"我想给你拿一条，可我妈不准。"男孩儿有些歉意，自从他爸爸答应女孩儿给他"当媳妇儿"，他觉得必须要照顾好女孩儿。

"没关系的，我不馋。"

见女孩儿还是有点失望，男孩儿忽然想起什么："听我姐说螃蟹是长在水里的，那这条河里肯定有螃蟹吧！"男孩儿指着身旁的小河，说是小河其实水也不浅呢。

女孩儿也觉得这里可能真的有螃蟹呢！

"那我去给你抓几只！"

说话间，男孩儿已经甩下书包，蹲下来，顺着护堤上的积雪慢慢地溜了下去。河水还结着冰，男孩儿跪在冰面上，捡了块石头把堤旁已经变薄的冰砸碎，用手抠出一个冰窟窿来。接着挽起袖子，把手伸到水里摸索着。

女孩儿有点害怕了，她在河堤上大喊着男孩儿的名字，叫他快点上来。

"别怕，我就给你抓住了啊！"

男孩儿大声回答，把身子探得更低。忽然，身下的冰呼啦一下裂开了，男孩儿整个栽进刺骨的河水里……

一阵寒风瞬间吹透了亦如的骨髓，她不禁打了个冷战。嘴里蓦地涌上了芝麻牛皮糖的香味，亦如嚼了嚼。

很香。

第七章　木棉的报复

木棉的花语是英雄般的仇恨。

十年心事苦，惟为复恩仇。两意既已尽，碧山吾白头。

1

三月，木棉怒放。

当硕大的红色花朵火苗般在枝头跳跃时，菲城的天空一夜之间被点燃。

春天的性感撩拨着亦如和秦楠的荷尔蒙，这段时间两人见面很少，秦楠因为母亲住院，总是时不时地飞回老家。

可是身心的渴望却是不受理智支配的，越压抑越强烈。

亦如确信自己患了严重的"皮肤饥渴症"，在睡梦里，她下意识地用指尖一遍遍划过自己的皮肤，从胸口到小腹，重温那种战栗的快感。但她自己知道，这个病只有一个人才能治好。

"这几天无论如何也要见一面，因为……"

"因为什么呢？"

秦楠在电话里追问，其实不用问，他就知道答案，可就是那么想听亦如亲口说出来。

"因为我实在太渴了……"

听到恋人这句暧昧的表白，秦楠就像被魔咒驱使了一般，慌着安顿好老人，坐上第二天最早的航班，心急如焚地赶回菲城，直奔约定地点。

闲凝轩是一家坐落在木棉路的餐馆，私密、高档。古色古香的院落里深藏着一栋精细雕琢的建筑，全景落地窗，四周掩映着茂密的林木。门口有一眼汩汩涌出的温泉，假山盆景，石板筑路，松鼠嬉戏。

这老板还挺有情趣。

秦楠已经点好菜，正盯着窗外一片盛放的红霞，此时正是赏木棉的好时候，如果能和亦如手牵手走在路上，那将是多么幸福的一件事呀！

亦如绕到爱人的身后，蒙住了他的眼睛。秦楠转过身来，一把便抱住了心爱的女人。她的唇那么柔软，秦楠完全沉浸在细腻清新的体会中。不知道吻了多久，直到有种要睡着的感觉，两个人才恋恋不舍地分开。

"想我了吗？"

"你说呢？"秦楠搂住亦如，"我只是恨时间不能永远停在这里……"

菜很快上齐了，亦如和秦楠正说话间，忽听到有人敲包厢门。

一位漂亮的领班款步走向亦如，双手递上一张名片，毕恭毕敬地俯身问道："请问，您是沈亦如小姐吗？"

亦如被吓了一跳，故作镇定答道："是，请问有事吗？"

"您的老朋友希望见见您，不知道方便吗？"领班向门外一指。

"老朋友？"亦如用眼神征求一下秦楠的意见，秦楠眨眨眼。

"那见见吧。"

领班退到门口，一个体型略微发福的中年人推门进来。远远看去这人身形很像梁革华。

但亦如一眼就认出来，吴老板，吴文熊！

2

吴文熊走进包厢，不停打量着亦如。

"我没看错啊，果然是你！"

吴文熊笑笑，两手交叉放在肚子上，眼睛死死地盯着亦如。

亦如还没来得及反应，身旁的秦楠已经一个箭步跳了起来，来到吴文熊面前，吴文熊一下子也认了出来。

"秦楠！是你，你要干什么！"

"干什么！你先问问自己当年干过什么吧！"

秦楠一记老拳打在吴文熊的下巴上，对方躲闪不及，疼得"嗷"了一声蹲下了，门口的领班吓得尖叫起来。吴文熊伸手就去抓烟灰缸，打算还击，秦楠毕竟年轻力壮，跳起来扑向吴文熊，就势按倒在地上，拳头便胡乱地砸向他。

亦如面无表情，望着两个厮打在一起的男人。

几个保安冲了进来，一个胖子一把抱住秦楠，把他拖了起来。秦楠的双脚还在蹬着，嘴里大声咒骂着吴文熊，你个王八孙子，你全家都死绝，死光光！另一个保安迎面一拳，秦楠的鼻孔一下子就窜出血来。吴文熊站了起来，照着秦楠的肚子就是一脚。

见秦楠挨打，亦如尖叫起来，抓起桌上的红酒杯摔在墙壁上。鲜红的液体和碎玻璃在雪白的墙上飞溅。

众人应声住手。

吴文熊刚进门就被打了，整个人已经懵了。连吐了几口血沫子，舌头在牙上舔了一圈，确认牙都还在。雪白的休闲衫上血迹斑斑，假发也掉了，露出锃亮的头顶。秦楠也是两眼冒金星，满脸是血。被保安放开后，抓着椅子的扶手跟跄地坐了下来，不停地用袖子蹭着鼻孔直冒的鲜血。

"你够狠，你往死打老子！"吴文熊骂道，又吐了一口血沫子。

"总有一天我要打死你！"

见他们住手，女领班带着两个服务员战战兢兢地进来，把桌椅扶正，保安们站在旁边，不知道怎么办。

"出去吧！都出去！"吴文熊大吼，服务员和保安鱼贯而出，吴文熊起身把门关上。

"先坐下吧。"吴老板揉着下巴，抓过一张椅子，自己先一屁股坐下去。

三人坐定，吴文熊用颤抖的手摸出香烟，香烟已经压瘪了，他的手不停地抖，点了几下才点燃。

"我问问你，我做什么了，你上来就打我！"

"亦如就在这，还需要我明说吗？"

"好好！她在又怎么了，也轮不到你来打我吧？你算老几？"

吴文熊狠狠瞪着秦楠："当年，是你赌博跑路了，把她丢下。如果不是我，她有今天吗？早去澳门做鸡了！也许尸体都填海了！"

"填海也比被你糟蹋强，你就是个禽兽！"

"随便你说，我无愧于心，我不欠她的，我在她身上花的钱数不胜数……"

"那是因为你强奸她！"秦楠牙关紧咬，身体气得直发抖。

"……这我承认，所以我拼命补偿她，我已经仁至义尽了。可是后来，我和亦如完完全全是真感情。不信你问问她！"

吴文熊指点着沈亦如，"我们在一起8年，8年啊！鬼子都被打出中国了。我带她去过多少地方旅游你知道吗？我在她身上花了多少钱你知道吗？我们都说了哪些情话你听到了吗？我们睡了多少次你数得过来吗？"

吴文熊用胖乎乎的手用力地拍打着桌面，他越说越大声，越说越委屈，"你再看看她，啊！切的眼睛，磨的脸蛋，漂的嘴唇，做的大胸，这都是为了让我开心。我们之间的爱，你懂吗？你现在来打我，你算老几，你打我？"

这些话就像晴空霹雳，秦楠只感觉两耳轰鸣，一瞬间跌进北冰洋。他转过身质问亦如："这是真的吗？"

"是真的。"

亦如仰起头，直视秦楠的眼睛。

如此冷酷、坚定的眼神让秦楠感觉窒息。他张着嘴，双手交叉按住自己的喉咙，像鱼离开水般无法呼吸。此刻眼前的沈亦如就是个彻彻底底的陌生人，她离自己越来越远，越来越模糊，影像和吴文熊叠加在一起。

秦楠慢慢点着头，撑着站了起来，走出包厢……

3

菲城只有春天，这里是花朵的天堂。

花朵是七彩的，所以四季只能用绿色区分。如果树叶是翠绿和嫩绿，那是春天和初夏；如果树叶是油绿和墨绿，那是仲夏和初秋。假若你看到叶脉泛黄，偶尔有树叶凋零，那就是深秋或者冬天了。

满树嫩绿的季节百花初发，欣欣向荣，秦楠却魂不守舍。

在家里睡了一天精神好些了，秦楠开着车在城里转悠，不知不觉又来到了木棉路。在闲凝轩外踱了几圈，最后还是走了进去。

虽然有些勉强，吴文熊还是答应见面。

"你今天还是来打我的吗？"

吴文熊的嘴还是肿的，两个保镖虎视眈眈地站在身后。秦楠摆摆手，吴文熊招呼手下出去。

"我希望知道更多你和沈亦如的事。"秦楠开门见山。

"哪方面的？"

"……感情的。"

"该说的我都说了，我们在一起8年。"

"能再详细一点吗？"

"你爱她？"吴文熊冷笑，"好像沈亦如说过，你为了她离家出走？"

秦楠没吱声，他的眼睛一直盯着办公桌上的一只公牛雕塑。从这个角度看去，公牛雕刻得十分入微。

"这个嘛……我认为你要离她远点。"

"为什么？"秦楠把眼睛从公牛移到吴文熊脸上。

"因为她是个魔鬼！"

吴文熊猛吸了几口烟，示意秦楠别激动，听自己把话讲完，接着按灭了烟蒂又点了一根，丢了一根给秦楠，秦楠接住了。

"那年我确实把她关了一阵子，这是我一生最后悔的一件事。为此我付出了巨大的代价！沈亦如是个彻彻底底的魔鬼！"

"你不要胡说八道！"

"她杀了我的儿子！她杀了我儿子！"吴文熊也激动起来。

"她杀了我儿子，你叫我不要激动？！"

"如果她杀了你儿子，你还能让她逍遥法外吗？"

"因为……根本就不是她亲自动手的。"

4

亦如18岁那年第4次怀孕。吴文熊在避孕方面是从不考虑的，他只由着自己的性子来。

想起她上次怀孕才是3个月前的事，吴文熊就阵阵心烦。喝酒时他和朋友老王抱怨："女人和车一样，假如加满油只管跑最好，又洗又保养最麻烦！"

老王知道他的意思，笑着回答："你那台车够新够嫩了，别要求太多啦！"吴文熊无奈地叹气，也不知道她的地怎么那么肥，一种就收。

亦如和吴老板在一起已经有 4 个年头了。如今的她身材愈发匀称，体态愈加娉婷，高中校服里已经完全是个成熟的小女人。吴文熊可是有点显老了，肚子一天比一天大不说，去年起头顶彻底秃了，自己都感觉像亦如的爷爷。梳了一阵子"地区支援中央"，上个月在法国定制了一顶假发，自信心才慢慢找回。

其实吴文熊早就结婚了，他的妻儿一直在北方。在外人的眼里，他的妻子是个极为普通的女人，长相十分一般，在县里一所中学当办公室主任。可在吴文熊眼里她绝对是《泰坦尼克号》里的"罗丝"，是"真善美"最好的诠释。

吴文熊总是夸耀老婆的三大优点：性格温柔、与世无争、孝敬双亲。

又讲到自己家境贫寒，本人长相也的确欠佳，为了娶到这位副镇长的女儿，可没少吃老丈人的棍子。结婚多年了，两个人感情可好了，都没红过脸！老婆的肚子也争气，自己四代单传，老婆啪唧就生出一个大胖小子。

吴文熊撅着大屁股一边找裤衩一边告诉亦如，就是因为自己在床上有过人表现，老婆才离不开自己。而老婆的床上功夫更是了得，那个媚呀，招数可多了，这样的女人嫁给自己，自己可真是上辈子修来的福气！

无数次拿着妻子的照片，吴文熊扯住亦如，津津有味地指给她看，其中有一张照片他最喜欢了！多年后《泰坦尼克号》上映时，"杰克"和"罗丝"站在船头摆出那个经典的 POSE 时，亦如忽然想起吴文熊和他老婆也是站在一艘油漆斑驳的拖船上正摆出同样的姿势。

胖子吴老板身高不及老婆，明显力不从心，带着殷勤的笑脸只能站在前排。他的那个穿着绿毛衣的"罗丝"，扎着一条大红色的围巾，耸着肩膀举着手臂站在身后。

亦如在电影院里忽然笑出了声，无论怎样都不能控制。她笑呀，笑呀，在四周异样的目光中，抖着肩膀捂着嘴巴，小跑出电影院……

"你说女人是不是都喜欢男人又粗又长？"吴文熊趴在亦如耳边，亦如正在对付物理习题册，就要高考了，她每天废寝忘食。

见她没回答，吴文熊又大声问了一遍。

"可能吧，我不知道……"亦如的眼睛还在一道计算摩擦力的题目上。

"你会不知道？别装蒜了！"

"喜欢的应该是人吧……"怕他发脾气又要打自己，亦如放下笔认真回答。

"那你一定喜欢我吧？"吴文熊的嘴凑过来，露出一排黄牙。

"喜欢……"

"那还是喜欢我又粗又长吧！"

亦如用力提起脸颊上的两块肌肉，向上拉起嘴角，在吴胖子看来，这就是他希望看到的笑容。

5

为了让妻子贾薇过上好日子，改革开放初期，吴文熊毅然辞掉镇农技所的工作，到特区来打拼。现在儿子上高一了，妻子从学校内退了，吴文熊的餐馆在菲城也有声有色，是时候把她们接到身边了。

"我老婆要来了，你得搬走了。"

吴文熊用手指撩着亦如的长发，他很喜欢这样。其实两个女人至少有点共同点，都有一头乌黑长发。

"……好。"亦如在冲刺高考。

"我给你租个房子，离这里远一点，可不能让我老婆知道。"

"我和你说话呢！你怎么心不在焉！"

吴文熊一把抢过习题册，狠狠甩在亦如脑袋上，亦如躲闪不及，正好打在眼睛上。吴文熊还想动手，看亦如疼得捂住眼睛，才作罢。

"孩子你打掉了吗？"

"还没……"

吴文熊的火腾就上来了，怎么还不打掉，干什么，想生下来呀！我老婆就要来了，你这边给我生孩子呀！你想干什么！

"不是，我没钱……"

吴文熊坐在凳子上生了一会儿闷气，他到底是个北方汉子，自己做的事情还是要负责，不然算不得一个男人！

虽然承认自己不是个好玩意儿，吴文熊还是最瞧不起三种男人：一是与女人开房不出房费的；二是搞大女人肚子流产时不付手术费和营养费的；三是和女人生出孩子翻脸不认账的。比起这三大极端"不要脸"的男人，自己还算是个爷们。

一边嘟囔，吴文熊一边从裤兜里掏出几百块钱丢在桌上："我就不陪你去了，你自己小心点。"

"放心，我已经习惯了。"

这话吴文熊感觉难听，本想扇亦如一嘴巴，看她的眼睛刚才被书砸得通红，只能算了。

半个月后，亦如忽然出现在饭店。老婆和孩子前天已经到了，正在算账的吴文熊看到她不禁吓出了一身冷汗。

"我的小祖宗啊！"吴文熊赶快拉着亦如到了外面，"我不是告诉你了吗？我老婆已经来了，以后你不准再到这里来，也不准给我打电话发信息，等我联系你！"

"我知道……我来只是想告诉你一件事。"

"什么事？你快说！"吴文熊四下张望，确认老婆没有跟来。

"这次是双胞胎……"

"双胞胎怎么了，难道还能留？快去做掉！"

"……好吧，请你再给我一点钱。"

"上次不是给你了吗？你也太贪了吧！"吴文熊差点跳了起来，"香港小姐也没你这么贵，好不好！撒泡尿照照，不看看自己是谁，给你的钱我可以睡一个团的女人！你知道火车站前旅店小姐的价格吗？5块钱1次！"

"因为是双胞胎，我还有妇科病要先治疗……"

"以后别再给老子添这些麻烦了！"

吴文熊挥挥拳头，亦如舂米一般点头。

吴文熊小跑回到店里，拿了200块的毛票出来。

女孩儿反复数了三遍，仔细地放在书包里，对吴老板深深鞠了一躬。

6

手机上显示是王局长的电话，吴文熊赶快接起来。

餐馆昨天出现了集体食物中毒，一种菌子处理不当，把人家的寿宴办到医院去了，一个小女孩儿现在还在急救呢！也不知道哪个多事的喊来了记者，长枪短炮这顿拍呀，当晚就上了《菲城新闻》。

果然，今天就收到了停业整改通知。

好在与区卫生局局长王荣生是老交情了，吴文熊平时没少打点。赔了不少好话，王局长决定出来吃个饭。

"哥，给老弟想想办法呗，我这么大的场子，停业损失太大了……"

吴文熊在饭桌上凑在局长耳边请求，王局长嗯嗯地答应着，眼睛却一直盯着作陪的亦如。

亦如从学校请假过来的，在洗手间脱下校服，换上吴文熊带来的一件低胸短款的紫色裙子。头发来不及盘起，梳顺了随意地披在肩上，侧面缀了一个粉白色的蝴蝶结。化了点淡妆，显得清纯含蓄。

"你要再浓艳一些，这么清汤寡水的！"

等在洗手间外的吴文熊看到亦如的妆容十分不悦，亦如赶快转身回去补妆。

"记得把丝袜脱了，就是要把雪白的大腿露出来！等一下你主动点，不要别人摸两下就躲……"

吴文熊在门外大声嘱咐着。

吴文熊顺着王局长的目光看到亦如正低头喝茶，心里暗自高兴。赶忙微笑地召唤："亦如，再陪局长喝杯酒！"

亦如只好斟酒。

王局长眼睛一亮，兴致一下就来了。他和蔼地说："和美女喝酒是一种享受啊，一杯不够，我们来三杯吧！"

"对，三杯！"吴文熊用眼神示意亦如站起来，到王局长身边来喝。

同桌人见美女站在局长身边都开始起哄："喝交杯酒！"

"对，喝个交杯，交个朋友！"

"喝一杯亲一下！"

吴文熊也兴高采烈地吆喝，亦如与王局长碰杯，侧身连喝三大杯。王局长见亦如就在眼前，痴痴地盯着，一只手端杯往嘴里送，另一只手则开始不老实地在她的背上抚摸。

见气氛起来了，吴文熊乘胜追击。他提议玩一个酒桌老节目，叫"三中全会"。吩咐服务员将白酒、红酒、啤酒混在一起，为在座的每人斟了一大杯。规矩就是不论男女老少一口喝完，谁喝不完就脱光衣服。

王局长摆手反对，我是老革命了，你们年轻人的花样不中。不过衣服也不能脱，因为里面就是裤衩了。有美女在场，穿紧身裤衩实在不雅。

吴文熊马上修改规矩：酒还是这么多，喝不完的可以找异性代酒，没人给代的只能自己喝，帮别人代也必须喝完，否则就必须脱了。

众人同意。

亦如之前空腹已经喝了不少，又刚连喝三大杯红酒，胃翻腾得难受，已经有六分醉意。看着面前一大杯"三中全会"犯愁，忍不住偷看吴文熊，希望他能帮忙。

吴文熊正和王局长谈笑，根本不瞧亦如。亦如一咬牙把面前一大杯酒灌下，胃里更加火辣辣。

王局长耳朵凑给吴文熊，眼睛却没有离开亦如的杯子，见她喝光了连声叫好。自己喝了一大半，剩下的一点点倒给了亦如。吴文熊也拿起杯子，只抿了一小口，整杯倒给亦如。

亦如连说喝不下去了。

王局长说："那可不行啊，规矩是你们自己人定的，喝不下必须罚了！"

吴文熊也起哄："喝不下就脱嘛，自己不脱我们给你扒下来！"

一桌人顿时欢腾起来，只看着美女如何脱光衣服。

亦如的眼泪似在眼眶打转，可她还是微笑举杯："王局长，今天认识您和在座各位哥哥很荣幸，这杯酒就敬大家了，祝大家事事顺意，宏图大展！"说完仰脖干完，酒桌顿时掌声雷动。

王局长忍不住竖起大拇指，直夸亦如乃女中豪杰！小女子讲出来的话透着大气！吴文熊感觉脸上有光，笑逐颜开，左右逢源。

晚饭后移师卡拉OK，吴文熊给除了王局长在外、包括自己在内的每位男士点了一位小姐，毫无疑问，今晚亦如的任务就是陪好领导。

整个晚上借着酒劲，王局长在亦如身上占尽便宜，吴文熊也没闲着，他点了自己相熟的陪酒女，趁着包厢昏暗的灯光肆无忌惮起来。

王局长点唱难度较高的《青藏高原》，唱了一半严重降调，高潮处还是撕心裂肺，众人起立鼓掌叫好。接着大家开始放开喉咙吼，每曲唱罢都要进行"颁奖礼"，吴文熊举杯碰杯，再把自己的酒都倒给了亦如。

只觉得五脏六腑翻江倒海，亦如已经连吐了几次，还一直坚持着。又一阵恶心，亦如摆脱了王局长正在自己胸口揉捏的手，起身去洗手间。这次她趴在马桶上的时间更久，感觉胆汁都吐尽了，起身时浑身已酸软无力。

走到女厕门口，正要出门，忽然听到吴文熊和王荣生在洗手的声音，亦如侧身藏在门后。

"老吴啊，你一点也不怜香惜玉啊！"

"咳，什么玉啊，送上门的，不值钱。"

"你觉得不值钱送给我好啦，我喜欢。"

"只要您不嫌弃小弟的旧衣服，随时可以啊！"

亦如听到王荣生的笑道："你这个家伙这么说不地道啊！再怎么样，这么小的女孩儿，跟了你这么久了，你总有点感情吧？"

"感情还是有点，不然我干吗花这么多钱养着她啊！我们男人抛家舍业的在外面打拼，寂寞难耐，生理上还是需要的，她就是我的发泄工具吧。"

"工具好用吗？那也借给我发泄发泄呗！"王荣生嘻嘻淫笑。

"没问题啊！今晚就借您啊！送您也可以，反正我老婆已经到菲城了。"

"你小子说话要算话哦!"

"您放心,我一句话,叫她学狗叫她也得乖乖的。"

"不要狗叫,小狗式就行……"

"那您放心,我调教过,她花样多着呢!"

"好兄弟!"

"那小弟我那个整改?"

"明天就开业!你大哥我这点事情不能做主,白当这个官了!"

7

半年后,亦如就要去北京上大学了。她考上了中国最好的大学。

吴文熊也跟着高兴起来,便迫不及待地向朋友们炫耀。这么多年,亦如既是自己的小情妇也是自己一手培育的作品。供她吃穿读书不说,有时候吴文熊的确需要扮演父亲的角色,比如去参加她的家长会,给她的成绩单签名。

再看自己的儿子,吴文熊唉声叹气的,学习成绩一塌糊涂,一个大小伙子傻呆呆的。可是亦如,她是大学生啊。更让吴文熊自豪的是,亦如还是去学化学。

吴文熊还是知道数理化的,也听说了这几科难学。想想看,古往今来,除了外国有个什么夫人,几个女子化学能学好啊!这需要智商!

不过估计她老公比她还有名,不然为什么叫"夫人"呢!得诺贝尔奖一定是沾了老公的光。

看来女人还是不行,关键时刻还是要靠老爷们。

家有贤妻,外有仙妻,吴文熊完全没有即将分别的痛苦,反而乐不可支!他自信地认为,亦如这辈子就是自己的了,只要她的财政命脉牢牢握在自己手里，她就是个风筝，随你在空中折腾，最后还得回来。

吴文熊美滋滋地在两旁稻禾疯长的国道上疾驰，远远看到依傍在汀澜山腰远眺南海的云顶禅寺，一件往事忽然袭上心头，须臾间令他毛孔收紧。

他从意淫中清醒，感觉后背阵阵发冷。

"你去整整容吧？"吃饭时吴文熊提议。昨天他在老张那里看了一部外国三级电影，觉得亦如算是漂亮，可还是美中不足。

"我哪里不好看吗？"

"如果你的胸再大一点就好了。"吴文熊嘻嘻地笑着，顺手抓了一把，亦如由着他抓，"那样会更性感，我也更喜欢！"

"好吧！你还有哪里不满意？"

"如果眼睛再大点就好看了，你的眼睛太小。你的脸也太圆了，好像被人打肿了。对了对了！嘴唇再红点，没有血色，夜里像女鬼，你想吓死我啊。"见亦如不反对，吴文熊笑嘻嘻地越说越来劲，拿着筷子指来指去，汤水就甩在亦如脸上。

"好的，那就去吧。"

大学报到之前，吴文熊带着亦如去了韩国。此行虽然钱包出血，但是当拆下纱布的亦如出现在自己面前，吴文熊大呼值得！

真是太完美了！

切了眼角的亦如眼神更加迷离，磨了腮的脸变成了一颗小瓜子，漂红的小嘴就像可爱的樱桃，真想立刻就尝尝。最成功的还是胸脯，亦如小时候营养不足，没有好好发育。吴文熊现在满意极了，他反复地欣赏，啧啧称赞。

"我听说没生孩子的女孩儿不能隆胸，以后可能影响哺乳。"

"咳，不能喂就不喂嘛，不生就行了嘛！反正我有儿子了。"吴文熊不以为然。

亦如想起吴文熊曾经提起让老婆生二胎的事情，怯怯地问："你们打算什么时候生呢？"

"就在下半年。"

吴文熊在看电视，煤矿又出事了，这次死了 28 个人。他张开嘴包住香蕉，咔嚓咬掉一大口，然后把手在沙发上蹭了蹭，大声嚷嚷了一句："小矿难，才死了这么几个，中国就是人多，有什么大惊小怪的！"吴文熊把脚丫子举起，笑嘻嘻地勾了一下亦如的下巴，"你爸死的那次就厉害了吧！听说 100 多个？"

"还多一些……"

"死一个少一个，中国人口已经爆炸了。"吴文熊咯咯笑着。

沉默了好一会，亦如问吴文熊："你看到过刚满一个月被流下来的小孩吗？"

"没见过。"

"像小海马。被一个小小的水泡包裹着，像蛋清。"

"像海马？还是河马？挺好笑的。"这个话题让吴文熊的兴趣上来了，他的眼睛紧盯着亦如的胸口，人也凑了过来。

"……是好笑，接着就被冲进下水道里了。"亦如顺从地把衣服解开了，"那三个月的呢？"

"不知道！"吴文熊有点烦了，只顾手脚忙活。

"像一个血淋淋的肉球。"亦如死人般仰面躺倒，"你来吧……"

8

吴文熊回到酒店发现儿子正和一个短发女孩儿说笑。女孩儿回过身来，灿然微笑，竟是亦如！

不知不觉寒假到了，亦如回来了。

吴文熊大吃一惊，见妻子不在，走到两人身边给亦如递了个眼神，意思是：你怎么到这里来了？

儿子吴轩看到爸爸，赶快介绍："爸爸，这是我的笔友，亦如姐姐。"

亦如伸出手来，大方的自我介绍："我叫沈亦如。"

"你好，欢迎你。"

吴文熊赶快握住亦如的手，不自然地笑了笑，还想说点什么，却见儿子对自己挤眼睛，赶快把手抽了回来。

"爸，您去忙您的吧！"

吴文熊只能悻悻离开。可是他不敢走远，一直借故在附近晃悠，想听听两人的谈话。

吴轩看出来了，拉起亦如："走，姐姐，我们去我的房间。"

高中的课程让吴轩觉得吃力，从小到大他都不是一个聪慧的孩子，很多看似容易的题目都弄不懂。不过有的孩子是这样的，明明很用功，成绩就是很差。亦如倒是知道他还没有开窍。

其实吴轩不仅学习努力，还弹得一手好吉他。亦如听他弹完《橄榄树》由衷夸奖："艺术和体育都是需要长期艰苦训练的，你能做到常人做不到的事情，证明你有毅力。学习也一样的，坚持不放弃，我相信你一定做得到！"

吴轩用力点点头。

今天主要是讲解化学的基本原理，亦如的讲解既形象又生动，吴轩认真地听着，不时拿着笔在书上画着重点。时间不知不觉就过去了，天已经黑了。有人敲门，是吴轩的妈妈。

吴夫人贾薇听说儿子的笔友来了，很是好奇。她在门口偷听了半天，发现两个人一直在谈学习，笔友原来是大学生，专门来辅导儿子学习，顿时非常高兴。

饭菜准备好了，她来喊两个人吃饭。一路上贾薇一直拉着儿子笔友的手，女孩儿子温柔娴静，言谈得体，贾薇很喜欢她。

吴文熊本打算躲到外面，却被贾薇叫住。

"你现在外出很不礼貌，儿子长大了，做父母的这点事情要为孩子做好。"

"可是老王他们……"

"他们天天可以见，儿子的笔友却第一次来。"贾薇不准。

这顿饭吴文熊注定吃不好，他很想赶快吃完放下碗就逃，可是又不能做得太明显，更叫人怀疑。好在他很快就发现，亦如表现得就像完全不认识自己一样，吴轩又一直在旁照顾她，贾薇和她聊得很开心，自己也就放心下来。

"亦如的父母是做什么的呢？"贾薇笑着问。

"都去世了。"

"哦，对不起。"贾薇看到儿子在瞪自己，赶快道歉。

"没什么的，阿姨。"

"那你现在和谁生活呢？"过了一会儿，贾薇又忍不住发问。

"我的爷爷。"

"老人家身体还好吗？"

"我爷爷的身体很不好，可能不行了，现在回老家了。"亦如流利地回答，害吴文熊的汤差点喷出来。

"那可真不幸啊。"贾薇皱皱眉。

吴轩听不下去了，他接连咳嗽了两声，用眼神暗示妈妈赶快转换话题。

"亦如姐姐是帝都大学的大学生，还是学化学的呢！"

"这可真了不起啊，小轩有这样的朋友真是幸运！"

"那你们是怎么认识的呢？"吴文熊插了一句。

"很有缘分。"亦如刚要回答，吴轩抢着说，"我们在路上撞在一起，亦如姐姐摔倒了，东西散了一地。"

吴文熊心里合计，亦如这招虽老套但是很管用。但是她为什么要接近自己的儿子呢？他想不通。

"您的金项链挺好看的。"亦如忽然放下碗，盯着贾薇脖子上戴着的项链。

"就是个小东西挺细的不值钱，因为是你叔叔给我的，一直放在首饰盒里，前几天不知道怎么看到了，我看着挺漂亮就自己配了个坠子，你喜欢就送给你吧！"贾薇立刻就要往下摘，吴轩也催妈妈快点取下来。

"还是不用了，君子不夺人所爱。"

亦如硬挤出一丝笑容，左手的小手指微微跳了几下。

9

见面时，吴文熊质问亦如，为什么和他的儿子搞在一起。

"我认为你这人很奇怪。什么搞啊搞，那么难听。你以为人人都像你一样？"亦如抬起头直视他的眼睛，"是你的儿子一直联系我的，去你家也是他极力邀请的，你应该去问问他，为什么要和我在一起？"

从大学回来的亦如好像和以前不太一样了，吴文熊一下子没适应过来。

"我知道……不过，这让我很尴尬。"

"为什么尴尬呢？我不觉得尴尬啊！"

"我们这种关系，总觉得不好。"吴文熊扶住假发，脸上冒油了，假发快滑下来了。

"我们是什么关系？"亦如笑着反问。

"不道德的关系……"

吴文熊的话逗乐了亦如。第一次听他的嘴里说出"道德"两字，亦如好像在听火星语。

"你是怕我告诉你老婆吧？"

"我知道你不会……"

"你怕我害你儿子？"

吴文熊沉默了，说实话，他有点担心，但是不能当面承认："我知道你也不会。"这句话讲出来底气明显不足。

"就是啊，我为什么去害他呢！对我有什么好处呢？所以请你放心。"

吴文熊还想说什么，一下子却忘记了。开车时才想起来，忘记问她为什么把自己最喜欢的长发剪了。更忘了一把推倒亦如，按在床上。

自己不知道怎么的，脑子里一片空白。

整个假期里，吴轩和亦如几乎天天在一起。吴轩变得开朗了，学习也更加努力，为了得到亦如的赞扬，他通宵达旦地做习题。亦如的每句话对他来说都是圣旨，会无条件地照办。亦如叫他多和父母沟通，他就有事没事地围着妈妈讲话。

贾薇看在眼里喜在心上。儿子一直比较木讷，作为父母很是担心他的前途。不敢指望他自己开拓一番事业，就是接手家里的餐馆也要有点能力吧。她暗暗觉得这个女孩儿以后做自己的儿媳真不错，比儿子大三岁，"女大三抱金砖"刚刚好嘛！

吴文熊听了老婆的话可是坚决反对——

"一个高二的孩子就早恋，这怎么得了呢！"

"你讲话就是难听，哪有给孩子乱扣帽子的。怎么就早恋了呢？他们是在一起学习。"

"你看看吴轩的样子，看见那个女孩儿眼睛就直了，就差淌哈喇子了！"

"哪有你这样的爸爸，说自己的儿子这么难听。成家立业嘛，小轩真能找到亦如做老婆还好了呢，成了家事业也有贤内助，就怕人家不跟咱儿子。"

"越扯越远了，都想到结婚了。"

"是你有问题吧，人家女孩儿来了，你总是一副死人脸，好像欠了你八百吊钱，哪有这样当老公公的？"

吴文熊不能和老婆争吵，再说下去怕她生气，赶快赔着笑脸："老婆大人是一家之主，你说了算，我不管了，好吗？"

贾薇这才饶了他。

10

假期很快就要过去了，分别的日子就要来了。吴轩开始长吁短叹，茶饭不思。吴文熊给亦如送学费时，差点和儿子碰上。他暗自惊呼："好险啊！"

躲在楼梯角落里，直到儿子上了的士，他才敢出来。忽然想起自己的车就停在楼下，不知道儿子看到没，一颗心悬着放不下。

亦如没有拿这些钱，也没有说原因。

今天是亦如开学前的最后一次见面，吴轩起得很早，拜托妈妈多准备一些好吃的给姐姐带上，自己把提前买好的礼物拆了又包好，包好又拆开，总之心神不定。亦如一来就被吴轩拉进房间。

"亦如姐姐，你就要走了，我很难过。"

"傻弟弟，姐姐开学了必须要走啊。你好好学习，几个月以后我就回来了，要检查你的功课啊！"亦如温柔地拍拍吴轩的背。

"姐姐……"

"嗯？"

吴轩站了起来，这个小伙子已经有 1.75 米高，眉清目秀，不像父亲那么矮胖，继承了母亲全部的优点。只是神情还很稚嫩，性格非常单纯。

"亦如姐姐，你真美，我想抱抱你……"这几个字蚊子一样地从吴轩嘴里挤出，他的脸通红通红的。

亦如害羞地低下头来："这样不好吧……"

吴轩又失望又尴尬，汗水把衬衣都湿透了。亦如慢慢走向他，一把抱住了吴轩。吴轩一惊，手脚都不知道怎么摆。亦如把他的手放在自己的腰上，丰满的胸脯抵着男孩儿的胸膛，头深深地埋在他的颈旁。吴轩的心就要蹦出来了，口水都不敢吞咽。

"亲爱的，等我回来，好吗？"

亦如的嘴唇贴着吴轩的耳朵，缓缓地吹气，少年的腿开始剧烈的颤抖。

他抱紧亦如，声音沙哑地回答："一定，亦如姐姐……"

亦如从学校里写来的信都是寄到饭店，偶尔还会专门写信给贾薇，说一些体己的知心话或者嘘寒问暖。每次看到儿子乐颠颠地捧着信上楼，接下来的一段时间就是发奋读书。现在成绩提高很快，家长会上老师不断地夸赞吴轩，贾薇很是欣慰，庆幸儿子遇到了贵人。

吴轩多次在饭桌上宣布自己的目标是帝都大学，看着小伙子信心满满的表情，吴文熊也开始高兴起来。

这么久过去了，亦如没有给自己造成任何麻烦，反倒一心一意帮助儿子。吴文熊庆幸没有看错人，亦如是个好女孩儿，深明大义。如果儿子真的考上了大学，怎样回报亦如都不为过。

最后一点疑虑打消了，吴文熊顿感轻松。

亦如的信每次不长，一页纸左右，主要是鼓励吴轩好好学习，偶尔介绍大学的见闻。吴轩的回信最多时有 20 多页，他把生活的点滴都记录下来，悉数与亦如分享。

不过这次亦如却从吴轩的信里明显感觉到吴家出了点什么事情。

"如果你认为我是可以信赖的人，我愿意帮你分担。"

很快吴轩的回信就寄来了。男孩儿决定把对外人不好启齿的家庭隐私向亦如倾诉。

吴文熊和贾薇中午会在饭店的阁楼上午休，饭店扩大规模重新装修后这里已经不再堆放杂物。吴轩在阳台上看书，视线正好透过半遮蔽的窗帘，里面的情景看得清清楚楚。

"亦如姐姐，我看到了太丑陋的一幕，我只能闭上眼睛，捂住耳朵……"

"我看到了，爸妈在做那种事情……他们太恶心了，我几乎想一头撞死。爸爸那么肥，那么下流……"

更让吴轩不能接受的是，45 岁的妈妈竟然又怀孕了，爸爸要她到香港去生下来，这叫他感到羞耻。自己不怕多个人来分家产，可是儿子马上要上大学了，父母还要生孩子，别人怎么看这家人呢！

亦如的信也很快寄回来了，不过这次是直接寄到了吴轩的学校。

按照亦如的指示，看过的信被吴轩撕掉。他已经决定，这次必须听亦如姐姐的！

11

日子过得飞快，在吴轩的苦苦盼望下，假期又来了。亦如马上就要大学三年级了，她对吴文熊提起自己可能会作为交换学生去英国留学，吴文熊假装没听到。

留学哪里那么容易呢？听说要花很多钱，现在儿子慢慢出息了，自己的心思都在他身上。亦如嘛，毕竟只是个不相干的人。

再加上老婆贾薇怀孕七个月却流了产，下楼时一脚踏在楼梯上的油污上，楼梯的木板正好断了，偏巧鞋跟也掉了，硬生生把肚里的闺女摔死了。这让一直盼望儿女双全的吴文熊十分沮丧。

吴轩看到亦如非常高兴，可是他高三了，假期里也要补课，不能天天在一起不免有些失望。

亦如来饭店的次数越来越少，吴文熊也不去找她了。一怕遇上儿子，老婆流产后心情不太好，家里不能再出事了；二来之前认识的一个酒吧女，这段时间正打得火热。

倒是吴轩有一点时间都会到亦如家里，听说她的爷爷已经去世了，自己应该多陪陪她。

"一个高三学生，天天不着家，一定又去那个女孩儿那里了！"吴文熊愤愤地说。

"哎呀，你就别管了，孩子又没有做坏事，吴轩和亦如都不是那样的孩子。"贾薇安慰吴文熊。

吴文熊心里"咿"了一下，又觉得自己也不光彩，咿不得别人，只好作罢。

半年没见的女孩儿更加漂亮了，这种美夹杂着渐渐成熟的性感令青春期的吴轩头晕目眩，不敢正视。吴轩的心已经彻底被亦如占据。亦如和自己那些肤浅幼稚、聒噪不休的女同学比起来，简直就是仙女下凡。

吴轩喜欢看亦如姐姐穿紧身的衣服，最好露出迷人的锁骨，可是又怕别人盯着她看。偶尔一起走在街上，路人的目光令吴轩极度恼火，他很想揪住这些色狼暴揍一顿，可是又没有胆量。不能天天在亦如的身旁令他忧心忡忡。

听到亦如一再保证没有男朋友，也不会交男朋友时吴轩才微微放心。只希望自己能赶快考上同一所大学，来到女神——亦如姐姐的身边。

为什么是女神呢？因为女神是不可亵渎的。

吴轩开始试探地和父母谈起婆媳关系。听说婆婆和儿媳妇的关系都不好，自己受夹板气倒不要紧，亦如姐姐本来没有父母就可怜，会不会受自己妈妈的欺负呢？

贾薇见儿子憨傻，就逗他："你放心崽儿，如果你能找到亦如做儿媳妇，我一辈子也不让你受夹板气，更不会欺负你的好姐姐，我帮你宠她！"

吴轩又羞又喜，吴文熊却听得刺耳。

沈亦如早不纯洁了，她的过去自己比谁都清楚。

让儿子娶这样的女人当父亲的心里不是滋味，可是怎么办呢？

一根筋的儿子这么坚决，老婆也认定了这个儿媳妇，自己的反对根本没用，弄不好还会引起他们的怀疑。

吴文熊已经做好与亦如决裂的打算，如果她注定要成为自己的儿媳妇，他可不希望有一天家里闹出乱伦的丑闻。

但这一天很快就到来了。

12

正和店员在仓库清点红酒，吴文熊忽然接到亦如的信息："有急事，速到我家！"

难道小轩出事了？

吴文熊丢下酒店的事情，赶到为亦如租的房子。

房门虚掩着，吴文熊四处看看，没有儿子的身影。推开门，只见亦如穿着睡衣坐在地上，手指不停地流血，一个削了一半的梨掉在旁边。

"怎么了？"

吴文熊只好过来查看，刀口很深出了很多血，吴文熊建议去医院。亦如摇头，指指抽屉，吴文熊拿出急救包。止血包扎以后，亦如要回床上躺着。吴文熊只好扶起她，走进卧室。看她已无大碍，正打算离开，亦如一把抓住了他的手。

"文熊哥，坐一下再走。"

"酒店里还有事。"吴文熊又看了看门口，再次确定儿子没有忽然进来。

"你是打算和我分手了吗？"

见亦如主动提起，吴文熊决定干脆今天就做个了断，于是坐在床边，点了一根烟。

"你现在和我儿子这样的关系，我们必须分手了。"

"哦，是吗？"亦如调整身子，找了个舒服的姿势躺好，斜着眼望着这个胖乎乎的男人，"那分手后，你会怎么补偿我呢？"

一听要补偿，吴文熊急了："这么多年我在你身上花了不少钱了，我已经尽力了。太多肯定拿不出来，我尽力吧。再说以后你真的成为我的儿媳妇，我死了家产最终就是你和小轩的。"

"那请问你什么时候死呀？"

亦如这样顶嘴可真是头一遭，吴文熊又惊又恼，本想和以前一样抬手就打，可再看亦如眼神，却惊觉完全不似往日。云顶禅寺那一段往事忽然袭上心头，心里不由打了个冷战。

"你别怕，我并没有向你要钱啊！"亦如不温不火。

"不，我给你 1 万，这样可以吗？"

"1 万，这么多啊，你没问问你老婆我值不值这么多钱？"

吴文熊明白这是在威胁，站起来指着亦如："你千万别胡闹啊！"

亦如笑了起来，她越笑越止不住，床都跟着摇晃。

吴文熊的余光看到半敞开的衣柜里挂了一件儿子的外套，书桌上有几本高中习题册。床上用品也都是新的，两个枕头并排摆着。

　　"你真的愿意我做你的儿媳妇吗？"

　　吴文熊此刻真想动手，并且破口大骂："就是你勾引我儿子！"但不知道什么原因又忍住了。亦如爬了过来，枕着他的大腿。她半闭着眼睛，嘴角还有笑容。

　　"你欠我的，一辈子也还不完！"

　　说完她起身，猛地咬住吴文熊的嘴唇。

　　"你们两个！你们两个在干什么！"卧室的门突然被撞开了，吴轩站在门外，脸色惨白。

　　吴文熊魂飞魄散，赶快起来找衣服，可是裤衩明明放在沙发上，现在却不知道在哪里，他只能光着屁股胡乱地穿裤子，偏偏这时候肉却卡在了拉链里。

　　"无耻，你太无耻了！"吴轩颤抖地扶着门框。

　　"轩儿，你听我解释啊……"吴文熊跳着穿上一只裤腿，另一只却被绊住了。

　　"还解释什么？你还是人吗？"小轩对着吴文熊大吼着。他回身望了一眼蜷缩在被子里的亦如，亦如紧紧地蒙住了头，看不见脸，只有一双小腿露在被子外面。

　　吴轩的心疼裂了，那是被刺穿的疼。

　　这个场景实在不能再看……

13

　　吴文熊又点了一根烟，面前的烟灰缸装满了，秦楠已经听呆了。

　　"后来呢？"

"后来，你可以想象得到——我回家后，老婆已经彻底发疯了，吴轩把一切都告诉她了。她声嘶力竭地骂我，嗓子都喊哑了，把家里的东西都砸烂了，后来她离家出走了，最后和我离婚了。"

"那小轩呢？"

吴文熊哭了起来，他拿出纸巾不停地擦着鼻涕，很久才艰难地说出来："我的儿子死了，投海了……捞上来的时候，整个人都肿成两个大，我去认的，可我认不出……"

秦楠不知道该怎么安慰，他拍拍吴文熊的肩膀，"可你为什么说是亦如害死你儿子的呢？"

过了一会儿，吴文熊平静了一下情绪，从痛苦的回忆中慢慢回到了现实："当时我并没有这样认为，是后来仔细回想当天的事情才发现破绽——"

首先，那天是亦如喊我去的，按照她的性格，流了这么点血，她不会找我去的。她流产了那么多次都不要我陪，我知道她骨子里很强的。

其次是她的态度，那天我明显感觉是她主动。我已经要和她分手了，她也很久不要我碰她，忽然投怀送抱难道不反常吗？

而且我觉得她一直在拖延时间，还故意把我的裤衩藏起来，好像就是在等小轩撞破房门。

最关键的是，吴轩那天本来应该在上课，他很听话，从来不逃课，怎么会在这时候跑到她家里的呢？肯定是提前约好的。

还有一点，我明明记得自己进来时把房门关上了，可是小轩还是进来了。这证明亦如之前就把钥匙给了小轩，她早就计划好这一天，只等我们父子上钩。

小轩死后，我清理他的遗物，发现了几本讲轮回的书。

小轩还是个高中生，思想很单纯，没人教唆他怎么会看这样的书呢！这些书鼓吹生死轮回，死是往生之门，是解脱，是生的开始。小轩最后选择跳海，可能就是想得以解脱，期待轮回。

再想想，是我害亦如在先，她跟着我完全是为了生存。脸上装出喜欢，逆来顺受、言听计从，心底里一定是恨我的。那她凭什么要对我的儿子好呢？应该是恨都来不及吧！

我的儿子木讷，不属于那种很讨女孩儿欢心的类型。年纪又不大，说她因为喜欢而和我儿子在一起，打死我也不信！

那么她的目的是什么呢？

要么就是破坏我们父子的关系，让我儿子恨我一辈子，要么就是借机杀了他，来向我报复。

可惜，这一切都是我的分析，我没有任何证据。不然我也不会放过她！

那之后，她彻底消失了，听说去了英国。

她说过，我欠她的，一辈子也还不完。

这么多年过去了，我也想清楚了，自己年轻的时候做事实在糊涂，的确是糟蹋她在先，她无依无靠，跟着我在一起过日子，我也没有真心待她一天。

如今我皈依了，我们之间应该两清了吧……

14

秦楠向单位请了半个月的假，一个人来到了中缅边境的小城。从小学同学那里得知，王晓霞两年前从这里打电话向她借钱。

两年了，晓霞会离开吗？就算真的在这里，茫茫人海又怎么找呢？

在酒店住下，秦楠买了一张地图，又向前台借了当地的黄页。他已打定主意，此行无论如何也要找到王晓霞，找出隐藏多年的真相。

王晓霞吸毒这一线索成为突破口，秦楠先到公安机关查找相关档案，当地警方很配合，可是没有找到。秦楠又想起遍及边境的十几家戒毒所，他决定一家一家地找。就这样找了四天，在第五家强制戒毒所的花名册里发现了王晓霞的名字。女干警告诉秦楠，这是一个北方口音的女子，才来几天。

一见面，两人就认出彼此，虽然分别这么多年，但是眉眼的神情还有少年的影子。晓霞知道自己现在不人不鬼，实在没脸面对老同学，转身想逃，却被秦楠拉住。

"晓霞，不要走，我来看你了。"

等晓霞哭了一场，情绪平复下来，秦楠才道出来意：我想知道那天的详细情况。

晓霞也不隐瞒，把那天的经过一五一十地讲给秦楠。

"不过，有件事我一直觉得蹊跷！"

晓霞皱起眉毛，因为长年吸毒，她的皮肤松弛，布满黑斑。

那天，我们被关在图书室里，刘大爷把我们的裤子都扒了下来，让我们并排面对墙壁站着。

他一直在欺负沈童，沈童抓起锥子去扎他时，我看到墙角竖着一把锤子，可能是图书室老师固定书架用的，我就捡了起来。刘大爷这时倒在地上，可他还没有死。

这时沈童说："我们必须杀了他！"

我说："对！今天不是他死就是我们死！"

当时我觉得刘大爷如果站起来一定会杀光我们，我不想死，就用尽全力照着他的后背砸了三下，然后我们就跑了。

后来警察问是谁用锤子砸刘大爷，我就承认了。可是一位警官问我，你为什么把指纹擦掉呢？我没擦过指纹，一下子没反应过来，就"嗯"了一声。因为沈童已经失踪，也没有人再问什么，不久我就被送进少年教管所。

我被关了两年，在那里受尽了欺负……那真是不堪回首的两年。

好不容易出来以后，却没有学校接收我，父母也不理我，因为我杀人了，给他们丢了脸。他们甚至说是我勾引了刘大爷，不然那么多女孩子干吗要强奸我？

我苦苦哀求，他们却说没有我这个孩子。

邻居偷偷告诉我，其实我本来是爸爸下乡时在草垛上捡来的，听说我的亲妈妈是个大闺女，不知和谁生的私生子。

我在那个家待了半年以后，养母说我不能一直吃闲饭，又没有文凭，竟然让我去了洗头房……过年过节，她买酱油的钱都要我出。有一次我生理期，她还硬安排我接了客……

什么亲情啊，肮脏可笑，我的心被伤透了，一气之下就离家出走，和社会上的小混混在一起，其实他们大部分人都和我一样，有过不幸的遭遇。

我也要吃饭啊，就开始和他们敲诈学校的小孩，后来听说南方赚钱容易，我就来了。可是自己初中都没毕业，又有前科，想找个工作太难了。我又做起老本行了，却被当地的黑社会控制。开始还高兴呢，只想有个照应，谁知道后来想逃也逃不掉，慢慢就认命了，接着我就开始吸毒了……

无数次我问自己，如果那天没有杀刘大爷，只是被他强奸了，现在自己的命运会不会不同呢？

听完晓霞的回忆，秦楠的内心充满歉意。

可是怎么办呢？现在就说出真相吗？晓霞能原谅我吗？

"你确定只砸了三下吗？刘大爷当时死了没有？"

"我确定，他不动了，我以为他死了……"

秦楠回望强制戒毒所的铁丝网，真心祝愿王晓霞能早点开始新的生活。

15

雨点舒缓地落下，有节奏地摔在车顶和伞上，菲城又进入雨季。秦楠没带伞，满身雨水钻进车里。

"去哪儿？"亦如柔声问。

"随便。"

瞥见他脸色阴沉，亦如便不多问，呼地踩下油门，车子疾驰出去。

"我见过吴文熊了。"

"他说了什么？"

"他说了你们之间的一切。"秦楠厉声道。

"那是过去的事了，我不隐瞒。如果不是你当初一走了之，我走投无路，也不会和那种人搅在一起。"亦如两眼直视前方，车速越来越快，不时超车。

秦楠理亏，可是这么深爱一个人，怎能做到完全不介意呢？秦楠只感觉万箭穿心，车里的氧气也越来越稀薄，连呼吸都困难了。

"亦如，我可以理解你，我也没资格说你。"秦楠痛心道，"但是，你不该杀人！亦如，你不该杀人！"

一脚急刹，车在马路中间就停下来，后车避让不及差点追尾，几个司机在旁边骂骂咧咧地绕开了。

"我没有杀人，今天我郑重声明，我没有杀人！"亦如也厉声回答。

"吴轩难道不是你杀的吗？"

"吴轩是自杀！"

"如果不是你设局，一个孩子怎么会死呢？如果你要报复吴文熊，你可以直接杀他，他也该死！可你为什么对无辜的孩子下手呢？为了给吴文熊生儿子吗？你明知道就是他的儿子死了，他有老婆也不会用你来生儿子！"

"孩子？"亦如的手指紧抠方向盘，"早熟兼无耻的孩子吗？他和他爸爸一样，只是大小色魔的区别！"

亦如在手包里摸索，拿出了那张珍藏的全家福，丢给秦楠。

照片上，亦如还是个婴儿，在父母的怀里。

父母都爱子女，我的父母一样爱我！父母都希望子女不受伤害，我的父母也一样！

虽然他们睡在土里，可是他们的血液还在我的血管里！他们的女儿不断地受到凌辱，可施暴者却在开心地活着，享受天伦之乐，这对我的父母太不公平了！

亦如尖叫着，秦楠看着她，心痛到了极点。

亦如一把抢过全家福，冷笑道："你只知道吴轩跳海，可你知道我也被海水淹没过吗？"

眼泪倏地流了出来，亦如哽咽道："当年你失踪之后，我被吴文熊侮辱，他放我出来之后，我就跳了海……"

"后来呢？"

"我被渔船救起，救我的人告诉我，那天太奇怪了，渔民发现有一只蓝色的海豚，背上驮着一个人，在渔船周围打转转……"

"可你还是回到了吴文熊身旁……"

"因为，我要活下来，只有活下来，有一天才能找到你。"

16

车窗外的雨开始停歇，秦楠长长的叹息打破沉默。

"那王晓霞呢？沈童，她是你最好的朋友啊，你要嫁祸她！"

"沈童？"亦如觉得这个名字来自千年之前。

"对，沈童……刘大爷最后是被锤子砸死的，砸在头上有几十下，脑浆到处都是，眼珠子都挂在墙上。可是，王晓霞却只砸了三下！"

"你为什么怀疑是我？为什么不是小甜她们干的？"亦如的声音在颤抖。

"沈童，你不要骗自己了，也不要骗我了！那天几个女孩一起逃了出来，可你不放心又回到现场。你看到刘大爷还没死，于是抓起锤子狠狠地砸了几十次，直到他彻底咽气，对不对？"

亦如脸色铁青一言不发，秦楠继续说道："这时候你已经意识到事态的严重，为了嫁祸晓霞，你把指纹擦掉了。"

"我当时做的一切都是下意识的，我不想嫁祸任何人！刘大爷强奸我们，他该死！就算杀了他，我们也不该承担责任啊！"

"那你为什么擦指纹呢？刘大爷侵犯你们的时候，杀了他没有罪，但离开现场再回来砸死他，性质就不一样了，这是故意杀人！你是个这么聪明的女孩，一定知道这一点。可你这样做，有没有替晓霞想一想呢？这一切的后果都由她来承担了！而且你砸了几十下……"秦楠不敢想象那情景。

"如果法律真的这样不公平，我也无话可说。"亦如一副决绝的神情。

看看我的人生，请你记住，我才是最大的受害者！杀那个魔鬼我一点都不后悔，就算在今天，我——沈童也会这样做！我无意伤害晓霞，那时候我也是孩子，没有周全的考虑，没有人保护，我也非常害怕。

秦楠一颗心痛得如同下油锅煎熬，静默许久："沈童，咱们马上离开这里吧，当年的事情都已经过了追溯期，早就销了案，恩恩怨怨已经不重要，让我们和往事道别，忘掉一切重新开始，我愿意一生守候你……"

亦如的眼泪似掉了线的珠子，她俯身抚摸秦楠的脸颊。

一生守候我？

你信守了你的诺言了吗？

错过了，就是错过了。

谢谢你提前结束这一切。

下水道事件＋松村健之死合并调查 4

陈军再无进展之际，蔡高峰终于肯开口。几天不见，蔡高峰面色已略有红润。

有些事情本来不想说，说多无益，因为是家事。

一切的起因是我娶了一位新夫人——沈亦如。

那天，我们出席商务应酬，回来的路上下起小雨，我们在车里没说话，忽然她说想和我下来走走。分居一段时间，这次应酬她主动提出来陪我参加。

虽然我们之间有嫌隙，但我对她还有感情，也巴望和她修复关系。

司机把我们放在路边，本来开着车跟着，沈亦如叫他先走，因为过几个路口就到家。

当时是晚上 9 点多，路上行人不多，她说要淋点雨，我就随她，自己打着伞，两个人就这样走着。

一路无话，她只是闷着头朝前走，我只好跟着，不知不觉进入小巷。我其实有话问她，之前我们流掉过一个孩子，我一直觉得有问题。

谁知她突然停下来，死死盯着我。我说，你干吗这样看我？

她就笑了，你不知道她那种笑容，令人毛骨悚然。

你过来，我想和你说句话。"她挥挥手。

我不假思索走上前，然后——

我一脚就踏空，整个人忽悠一下子失重，从天上摔到地下，掉进下水道里。只听"咕咚"一声，我沉入污水里，狠狠呛了几大口。

由不得我多想，这一切发生在瞬间。不过浸入水中，我的脑子反而清醒过来。我是渔民的儿子，游泳十分拿手，我拼命踩水，好不容易把头露出水面。这时才发现，自己掉进至少有 5 米深的下水道里，手里只抓着一把伞。

多亏这把伞，在我下降时提供一点阻力。

我抬头往上看，井口隐约还有一点亮，可看不清。我想喊，可污水呛得我发呕，而且雨水还在哗哗流，根本不能张嘴。

就这样在水面上挣扎，几分钟就没力气了。我摸索着下水道周围，摸到一个铁做的突起，就用指甲死命地抠住，脚也在墙上摸索，试探到一条小横梁，我就把身体贴过去，脚踩住横梁，手抠着小突起，好歹站稳住。

头终于可以离开水面，我能正常呼吸，人也就平静下来。

我是自己掉下来，还是沈亦如推我下来的？

那一瞬间太短，我完全反应不过来。

这是个意外吗？

当时我还不能确定，因为我满脑子都是怎么爬上去，怎么救自己。可十几分钟之后，我就可以确定这不是意外了——

沈亦如，想杀我！

如果是意外，怎么到现在还没人来救我？沈亦如更是不见影子？

我恨自己没有带手机的习惯，沈亦如太了解我，我从来不带手机，基本身无分文，除了秘书，我带钱干什么？所以我现在根本没法和外界联系。

能不能指望别人来救我呢？

估计也没希望，沈亦如是我夫人，她可以随便编理由把大家糊弄过去，说我临时去了什么地方，谁敢追问呢？等到大家发现情况不对，我可能早就饿死了！

这里没有吃的，但多亏雨水，我还不至于渴死。

我就这样熬着，紧抓着井壁，无数次想往上爬，但下水道边缘特别滑，还特别黏，根本没有可以借力的地方，这里距离地面有好几米，我又没有翅膀。

这个夜晚难熬至极，我晕晕乎乎，度秒如年，再一抬头，发现不知道是谁把下水道井盖给盖上了……

"我们查了路政，雨停之后是他们盖的井盖，但他们没注意到下面有人。"

蔡高峰怒火中烧："我可是纳税大户，半个菲城我养着，这些人盖下水井盖的时候怎么不看看有没有人呀？"

"你和你夫人究竟有什么深仇大恨，她竟然要置你于死地？"陈军想起沈亦如和那只粉色蝴蝶结，内心绞痛。

"这些就不便多说，确实一言难尽。"

"之前你守口如瓶，又是什么原因让你开口呢？"

"因为松村的死！我还有女儿，我怕沈亦如继续加害我身边的人。我女儿告诉过我，沈亦如想杀我们，我只当她说孩子傻话，现在松村死了，我也被她推进下水道，真不知道她接下来会做什么。"

"那你的意思是，松村健也是沈亦如杀的？"

"肯定是她！不是她还有谁呀！"

蔡高峰和陈军谈话之际，林域果和秘书站在旁边，一声不吭。

"师傅，您说蔡高峰是不是摔傻了？"

回到警局，林域果指着当晚东菊路工行门口的监控录像，警方费了好大劲，终于把东菊路周边全部摄像头都找出来，连居民自己家里装的都算上，可惜就是看不到小巷子里的情景。最后好不容易在银行的摄像头中隐约分辨出当天打着伞一晃而过的蔡高峰。

陈军带上花镜凑到屏幕前，又反复看了好几遍，直起腰来叹气："看来蔡高峰没有撒谎，我得再去会会她。"

林域果一脸茫然看着师傅，又看看屏幕，目瞪口呆。

下水道事件＋松村健之死合并调查 5

亦如戴上一副大大的墨镜从省委出来，正要发动车子，有人抠住副驾驶的门。

午后的阳光更加刺眼，菲城的夏天就是这么漫长。亦如拧开音响，柔滑的钢琴曲像清爽的小雨点，瞬间溢满车内。

"这首曲子很好听，你一直在重复播放，叫什么名？"陈军的手指在膝盖上点着。

"《温暖的地方》。"

"西村由纪江？"

"你知道她？"

"儿子学钢琴，我跟着听，还有一首曲子特别好听。"

"我以为你只会抓人呢！她的曲子都好听，但你说的可能是《信》。"

陈军拿起仪表盘上摆放的小玩意，是个精致的小狗，下面刻着两个字——捡捡。"我只抓坏人，一个也不放过，不管过多少年。但如果我做错了，多少年我也希望能亲口道歉。"

"道歉能让一切不发生吗？"

陈军揪心，不敢看亦如："我一直在找你……"

"忏悔吗？"亦如把小狗妥帖地放回去，"那就谢谢您，警官。"

"你不肯原谅我，是吗？"

"原谅又能怎样？从此你就心安理得了吗？"

"一句道歉我知道很苍白，但作为警察，我更应该说。"

"那我就原谅你，这下满意了吧？"

不知不觉车子停在公安局门口，亦如打开车锁，冷冰冰地望着陈军。这犀利的眼神，让陈军的心脏停顿。

"松村健的死，和你有关系吧？"

"有证据吗？"

"是你把蔡高峰推进下水道吧？"

"你觉得是就是，现在这一切对我来说，已没有任何价值。"亦如的半张脸沉浸在炙热的阳光下，眉目下有深邃的阴影，"你知道这个世界上最温暖的地方在哪里吗？"

陈军不明就里之际，亦如已经消失，只留下一阵虚渺的声音：

"在地狱通往天堂的路上……"

第八章　彼岸花的挣扎

彼岸花的花语是恶魔的温柔。

身已入冥界，魂守未知路，花叶两不欠，相知不相见。

1

　　蔡高峰宣布将个人名下 30% 的股份转到蔡行芸名下，她成为蔡氏第三大股东，不久便进了董事会。蔡行芸春风得意，踌躇满志，拿出唯一继承人的派头，夸下海口要壮大蔡氏，打造世界 500 强云云。

　　当父亲的虽然知道蔡行芸是年少轻狂，但见她干劲十足，总算开始懂事，蔡高峰也难掩欣喜。

　　可惜好景不长，没几天笑脸，父女俩为了琐事又闹翻了，不争气的蔡行芸竟然在董事会上抽烟，公然挑衅老爸，被蔡高峰数落了几句，当场又哭又闹，又摔又打，搞得蔡高峰尴尬至极。

　　回到家里，付饶又跟着搋和，蔡行芸越发任性来劲，蔡高峰苦不堪言。好在沈亦如没露面，没参与，没表态。

　　这边是扶不上墙的刘阿斗，那边一股暗流逐渐形成气候……

　　第二大股东梁革华公开反对"D 计划"，抨击蔡高峰受松村健蛊惑，海豚提取液能治病纯属无稽之谈，这样一意孤行陷股东利益于不顾，完全丧失企业领路人的基本判断，部分董事和股东开始转移阵营。

这是蔡氏的危急时刻，蔡高峰和梁革华的矛盾不断升级。

蔡高峰闷闷不乐地从紫藤会所里出来，梁革华今天又和自己拍了桌子，说来说去还是"D计划"。

与此同时，松村健又改造了两艘捕鲸船，现在海豚供应充足，研发进展顺利，和东瀛的公司也签了海豚肉长期销售合同，梁革华这么闹，不是要害大家吗？

蔡高峰越想越气，真后悔找了这样的合作伙伴，更后悔挖沙项目也让梁革华入股。不是靠着白舸流，大家能垄断澄海的挖沙吗？

这几年大家发了财，但你梁革华不能过河拆桥啊！"D计划"是蔡氏不可动摇的战略目标，是蔡氏的未来，就算他撤了资，蔡高峰也要一搞到底！

然而更让蔡高峰想不通的是，这小子究竟哪根筋搭错了，怎么忽然就这副德行呢！问他也不说，态度却那么坚决。

按倒了葫芦瓢又起，蔡氏内部正闹腾着呢，媒体上又出现了针对"D计划"和蔡氏生物的新一轮讨伐，署名还是"青云"！她的真实身份也查清了，曾供职于中央某直属媒体单位，现在是时事评论员，网络大咖，著名环保人士，头衔一大堆。而且要命的是，她的父母均是不好碰的人物，说难听点，除了暗杀她，蔡氏拿她毫无办法！

怎么触了这样人物的霉头呢！蔡高峰把水杯子和茶几都掀翻了。

上蹿下跳打点一番，国内主流媒体虽然封口了，但国际组织又介入了，一支欧洲环保团队暗访发现，澄洲地处中国大陆最南端，这里是海豚的家园，而且是宝贵的七色海豚。蔡氏生物多年来在菲城近海肆无忌惮、贪得无厌的挖沙活动已经严重破坏了海底生态，虾蟹海螺因为没有合适的生存环境，海产数量持续下降。

由于食物链的破坏，海豚被迫向公海迁徙，离大陆越来越远。还有一部分随洋流到达东瀛湾，在那里，等待它们的是无情的屠杀……

因为东瀛是世界上为数不多公然屠杀海豚的国家，这个国家的残暴和对自然环境的破坏受到了国际社会的一致谴责，但却丝毫没有收敛。东瀛湾是名副其实的炼狱，每年在此惨遭杀害的海豚、鲸和鲨鱼有几万只，血液染红了方圆几公里的海面。

所以几年之后，世界级珍稀物种白海豚就将在菲城湾绝迹。

欧洲环保团队把这一切拍成了纪录片，在网上广泛传播，这可不得了，群情激愤，事情一发不可收拾。

这几天环保组织和有关人士已经堵住了蔡氏的大门，横幅、传单到处都是。因为世界上绝大多数国家，即使是以科学考察名义的捕鲸行为都是被严格限制的，蔡氏生物背后浮现的政府支持开始被广泛质疑。而蔡氏生物的全线产品，已经遭到了主流西方国家的禁售，这一系列负面消息严重阻碍了蔡氏的上市进程。

蔡高峰这边正焦头烂额呢，白舸流那边也出事了。

2

澄洲官场发生了震惊全国的大新闻，副省长白舸流的车爆炸了。

虽然严密封锁消息，车子的惨状还是被人传上网络，旁边配上白舸流正在某次会议上正义凛然做"江山指"的硬照，文章的署名依旧是"青云"。

照片中白省长衣着潇洒，发型一丝不苟。

须臾间，澄海成了舆论的风口浪尖，网友发挥了无限的想象力和创造力，多年来对腐败的极端痛恨找到了宣泄口，有点必须踩死他的冲动。为了不揭示出更大的问题、牵涉更多的官员，保护澄海的省官，官方马上出来以正视听，证实此次事件完全是一场事故！

"这借口也忒幼稚，老子玩了一辈子好车，没听说过100多万的车子停在那里自己就爆炸了。"亦如和圈内一众朋友在品酒打牌。

梁革华打出4个2后，冲亦如一龇牙。

亦如回手两个王一炸，熟练地把桌上带分的扑克牌清到自家门前。

"老白这下子炸得不轻吧？"有人问亦如，她今晚赢得最多。

亦如正忙于看牌，头也没抬："没事，就是个鞭炮的威力。他正好上车，就把屁股崩了一下，现在该吃吃该喝喝。"

"崩的是前面屁股还是后面屁股啊？"有人嘻嘻笑着问省长情人。

"前面！"亦如丢出一大串牌后，瞪了他一眼，梁文革也跟着瞪了那人一眼。

"哎呀！那可悲剧啦，那玩意崩坏了没地方换新的。"

一众人哄笑，梁革华殷勤地递上一杯黑啤，喂亦如喝了一大口，也大笑起来。

"你们猜究竟是谁做的呢？"

有人插话，肯定是政治斗争，大老虎被打了，对家往死整他的人了。或者是黑社会干的，分赃不均吧？老白早该有今天，这个王八羔子，澄海第一大蛀虫，不给足钱绝对不好使，啥钱都敢搂。马上又有人不同意，那比老白王八蛋的多着呢，谁当官不搂钱啊！只是别人会装，这小子为人高调了点，太爱作秀，政治作风不成熟。

亦如摇头，"你们别乱猜了。我相信永远也查不到，老白也不会继续查。这就是一个教训，有人给他的，他心里也明明白白。这个跟头栽了，他得认！"

作恶多端，凭什么全身而退？！

"那老白今后的命运会怎么样呢？"

"会怎么样？"亦如冷笑，"见了棺材就落泪了，国法、家法都不容，肯定没有好下场了！"

梁革华闻言冲亦如一龇牙，亦如绷着脸，小声吩咐："接下来是乐易易，剩下的时间不多了，我一分钟也不想看到她！"

3

"这就是你的爱人吧？"

蔡行芸气急败坏地出现在秦楠面前，手握偷拍的照片，她跟踪秦楠有一段时间了，秦楠和亦如的事情她已经清楚。

"沈亦如，你太厉害了，哪个男人你都不放过！"

蔡行芸一把扯住正跪在佛像面前的亦如，在云顶禅寺庄重的大殿就想打人。

亦如反手扭住她的手臂，摁住她的肩膀——这是佛门净地，你岂敢撒野？！

"佛门净地？"蔡行芸连喊带叫，"你们这对狗男女，跑到这里幽会难道不是玷污佛门吗？"

"别来找死！我不是没警告过你，我说过了，我本来没想杀你，是你自己一次一次找死！"

蔡行芸疼得直叫，挣扎着扯亦如的头发，嘴里骂道："我们家哪里得罪你了，你要来害我们？"

亦如牙根都快咬碎了："有些人是孺子可教，你却是屡教不改！对你这样的人，我连解释的耐心都没有！"

秦楠不想见两人在大殿继续胡闹，一把扯住亦如的手臂："你先放开她，别伤了她，这件事和她无关，是我利用她接近你。"

听闻这话，蔡行芸怔住："你说什么，再说一遍！"

秦楠不再隐瞒："我根本不喜欢你，接近你就是为了沈亦如，她是我的初恋情人，也是这个世界上我最爱的人。"

"你为了接近她而利用我，利用我的感情，你怎么做得出来？"

"你们还不是一直在伤害沈亦如吗？"秦楠也吼道，"我不能看着你们伤害我爱的人！而且你和你爸爸，蔡氏搞出的那些肮脏的名堂，你小小年纪如此恶毒，你这个模样值得我爱吗？"

"我懂了，你是说这是我的报应吗？"

亦如不想再听这两人谈话，穿过秦楠，猛推蔡行芸一把，蔡行芸如坠云端，意识全无……

4

紫藤会所老板娘乐易易失踪之后，蔡氏生物出事了！

原来前半夜，菲城的二环线上忽然出现一个飙车狂，从彼岸花路口进入环线后就开始没头没脑地乱冲，最高时速竟然达到了 280 迈！

这简直就是拿生命在开玩笑呢！

这个疯子开着跑车，轰鸣着引擎，绕着菲城整整跑了三圈！

据目击者称，当时发动机的声音简直震耳欲聋，交警立刻设卡拦截这辆车，司机竟然照直冲过来，所幸没有人员伤亡，那情景就如大片里逃命的匪徒一样。

车子沿途跌跌撞撞，几乎快散架了，却丝毫没有减速的意思，事情发展到最后，直升机出动了，二环线的各个出入口被封死，多台警车包抄夹击，最终将其逼停。

等警察撬开车门，发现司机头部受伤血流不止，赶紧送进医院，很快此人身份也查明了，蔡行芸，蔡氏集团唯一继承人。

这又是一条大新闻。

紫藤会所老板乐易易两个月后在海滩上被人发现了，赤身裸体，趴在沙子里。虽然没有性侵的迹象，身体也无大碍，但是骨瘦如柴，精神完全垮了。

无论如何努力，她就是回忆不出任何有价值的线索。

因为自从那晚散步被拖进货车之后，这些天她都被人蒙着头，绑着手，只有鼻子和嘴露在外面。不管怎么哭闹，怎么哀求，从始至终没有人和她讲过一句话。乐易易只知道自己好像在这样的地方——恶臭、潮湿、炎热、狭窄，最重要的是裸体——和一群猪在一起。

每天乐易易必须和这些哼哼直叫的牲畜一起抢食喝水，白天靠缩在角落里发呆打发时间，晚上和这些臭气熏天的大家伙们挤在一起勉强入睡。

这是非人的经历。

紫藤会所马上就关门了，乐易易再次失踪。

不过知情人说，这次她不是被人绑架，而是因为精神上受到崩溃打击，大病一场。把几乎全部身家捐给了动物保护基金会以后，菲城乃至澄洲曾经的风云人物乐易易改回原名，李翠华，黯然离开国内，发誓永远不再回来。

5

亦如也不告而别，一路西行。

目的地是青海省达日县西北部的查郎寺，相传此地正是格萨尔王宫殿所在地，是整个果洛藏区影响重大的寺院。

只见寺院面滩背山，寺前溪流潺潺，寺后古木参天，右侧是巨大的天葬场，满山经布飘扬，庄严肃穆。

皈依觉，觉而不迷，正而不邪，净而不染。有此自性三宝，才能做到心灵的皈依。宗教的光芒就在于慈悲喜舍，启迪智慧，净化人心。

亦如暗自祈求佛祖，滋养慧身。

亦如听查郎寺白玛法师讲经的第五天，有人来拜访。

并不是日思夜想的那个身影，反而是蔡高峰。既来之则安之，两人一前一后在寺庙后山的小路走着。

"你认为佛教修行的本源是什么？"蔡高峰打破沉默。

"佛法无边，岂是我能参悟，也许是去戾。"

"愿闻其详。"

"戾为万恶之源，生有戾气，死为恶鬼。"

"戾气又从何而来呢？"

亦如冷笑："戾气又因恶鬼而生，恶鬼作恶，他人便郁结戾气。"

蔡高峰自嘲道："按照你的意思我就是恶鬼吧！你因我而生戾气。"

"你倒是有些自知之明。"

"我究竟做了什么，你恨我？"

"为什么？"亦如用手指按住嘴唇，面带微笑，"知道我为什么要嫁给你吗？"

当初是我叫白舸流撮合我们的，因为我想要你死，最好全家都死，你喜欢什么，什么就死绝！你还不能舒舒服服地死，因为那太便宜你了！

你知道一种酷刑叫凌迟吗？你最好被凌迟处死！

蔡高峰简直不能相信自己的耳朵："沈亦如，我和你无冤无仇，你竟然恨我到这种程度，还不认识就打算置我于死地！"

"无冤无仇？"

亦如死盯着对方，可恨的是你到今天还不知道自己的罪孽！

你利用变态残忍的"D计划"，美其名曰生物工程造福人类，却用海豚做残酷的实验，恣意捕杀，逼迫它们向东迁徙，随洋流进入东瀛湾，在那里被大量屠杀，你真是罪孽深重啊！

对了，除了你还有白舸流，这个混蛋充当你的保护伞！还有乐易易这个可恨的帮凶，你们沆瀣一气，狼狈为奸，国法不容，天理不容！可惜呀，老天不开眼，让你们逍遥法外。

你说你们不该死吗？

亦如紧咬牙关，我曾经对你有过一丝动摇，诚心诚意劝过你，不过你死不悔改！

"你竟然是为了动物杀我？"蔡高峰无法相信，"你是有毛病吧！这太可笑了，人类作为食物链最顶层，动物不是供人吃的吗？你说说海豚和狗、鸡有什么区别？为什么海豚就不能吃，不能用于科研呢？"

"科研！"亦如仰头大笑，"为了让人类这些肮脏的灵魂再多活几年吗？"

"这样说，老白和乐易易的事情你都是主谋吗？"

"天网恢恢疏而不漏，他们是罪有应得！"

"即便如此，你如果说服我，我也可以放弃这个计划，你为什么要杀我？"

"放弃！一切都晚了，错了就要付出代价！你的命根本偿还不了你的罪孽，几辈子也还不了！"

6

蔡高峰走进母亲房间，挥手让看护出去。

老太太穿着纯棉的睡衣坐在摇椅上，扣子系得整整齐齐的，手臂还是固执地举着，作出正在织渔网的动作。经年的风吹日晒在老太太身上已经看不到痕迹，二十几年的不见天日，使她的皮肤恢复了虚弱的苍白。

"娘，你帮帮我吧！"蔡高峰跪下。

"我杀人了。我杀了一个叫松村健的家伙，他就是个大骗子！他弄了一群人冒充东瀛专家说海豚是智慧生物，大脑能提出一种药，能治你的病，我就信了！我杀了那么多海豚，结果发现他是骗我的！我聪明一世却被他骗得团团转！他好色，我就花钱雇了一个女的，在床上把他勒死了。现在事情败露了，警察找上我只是早晚的事。"

"神仙会救你吗？"

老太太忽然张口，把儿子吓了一跳。蔡高峰无可奈何摇头："神仙？她不仅不会救我，还会杀我。"

"那就认命吧！"

老太太说完这句话，闭上眼睛。

蔡高峰望着母亲，想起了父亲的死——

母亲家族有精神病遗传史，外公是这个病，外公的母亲是这个病，然后是蔡高峰的母亲。蔡母 50 岁发病，固执地不肯花钱去医院治疗，蔡高峰也不忍心把她送进精神病院，家人只能轮流看护着，可是最坏的结果还是出现了。

一天夜里，母亲从被窝里爬起来，把地上所有鞋子里的鞋垫掏了出来，摆在阳台上，然后到厨房拿起菜刀，先砍开一个大南瓜，再一刀砍在老伴的脖子上。老实巴交一辈子，少言寡语的蔡父，就这样毙命。

为了保护母亲，蔡高峰把她藏在家里，关了这么多年。而他没日没夜担心的就是，自己究竟是否遗传到精神疾病，或者说哪天自己会发病……

家族的诅咒让蔡高峰如惊弓之鸟，一心想找到破解的灵药。

下水道事件＋松村健之死合并调查 6

"你有完没完，可以不再纠缠我吗？"亦如摔上车门，陈军又出现。

"这不是纠缠，这是一个警察的职责。现在已经有证据证明，是你把蔡高峰推进下水道，我是想救你！"

"你为什么救我？我们非亲非故！"

"王荣生你还记得吧？"

听到这个名字，亦如停住脚步。

"这世界上只有你，还来掀我的伤疤！你真的太残忍了，我那时候还没有成年，我是受害者！"

陈军摇头，"你错了。我从来不想伤害你，王荣生死有余辜，我知道你是受害者。这么多年，我只是深深地自责。蔡高峰有很多钱，你为了他的遗产，可能会杀他……"

亦如无可奈何，指着陈军——

陈警官，当年你身为警察，却不救一个危在旦夕的女孩儿，今天你把我的伤疤揭开，无非是让你自己良心好过！

你虽然没救我，但这么多年，我并不怪你。可是你原来是这样狭隘的一个人，我真是错看你！

你是学心理学的吧！心理学有个"刻板效应"，说白了就是先入为主！有些人总是习惯把人机械的归类，用偏见代替理智。

北方人都是懒惰的吗？南方人都是奸猾的吗？二奶都是贪财的吗？穷人的孩子就一定早当家吗？

毫无疑问，不是！

那么你为什么认定我的经历悲惨，内心就注定阴暗呢？你怎么敢认为自己能洞察人心呢？

如果你想知道，我就告诉你原因，但这也是我们最后一次见面了。

我的家乡在东北，抗日战争时期东瀛人占据我的家乡，第一件事就是把散居在山里的老百姓聚集在一起，叫作"围子"，便于治理。

老百姓不能随便离开围子，所有的耕种所得被东瀛人充为军饷。遇到反抗就一个个村子屠杀，上千人活埋的大坑比比皆是。男人就被拉去修铁路、砍大树和挖煤，我父母做工的矿最早就是东瀛人开的。

妇女的遭遇就更加悲惨，要么是开山种田的奴隶，要么是慰安妇。我太姥姥就是被东瀛人先奸后杀，怀孕的婴儿被活活挖出来……

东瀛人最可恨的地方是给老百姓下毒。他们偷偷地在老百姓种的蔬菜和粮食上喷毒药，人吃了以后就会全身生疮溃烂，痛苦至极最后脓尽而死。

听说东瀛人这么做竟然完全是为了取乐，甚至有人专门随军队拍摄这些照片供国内人消遣！

作为世界上为数不多恣意捕杀海豚和鲨鱼的国家，如今东瀛人还在作恶！

他们用声呐装置在公海大肆捕杀海豚，在国际上千夫所指！

他们于是勾结菲城的一群败类，官员有之，商人有之，利用这些人的贪婪，在中国的领海继续屠杀海豚！！！

你身为警察，不去制止这些人的残暴，却为了一个该死的恶魔上蹿下跳，你对得起那些被屠杀的生灵吗？！

所以，我不再依赖任何人，就让我成为"恶魔终结者"吧！

说话间，陈军站立不稳，很快就失去意识……

第九章　合欢的醒悟

合欢的花语是两两相望。

上穷碧落下黄泉，永沦生死海，莫知休息处。

1

你听过大象的故事吗？

蔡行芸的耳畔，秦楠的声音轻轻响起：

一头大象和父母还有亲密的伙伴幸福地生活在丛林里，可是它知道自己快死了。从那天开始，它决定和大家告别。它用尾巴帮父亲赶走蚊子，母亲洗澡时，它用长鼻子吸了水帮它淋在背上。它和每一个曾经亲密的伙伴们玩耍嬉戏，把采到的香蕉分给大家，每头大象和它在一起都很快乐。

然后在某一天，这头大象会在夕阳下默默离去。它轻轻拨开灌木丛，抚开芭蕉叶，努力让自己的脚步轻一些，不要惊扰正在清甜的湖水里嬉戏的亲人和伙伴们。

它不敢转身，怕自己无法狠心离开，眼角的泪水模糊了前方的路，只能任由滴落。它就这样走啊走，越走越远，直到再也回不去。

最后，在一棵芭蕉树下，大象再也走不动了。繁星满天，夜色死寂，孤独的大象怀揣着对亲人朋友的深深眷恋，闭上眼睛……

这是某一堂课上他讲过的吗？蔡行芸迷迷糊糊睡着了，却在梦里被冻醒。

被子拉上来盖住头，双腿却冻得冰凉，膝盖也丝丝酸痛——

为什么会这么冷？

蔡行芸马上就意识到，是因为那个人，那个人把我按在墙壁上……墙是冰冷的，没有一丝暖意。他的手是冰冷的，他的身体是冰冷的。

什么味道？在嘴巴里，脸颊上，耳朵后，胸口前，在身上的每一处。太令人厌恶的味道了，风一吹，满世界的腐臭。

他在干什么？！

蔡行芸知道必须挣扎，她死命地挣脱，死命地反抗，可为什么没有一点力气？那个男人箍住自己，越来越紧，手指用力地抠住她的肩膀，嘴巴紧紧地盖住她的哭喊，黏着而急促的鼻息包围着她。

蔡行芸欲哭无泪，忽然她摸到身旁有一个锥子，她一把握住，狠狠地扎进那个人的眼睛里——

在更大的恐惧袭来之前，蔡行芸拼命挣扎着。可是她的双手双脚却被紧紧地绑着，她想喊，才发现自己的嘴巴也被堵上了。

蔡行芸欲哭无泪，只好呻吟哀求，直到又打进一针镇静剂，药力发作后才平复，最后终于迷迷糊糊睡着了。

为什么总是做这个梦啊？

蔡行芸问自己，就是这个梦不断地在纠缠自己，她看不清梦中人的模样，但那份恐惧，即便此刻还是如此真实！

蔡行芸心里清楚，只有摆脱这个梦，自己才有机会好好活下去。

可那个梦呢？

关于薛婷婷的。

因为一直争强好胜，两人水火不容，自己恨透了薛婷婷，时刻想报复她。

后来在学校里听说了薛鹤鸣的博士上吊自杀闹得满城风雨，就有意接触纪焕然，故意挑拨他对导师的仇恨。薛婷婷那天到图书馆，也是自己跑去宿舍告诉纪焕然的，然后——

蔡行芸笑了起来，报应啊，蔡行芸，你也有今天，是报应！

蔡行芸从枕头底下抽出素描本，想再看看那个自己深爱的男人，可是，翻遍整个本子，里面却空无一线。

2

就在闲凝轩景色最美的房间，吴文熊看到亦如进来。

亦如没精打采地披了一件紫色外套，长发披散，嘴唇乌黑，空洞的双眼，脚不沾地地飘进来。

吴文熊恍惚间竟又看到那个瘦弱的女孩儿，一身酒气、跌跌撞撞地被王荣生夹在腋下，正走进宾馆的房间，这件紫色外套是她最后穿的一件衣服。

女孩儿几乎神志不清，嘴里却还苦苦哀求："求求你，放开我……"

"你是故意穿这件衣服吧？"

"对！还差这个粉色的蝴蝶结。"说完，亦如拿出蝴蝶结，别在自己杂乱的头发上，"这就齐了，曾经你最喜欢的！"

"我才知道你恨我到了这种地步……"吴文熊倍感艰难地蹦出这几个字。

"奇耻大辱，永世难忘！"

话不投机后漫长的沉默中，两人都望向窗外跳跃的小雀。几案上的一壶水，正等待着被拿来泡茶，含蓄地吐着泡。

"那你为什么不直接要了我的命？我死了就一了百了。"

"这样太便宜你了！"

沈亦如望着吴文熊油乎乎的大脸，又涌上熟悉的厌恶。

这种挥之不去的厌恶曾经日里夜里没完没了地折磨她，往死里折磨，折磨到地狱边缘，以至于无数次在吴文熊如雷的鼾声里，熊掌一样紧紧的桎梏下，亦如偷偷摸出枕头下藏着的针，一下一下地刺向自己的大腿……

如果不是用肉体这样的痛来替代内心那样的痛，自己又如何能继续下去？

而所有的这一切，不就只为有朝一日能与秦楠再见一面吗？

"你约我来干吗？"亦如问，已经起身想走。

"还是坐下吧，我讲一件事给你听……"吴文熊指指椅子。

3

那是禁锢女孩儿的第二个月，趁艳阳高照，饭店老板吴文熊一个人开着小货车去汀澜山附近采购山货。

等买齐了食材开车回城，小货车正行在山间，雨"哗啦"就下了起来。

开始还依稀见路，十几分钟后雨刮器就算拨到最大也看不清前方一米远。这种反常的天气在海滨并不奇怪，一场大雨一场晴，来得快去得也快。

雨须臾间就变成了冒烟雨，这么大的雨开车太危险了，吴文熊只好靠边停下，打开双闪。百无聊赖之际打开收音机，却发现这里根本没有信号。

呆坐了好半天，本以为雨下一会儿就停了，谁知这场豪雨根本没有停下来的意思，天已经快黑了。

"一辆经过的车也没有，真邪门了！"

前不着村后不着店地待在山里太危险了，车上的货物价值不菲，遇到抢劫的就坏了，想到这里吴文熊有点害怕。回望堆满山货的货车后座，忽然看到窗外影子一闪，吴文熊只觉头皮发麻。

"不是抢劫的吧？！"

顺着影子的方向瞟过去，吴文熊只吓得魂飞魄散——

原来车子此刻正停在一处墓碑前面！雨虽然大，却清晰看到青黑色的墓碑上亡者的照片正紧盯着自己。

不看不要紧，对视瞬间，吴文熊的心跳停止了！

那亡者，正是被自己囚禁在阁楼的女孩儿！

那眼神如此熟悉如此犀利，吴文熊甚至能感觉出这个怀着深深仇恨的亡灵，带着不能名状的恐怖即将一跃而出，扑向自己！

吴文熊想把眼神挪开，却发现自己已经动弹不了。

连吐沫都咽不下去了，因为手抖得太厉害，吴文熊不得不用一只手握住另外一只手，费了好大劲才把车子点燃，也不知道是冷还是害怕，上下牙齿不停地打着冷战，车子跟跟跄跄地冲了出去。

不记得怎么离开这段山路，已经汗流浃背浑身筛糠。车子胡乱地在雨里冲着，轮子打滑了几次，差点跌下山路。吴文熊在心里祈求着鬼魂千万不要跟上自己，祈求着雨快快停下，祈求着天慢一点黑。

奇怪的事情发生了，车子转过山腰，雨竟然戛然而止，橙色的夕阳忽然就刺进眼睛。更奇怪的事情是路上根本没有水，抬头看天还是蔚蓝明亮的。吴文熊赶快踩住刹车，回身看来的路竟也是干的，两旁是草长虫鸣的山野。

这不是活见鬼了吗？

惊魂未定正纳闷之际，忽然听到钟鼓阵阵齐鸣，车子正停在汀澜山云顶禅寺前，一位 60 多岁的和尚端坐门口。

吴文熊下了车，腿早就软了，小腿肚还在不停地抽着。

"你终于来了。"和尚睁开了眼睛。

"你在等我？"吴文熊毛孔竖立。

和尚叹口气，"刚才的事情你清楚吧？施主算是有缘人，可惜误入歧途。佛法无边，普度众生，不知你可受教化？"

吴文熊早就吓傻了，扑通跪下了，他哀求着："受！受！我什么都受！大师请您明示，好吗？"

和尚指指牌楼山门上鲜红的几个大字，汀澜云顶禅寺。

吴文熊眼珠转转，有点走神，和尚摆手示意他认真听——

"施主逆天恶施正在做大恶之事，只怕害人害己，总有天谴啊！"

"大恶？"

"你难道还敢否认吗？"

闻此言吴文熊已经目瞪口呆，还想辩解几句，忽然想起墓碑上的亡者。

"大师，那能解吗？"

和尚摇摇头："恶果已种，是为孽障，除非……"

4

"除非你放了我，给我钱、养活我来赎罪，对不对？"

亦如恶狠狠抢过话头，"你已经讲过千百遍了！你今天叫我来，又是告诉我神仙让你放了我，对不对？那神仙是否叫你继续侮辱我呢？你看见过市场里关在笼子中那些等待被人屠宰的羊和狗吗？你看看它们的眼神，绝望和麻木，我就是这样生活在你身边！你以为你的孽障消除了吗？做你的白日梦吧！"

"我年轻的时候糊涂，的确做了混蛋的事情，但吴轩的死还不够吗？这些恩怨不能一笔勾销了吗？"吴文熊痛哭流涕，"你说还不够吗？"

"不够！"

亦如倔强地回答，吴文熊不禁打了个冷战，那亡者的眼神又出现在亦如的眼里。吴文熊无法对视，身体瘫了下去，他无力地摆摆手。

"不管多少恩怨纠缠，尘归尘，土归土，还不够吗？那位大师又来找我了，他说是时候你该回去了。"

"回哪里去？"

"你的使命已经完成，可以回到你来的地方了……"

吴文熊此刻身上的毛孔完全竖了起来，冷汗直湿到脚底板，颤抖地朝汀澜山方向指去——

"我是不是要回去，还轮不到你来教我！"亦如发出阵阵笑声。

吴文熊实在不敢再看眼前的厉鬼，汗水已经结成水珠挂在睫毛上。

他知道这就是他当年在阁楼上禁锢的女孩儿。王荣生死了之后，自己把她保了出来，当天晚上在阁楼上再次打骂她。

吴文熊永远忘不了那夜的暴雨，借着电闪雷鸣的掩护，自己下手实在太重了！

不过也不能怪自己！她一直戴着条金项链，命一样金贵。

自己正在气她闹出人命，搞得又浪费了一大笔钱，她却没听到一样，只顾着坐在地上，双手摸索那条链子。

饭店食物中毒被迫停业整顿啊，卫生局长死在床上啊，这是多大的娄子，这个该死的妹子怎么可以这副麻木的表情，这个时候还玩什么破链子！这条链子也许还能卖点钱，正好补补这段时间的亏损。

吴文熊肝火上升，头脑发热，冲上前狠狠踢了对方几脚，上去就扯她的链子，可女孩儿却突然激烈反抗起来！

她从来都是逆来顺受的，这次却胆敢动手，吴文熊简直气急败坏，扯住链子一直勒呀勒呀，直到她彻底没了气息，便趁着夜色把她装进一条麻袋，抬进运货的小车，埋在汀澜山后山的树林深处。

那肯定不是纯金的项链，不然早就一把扯断了。

吴文熊后悔呀！其实自己又何苦为了一条假金链子杀她呢！

吴文熊实在不记得自己给她立了石碑，慌乱中怎么可能这样做呢！更不会贴上她的照片，自己何时给她拍照了？

既然她死了，那又是谁和自己继续生活在一起？

吴文熊又想起，在儿子吴轩死后，自己找到女孩儿，扯着她的头发把她拖上快艇，一直开到深海，把她直接推进海里了……

如果这样算起来，她已经死了两次。

既然她死了，那么十几年后自己重新碰到的又是谁呢？

看来，她终究还是不放过自己，苦苦折磨了自己这么多年之后，此时露出真正面目！

吴文熊的思维彻底混乱了，头靠在冰冷的墙壁上，沉沦在时空黑洞里，在这场噩梦中，分不清亦如究竟是厉鬼还是自己的幻觉……

5

梁革华一身白色西装扎着个黑领结走进病房，蔡高峰秘书赶快接过他手中的花篮。

"好些没呀！老蔡。"梁革华拉过椅子坐下，擦擦脸上冒出的油。

"你说，她怎么能这样害我？！竟然狠心到置我于死地！"

"你说的是谁呀？"梁革华俯身靠近。

"沈亦如，还不就是沈亦如吗？"蔡高峰一把扯过梁革华的手，就像抓住了救命稻草，"老梁呀！你评评理，我千里迢迢去寺里接她，她怎么就是不肯放过我？沙子也不让挖了吗？每天100多万，我们不赚啦？海豚就那么重要吗？什么海豚，金海豚呀！她说放弃计划还不够，还一定要我忏悔？我向谁忏悔，我哪里错了，啊，哪里错了？……"

梁革华嘴里附和着，好不容易摆脱蔡高峰的拉扯，回头与秘书交换眼神，唇语道："还是这样胡言乱语吗？"

秘书撇嘴，"可不是，整天叫什么'亦如''亦如'的，哪知道是谁呀！"

"老蔡！你要振作呀！不要胡思乱想赶快好起来吧，集团这一大摊子事情还等你主持呢！"梁革华扯着嗓子在蔡高峰耳朵边喊，对方还沉浸在自己的世界里，反复念叨着："我就算好起来了，她还是要杀我，我自己的老婆都说要杀我，她果然就动手了，而且这么狠毒，把我推进下水道里……"

"老蔡，你是自己跌进去了，而且你的老婆根本不叫沈亦如。"梁革华和秘书忍不住窃笑。

"你胡说八道！沈亦如和我结婚了，你怎么说没有这个人呢！你们都说没有这个人，究竟是什么居心！"

梁革华有些不耐烦，起身走了出来，秘书赶快跟了出来，两个人站在特护病床的外面，透过玻璃张望蔡高峰。

"怎么说了都不信，我们根本不认识一个叫沈亦如的女人嘛！而且夫人去世十几年了，蔡总什么时候结了婚，我们怎么都不知道呀？"

梁革华笑呵呵的，蔡家这种病是遗传的，他母亲精神分裂症，把父亲砍死了。蔡高峰到了这个岁数终于也发病了，蔡行芸更可怜，二十出头就犯病了，所以呀，这是家族的诅咒。

"那蔡氏这么大的集团，不能交给一个精神病患者吧？"秘书赔着笑脸，把身子往梁革华身边靠了靠，"梁总，该您出来主持蔡氏了！"

"我对蔡氏可没有兴趣呀！"梁革华手扶领结，"不过，作为集团第二大股东我要对自己负责，也要对其他股东负责！蔡总这副样子董事们全都看到了，住了这么久的院也不见好，看来是时候要召开董事会和股东大会了。"

秘书笑逐颜开，"太好啦，梁总，此事我马上去落实！"

梁革华收起笑容指示道："会议有两个重要议题，一是建议免除蔡高峰董事长职位，松村健死了正好，不然也要把他踢出董事会；二是蔡氏生物永久终止挖海沙和'D 计划'，没有来得及杀的海豚立刻放归大海，记清楚没？"

6

滴答滴答的流水声出现在耳边，一条尖角的小船从浓雾笼罩的远方驶来，船家用帽子遮住大半张脸。静谧的河流缓缓延伸到无尽的远方，水却凉得刺骨就像刚从雪山上融化。空气中是栀子花和百合花的清香，吸到肺里却有淡淡的咸腥味。陈军正在犹豫要不要上船，船家忽然摘掉帽子。

出现在眼前的是一张狰狞的脸，立刻向自己扑来……

"师傅，师傅！"林域果的声音从遥远的地方飘荡而来，陈军渐渐苏醒。

"好了！好了！终于醒过来了！"

陈军深吸气，抬起沉重的眼皮，发现自己躺在医院里。

"我怎么了？"

"您在局里的大门口晕倒，已经十几天啦！"

"我究竟怎么了？"陈军想问，却发现实在没有力气。"沈亦如呢？"过了许久，陈军缓缓问。

"谁？"

林域果握住师傅的手，把耳朵贴近陈军的嘴巴，细听。陈军费了好大劲又重复了一遍。

"唉！还是念叨这个名字！师傅，沈亦如究竟是谁呀？"

"就是当年向我求救的女孩儿，现在嫁给蔡高峰了。"

林域果递眼神给医生，"您瞧吧，这都哪儿跟哪儿呀，还是没好利索。"

医生点头，"我会再给他开点药，现在神智还是不清，幻觉和现实分不清楚。"

"蔡高峰呢？"陈军又问。

林域果赶忙凑过来，"这事儿您还挂心呢！松村健的案子，王欣美在戒毒所里供出来了，是蔡高峰指使她干的，蔡高峰给了她20万，但蔡高峰出了精神问题，保外就医呢！"

"那沈亦如呢？"

林域果无可奈何，"师傅，您的梦还没醒吗？您真的忘了吗？那女孩儿不是早死了吗？当年让人给害死了！"

"怎么会！我明明看到她出现在监控视频里，是她把蔡高峰推下去的！我还见了她好几次呢！"

林域果彻底没了办法，只好打开电脑，"师傅，求您定定神好好看，这里哪有什么沈亦如呀！"

众人围过来，一起看录像，一个男人从车上下来，打着伞慢慢走进小巷。

"这真的是意外！师傅！您不知哪里的幻觉，竟然看出这里有个女人！"

林域果指点着，众人也劝陈军，明明看得清楚的，这世界上又没有鬼，怎么就看出来还有一个女人呢？

陈军一言不发，林域果继续说：师傅，您不记得了，当年那个在派出所向您求救的女孩儿，您后来费了好大劲才找到当时带她走的男人，他叫吴文熊，是个开饭店的，您在他饭店外面蹲了很多天，也没看到那个女孩儿。

您不死心，只要有机会就跟踪他，后来发现他总是到汀澜山后山转悠，也不像去进货的模样，您感觉蹊跷，直到有一天看到他鬼鬼祟祟地在树林后面的土坡盖土，您等他走了，扒开了土坡，发现在离地不深的地方，有一个已经腐烂了的蛇皮袋……

吴文熊承认了杀害女孩儿的事实，后来进了监狱，因为有自首情节最后判了死缓，后来又改成无期了，这么多年一直在汀澜山下的菲城监狱关着呢。

女孩儿被火化之后，民政部门把她埋在了公墓里面，您还在路边立了一块小小的墓碑，因为不知道她的名字，在王荣生案子的卷宗里找到了她的照片，洗出来贴在墓碑上……

就是呀！陈军妻子方莼握住老公的手，这些事情你不是每次喝完酒就讲一遍吗？我都能背下来了，每年清明我不都陪你去给她扫墓吗？

为了查出女孩儿的身份，你还拔下她的一缕头发，做了 DNA 鉴定，留存下来，希望早晚有一天查出女孩儿的真实身份，让她得以安息……

她就是被我害死的，如果当初我能救她，她也不至于死呀！往事忽然涌现出来，陈军痛哭。

其实那天她向我求救，我的直觉就是不能让那个胖子带她走，可是，我们派出所所长却用眼神制止了我。

当时我才参加工作，把"前途"看得很重。直到我离开了这个所，才开始着手调查女孩儿的下落，却发现她原来已经死了……

林域果拍着师傅的肩膀，真是难为您了。您看看，这世上没有鬼，就是因为您太重情重义，一直心存愧疚，所以心魔作祟，也是时候放下了。

现在她的身份不是知道了吗？

也有人来接她的骨灰，她终于可以瞑目了……

7

陈军妻子方莼安顿好儿子睡觉，坐在床边给老公掏耳朵。陈军已经上班了，日子恢复了正常。

"老婆，还记得我们第一次见面的情景吗？"

方莼笑了，"怎么不记得呢！"

那天媒人——姑姑带着一个戴眼镜的小伙子到家里来。小伙子挺腼腆的，一紧张连话都说不清楚，害父亲以为他是个结巴，当时就拉下了脸，扯着姑姑到厨房埋怨。

"那你为什么还选择我呢？"

"因为啊……"方莼抿着肌肉已经松弛的嘴角，笑起来法令纹很深，"因为你的一个动作，一下子感动了我！"

陈军吃惊，"结婚都 20 年了，我还头回听说，你快说说看！"

"那一天在我家吃饭，你头也不敢抬，吃完后，我在收碗，一回身看到你用手指把我沾在筷子上的一粒米吸了起来，毫不犹豫地放进嘴里。就是这个动作，让我心动了——因为你要么就是很朴实，要么就是很喜欢我……"

陈军搂过胖乎乎的老婆，亲了亲她的脸颊。

"傻瓜！这样轻易就被我骗到手，一辈子跟着我受累。如果你愿意听，我给你讲讲另一个故事。"

也是因为一个动作，女人深爱了男人一辈子——

时间一下子回到 20 多年前的北方小城，寒风呼号着卷起雪花扑向大地。在一所中学温暖的教室里，午餐时间到了。

值日生从学校的气锅里把本班同学自带的盒饭抬回来，放在讲台上。

一个女孩儿刚从外面的厕所跑回来，一群无聊的男生把她按进雪堆里，她的旧棉袄已经湿透了，头发打成缕儿贴在额头上。

教室后门开着，女孩儿正要进去，却看见班上几个男生正在讲台上掀起每个人的饭盒指点着。

一个拖着鼻涕的小矮子指着她的饭盒大声嚷嚷："快来看，我敢保证这个一定是班长的！"

"一定是她的，全班只有她一个人天天吃粑粑。"男孩儿们立刻围了上来。

"可不是，南瓜和大米饭这么乱七八糟地混在一起，黄黄的，不就像刚拉出的粑粑吗？"

"还是热乎的呢！"马上有人嬉笑起来。

"那还不如我天天给她拉，免得她还从家里带来麻烦！"

女孩儿羞得赶快躲在门后。这的确是自己的饭盒，因为舅妈没时间准备，自己就把前晚的剩饭拌在一起，现在正被同学品评着。

"听说她爸妈都死了，现在住在亲戚家，难怪她不爱和人说话！"

"我还听说她没钱继续上学了，她亲戚也不想要她了。"

"我妈不让我和她来往，因为她妈得的是传染病！她爸也是被她妈克死的。"

男孩儿们一听此话，立刻像躲瘟神一样地丢下女孩儿的饭盒。

"那我们往她的饭里吐吐沫吧，反正这就是一堆屎！"

小矮子提议，他曾经因为没按时交作业被班长记过名字。立刻有人赞同，也有几个胆小的拿起自己的饭盒悄悄走下讲台。

小矮子正要吐，忽然被一只大手扯住脖领子。回头看，是班上新来的男生。

"你们真缺德！"男生吼道。

"要你多管闲事？"

"你是不是皮痒痒欠揍？"男生挥挥拳头。

小矮子和那几个调皮蛋灰溜溜地回到座位，新来的男生拿起饭盒盖，把班长的南瓜饭重新盖好，稳当当地放在讲台旁的暖气片上。

　　五分钟后，女孩儿若无其事地走回教室。在众人异样的目光中拿回自己的饭盒走回座位。

　　她掀开盖子，拿出羹匙，大口地吞着南瓜饭……

　　陈军忽然感到手上有温热的液体，才发现不知什么时候，方莼已经满脸是泪。

　　"你们就是不肯相信我，要不就是你们合伙在骗我，不然，我怎么会知道这个故事呢？"陈军哀怨地看着妻子。

　　"我相信你！"

　　方莼搂住老公，"也许，我们只是没你幸运，无缘见到她……"

8

　　那一夜，风声化成女人压抑的哭声，秦楠惊醒。

　　这是亦如最后一次进入自己的梦境，她是来道别的。

　　"你累吗？"

　　亦如俯身搂住躺在床上的秦楠，掀起被角，和衣陪他躺着，夜色中，秦楠看到疗养院窗外的荷塘，水波在月色下荡漾，耳边传来亦如的叹息：我真的好累了。

　　我曾经想过很多种死法，小时候想从树上跳下来摔死，吃饭时希望头顶的灯掉下来砸死，我想咬掉舌头，割断动脉，大出血而死。无数次打算从山坡纵身一跳，掉在石头堆上摔死。

　　我以为死就是解脱，可真死了以后，才发现死什么都不是。

　　11 岁我没有爸爸，12 岁时没有妈妈。

　　爸爸死在煤矿上，尸体埋在深深的地下。妈妈死的那天特别冷，家里没有烧火，屋檐上挂着一尺多长的冰凌子，我看着她被板车推走。我怕她冷，抱着一床被子追了很远，结果被人拖回来……

活着时我们都认为自己最可怜，痛苦的经历被我们一遍遍重温放大，不肯释怀。死后才发现，活着本身就是修行，没有谁最活该，最悲惨，休戚荣辱，无非都是眼前迷雾，逃不出"三苦"。

所以人生不论长短，都要心怀宽容，长存感恩，顺境逆境一并接受，这才能领会活着的真谛。

我对这个世界早没有留念，除了你……

我的魂魄流连于人间，只希望帮助你经过这番磨砺，能够大彻大悟。

让我们都和往事诀别吧！

亦如消失后，黑暗中，秦楠的眼泪流进耳朵里。

9

出了疗养院大门，秦楠想自己走一走。

父亲扯住了担心的老伴，随他去吧！

这一年多来，秦楠傻了，要么胡言乱语，要么又哭又笑，中了魔障一般，跳了大神没有用，关在家里他又到处跑，只能在疗养院休养。

这事不知道该不该怪秦军，老伴满脸不悦地责怪老头，秦军是老伴的侄儿子，早年父亲去世，很小就被带到南方去了，在菲城当了警察，因为随母亲改嫁改姓，现在叫陈军了。

"怎么能怪军儿呢！"

老头也一肚子烦恼，"军儿还不是因为楠儿苦苦哀求，多年来一直帮忙打听那个女孩儿的下落嘛！

"当年从南方带回楠儿，这孩子就放不下那个叫沈童的女孩儿，一晃 20 年了，不结婚也不相亲，好歹给他在本地找了个政府里的闲职，可他整天就是喝酒抽烟，三天两头去赌博，年纪轻轻这样浑浑噩噩，一辈子不就废了吗？

"这几年秦楠越赌越大，谁劝都劝不住，家里都快被他掏空了。

"直到去年楠儿发现那女孩儿早年的梳子，毛囊竟然还能提取出DNA，抱着试一试的心理和公安系统的数据库对比，才发现那女孩儿竟然早死了。

"而且说来太巧了，军儿竟然还见过这女孩儿呢！

"秦楠得到信，连夜赶到菲城，守在那女孩儿的坟前不吃不喝三天三夜，好不容易把他拖回来，竟然疯疯癫癫成这副模样！"

"小手指头都生生剁掉了，可疼死我啦！"秦楠母亲流下眼泪，"我儿心里苦呀，我这当娘的知道！"

"他恨死我那个畜生弟弟，现在也不敢告诉他埋在哪儿，楠儿整天咬牙切齿地要去刨他的坟！

"他更恨自己当年去澳门赌博，结果和那女孩儿走散，最后她连命都搭进去了，结果现在自己竟然还沉迷赌博，所以一定要剁掉手指头……"

"还好骨灰咱们带回来。"老头叹息，"以后好好安葬了，也算尽了人事。"

"可楠儿整天就搂着她的骨灰，抢也抢不下来，谁劝也不听啊！"

"那就随他吧，总有一天，他会放下……"

10

怎么又是冬雪初融的季节？

艳阳照在残雪堆积的路上，檐上成串的冰凌噼里啪啦地跌在地上。

绿色虽然还远着呢，毕竟近了，又近了一些。

这个世代靠煤炭开采的边陲城市，如今已发展成以重工业为主，纺织业和制药业为特色的欣欣向荣的城市，连干冷的空气中也有新的希望在孕育。

"砰！"

路边一位老大爷正在嘣爆米花，浓烈的米香伴着一股白烟升腾起来。

"今年的春儿来得早呀！"

衣着朴素却整齐的老大爷吱吱呀呀地摇着铅锅，笑吟吟地望着秦楠。

秦楠停下脚步，坐在大爷带来的小马扎上，掏出 100 块钱递给大爷，拿起一小包爆米花，便慢慢地吃了起来。

老大爷用皲裂的双手在破腰包里翻着，半天才找齐零钱，颤巍巍地递给秦楠，秦楠没有接，"不用您找了。"

"那我就赠你一言吧！"老大爷似笑非笑。

"小伙子你虽然错了，也错过了，但人生的路还长着呢！等你到了我这个岁数呀，一切都明白了。

"从古到今，这个世上降生的人不计其数，能被人记住的有几个呢？无论你是大业有成还是平头百姓，最后都难逃灰飞烟灭，哪个人能活到现在？这就是短暂。

"再抬眼看天，我们住的这个星球对于无边无际的宇宙，是多么渺小，不值一提！

"渺小和短暂就是人生的真谛。

"看透这些，你还执着什么，贪恋什么，有什么放不下呢！

"人活一生，少害人少害己，能留下就留下点成就，不能留下就平凡过活，有过的珍惜，错过的也要放下，这就是活一场的道理……"

老大爷的话还在耳边，天边却飘来雪花，其中一片正落在肩头。

融化的一瞬间，秦楠看清了那美丽的花朵。

这花朵像极了一个女孩儿的脸——

那是一个散着长发，跳入大海与海豚共舞的女孩儿。她在海水里自由游弋，五颜六色的海豚跃出水面，发出欢快的叫声。

这样的自由一定令她幸福。

那是一个扎着马尾，穿着破旧的对襟棉袄的女孩儿。她深埋着头，用尽全力蹬着自行车，在漆黑的路上从自己身边呼啸而过。

这样的黑暗一定令她害怕。

秦楠忍不住也快快蹬起来，也许自己可以送她回家。前几天只是偷偷地跟着，慢慢就肩并肩地骑着。

女孩儿在某一天忽然对自己笑了——

冬夜里温柔的微笑，不正像此刻这片晶莹纯洁的雪花？

秦楠想得出神，竟又分不清什么是幻象，什么是现实，什么是回忆。

伸手去捕另一片雪花时，只见那截菜刀斩断的小指，渗血的伤口中，隐约有丝新肌萌发。

"各人罪，各人罚。"

——亦如·心魔

	身份	罪	罚
刘大爷	传达室大爷、秦楠舅舅	强奸、猥亵300余名幼女	罪大恶极，被亦如砸死
秦 楠	亦如初恋	年少涉赌，悔恨终身	痛失挚爱，沉迷心魔多年，斩断手指，钝悟重生
陈 军	菲城警官、秦楠堂兄	一念私欲，未救被残害的亦如	饱受内心谴责，心魔纠缠
吴文熊	秦楠打工的餐馆老板	囚禁、蹂躏并残杀亦如	无期徒刑，心魔复仇终生
蔡高峰	蔡氏集团创始人	近海挖沙破坏生态，D计划残害生灵	失去公司，心魔折磨
蔡行云	蔡高峰之女、蔡氏股东	支持D计划，谋害同学薛婷婷	精神分裂，心魔折磨
松村健	假东瀛人、蔡氏海外总监	D计划始作俑者、诈骗	被蔡高峰派人杀死
乐易易	会所老板	蔡氏股东，为虎作伥	身败名裂，仓皇逃窜
白舸流	副省长	蔡氏幕后保护伞，助纣为虐	东窗事发，银铛入狱